DER VERLAG

W0175691

ZANDERBLUT

Wolfgang Wiesmann

5. Auflage Februar 2020

©2020 OCM GmbH, Dortmund

Gestaltung, Satz und Herstellung:
OCM GmbH, Dortmund

Verlag:
OCM GmbH, Dortmund, www.ocm-verlag.de

ISBN 978-3-942672-57-3

Bibliografische Information der Deutschen Nationalbibliothek

Die Deutsche Nationalbibliothek verzeichnet diese Publikation in der Deutschen Nationalbibliografie; detaillierte bibliografische Daten sind im Internet über **http://dnb.d-nb.de** abrufbar.

Alle Rechte vorbehalten. Das Werk einschließlich seiner Teile ist urheberrechtlich geschützt. Jede Verwertung außerhalb der Grenzen des Urheberrechtsgesetzes bedarf der vorherigen Zustimmung des Verlages. Dies gilt auch für die fotomechanische Vervielfältigung (Fotokopie/Mikrokopie) und die Einspeicherung und Verarbeitung in elektronischen Systemen.

Nach all den Jahren des Angelns
nehmen die Fische jetzt Rache.

                                        Queen Elizabeth

Inhalt

1	Rubin	9
2	Kungelei	17
3	Spuk	27
4	Haarig	30
5	Halluzinationen	32
6	Schmucke Idylle	35
7	News	41
8	Typenlehre	42
9	Das Phantom	47
10	Ghostfishing	55
11	Heimat	58
12	Kasperletheater	61
13	Hacke dicht	65
14	Charme einer Rosenhecke	66
15	Pappmaschee	68
16	Zahn um Zahn	74
17	Vin Rouge	77
18	Kreuzweg	81
19	Rückblicke	83
20	Regatta	88
21	Opfer	91
22	The Queen	97
23	Schein und Wahrheit	99
24	Easy Rider	101
25	Spreu vom Weizen	106
26	Superdrill	113
27	Flucht	115
28	Merfelder Bruch	120
29	Fahndungsmarathon	127
30	Eis	134

31	Nachschlag	136
32	Office am See	145
33	Bootshaus	151
34	Matchbox	158
35	Stever	164
36	Aal	175
37	Talibanisch	180
38	Traum	185
39	Frühstücksei	188
40	Masterplan	191
41	Benny	195
42	Reuse	199
43	Geht doch	202
44	V8	204
45	Alberta	207
46	Wellen	208
47	Menschenpose	212
48	Scharade	214
49	Der Unbekannte	218
50	Mandala	221
51	Vier	224
52	Der Pole	228
53	Krk	231
54	Vertrocknung	236
55	Das Netz	240
56	Aal, frisch aus dem Rauch	246
57	Trickkiste	257
58	Von Aug zu Aug	259
59	Geklimpel	263

1 Rubin

Mani Kempinski hatte zwei Überstunden genommen. An diesem Freitag wollte er der Erste am Teich sein. Früh morgens vor der Arbeit hatte er seinen Wagen mit den nötigen Utensilien bepackt. Die Ruten lagen bis aufs kleinste Detail vorbereitet und geschützt im Kofferraum. Er kannte den Teich wie kein anderer und wusste Wetter und Jahreszeit in die Waagschale zu werfen, um einen guten Fang zu landen. Der würde ihm Auftrieb geben für das große Abangeln am Samstag, das bedeutendste Ereignis im Verein. Diesmal wollte er sich besonders ins Zeug legen, denn es stand eine Prämie von 500 Euro für denjenigen aus, der den schwersten Karpfen fangen würde. Seine Spezialität waren eigentlich Zander, da hätte er entspannt am Samstag ausgeschlafen und sich siegessicher erst nach Sonnenaufgang an seinen reservierten Uferplatz begeben.

Er hatte noch in der Kantine zu Mittag gegessen und freute sich nun auf sein erstes Bier am Angelteich. Kempinski griff von außen an die Tasche seines Parkas und versicherte sich, dass er die Zigaretten nicht vergessen hatte. Missmutig warf er einen Blick auf die Bespannung seines Klappstuhls, den er unter den Arm geklemmt hatte. Die Angeln hatten gestern Vorrang gehabt, keine Zeit, den Stuhl neu zu bespannen. Er ging zielstrebig zu seinem Angelplatz am Vereinsteich in Dülmen-Börnste. Ein Blick nach oben verriet ihm, dass es trocken bleiben würde. Die Carbonruten klimperten beim Gehen aneinander wie feine, trockene Stöcke, mit denen Kinder zuweilen fochten, oder auch wie zwei

Gardinenstangen, die aneinander schepperten. Nur vorsichtig. Das Material war sehr empfindlich und er wollte kein Gehampel mit den Posen und Schnüren.

Kempinski hatte bei der Jahreshauptversammlung nicht zugestimmt, im Herbst die Prämie auf Karpfen auszusetzen. Er hatte für Hecht plädiert, aber Dietmar Pörschke, der Vorstandsvorsitzende, hatte auf Karpfen bestanden. Die müssten raus, hatte er argumentiert, damit sich die Schleienpopulation besser entwickeln konnte. Kempinski hatte sich daraufhin mit einem Zwischenruf, dass es im benachbarten Halterner Verein demokratischer zugehe, keine Freunde gemacht. Mit dem Halterner Angelverein führten die Dülmener seit kurzer Zeit einen verbissenen Kampf um die Angelrechte am neuen Baggersee in der Nähe von Sythen. Sythen gehörte zu Haltern und der Baggersee lag auf Sythener Gebiet.

Die Mitglieder im Dülmener Sportfischerverein reagierten mittlerweile sehr empfindlich auf alles, was aus Haltern kam, denn es stand weit mehr auf dem Spiel als nur ein Zugewinn an Angelarealen. Es ging ums Ganze. Nur derjenige, der den Zuschlag für den Baggersee bekommen würde, hätte eine reelle Chance, als Angelverein auf Dauer überleben zu können. Der neue Baggersee versprach wegen seiner idyllischen Lage und seiner einzigartigen Möglichkeit, ein Habitat auch für Fische wie Forelle und Lachs anzulegen, eine absolute Attraktion. Angler würden sich dem Verein anschließen, der den Baggersee befischte, und der Verein, der das Rennen um den Baggersee verlor, müsste um seine Mitglieder bangen.

Mani Kempinski wusste bereits, dass er sich auf jeden Fall auf die Seite des Siegers schlagen würde. Er wollte angeln und da das seine einzige Leidenschaft war, gab es kein Pardon. Moral und Treue, Worte, die er von seinen Vorstandskollegen immer häufiger in letzter Zeit gehört hatte, gingen ihm am Arsch vorbei. Er erinnerte sich nur widerwillig an den späten Ausgang der Versammlung, als Pörschke ihn draußen beiseitegenommen hatte. Das Gespräch ging ihm nicht aus dem Kopf.

„Unter vier Augen, Mani. Die Sandwerke liebäugeln mit Haltern. Die Chefin der Personalabteilung führt die Verhandlungen für die Vergabe der Angelrechte. Sie kommt aus Lavesum und ist mit einem Halteraner verheiratet. Die werden ihre Pfründe schützen. Du weißt ja, wie das ist. Man hält zusammen, hier und dort. Ich hab das alles kommen sehen und vorgesorgt, aber das muss streng vertraulich unter uns bleiben."

„Spuck's aus. Ich bin das Säbelrasseln leid", motzte Kempinski.

„Ein bisschen Stolz könntest du schon für den Verein aufbringen. Du hast immerhin die Hälfte der Pokale beim Wettangeln an Land gezogen. Du bist unser Champ. Wir setzen auf dich. Ich sag dir was: Du kannst dem Hickhack um den neuen Baggersee ein Ende machen. Wir verpassen denen aus Haltern einen Denkzettel, der sie am eigenen Leibe krepieren lässt, nur das muss schnell gehen, sehr schnell. Und du bist unser Mann."

„Was hast du vor?"

Pörschke holte eine Plastiktüte aus dem Kofferraum seines Wagens hervor und fasste hinein.

„Hier! Dieses Teufelskraut raubt der Konkurrenz die Luft zum Atmen. Ich hab noch mehr davon. Das laden wir um in deinen Wagen. Dann fährst du zum Halterner Vereinsgewässer und –"

„Was ist das?", unterbrach Kempinski und schielte in die Tüte.

„Eine besonders aggressive Form der Wasserpest, breitet sich rapide aus. Das Sauzeug hab ich vom Hechtangeln aus Irland mitgebracht. Ist dort eine Seuche, wuchert ohne Ende. Damit boxen wir Haltern aus dem Ring."

„Versteh nicht."

„Wir hängen denen die Wasserpest an den Hals. Die Pflanzen vermehren sich in Windeseile, quasi über Nacht. Erst schwimmen sie oben, dann sinken sie und schon bald ist das gesamte Gewässer voll davon. Angeln ist dann vorbei."

„Mensch Pörschke, das ist doch ein Schuss nach hinten. Du weißt doch, dass durch den Vogelflug, Enten und das andere Gefieder, die Sporen übertragen werden. Und in wenigen Jahren haben wir die Seuche bei uns im Teich."

„So weit kommt es nicht. Sobald bei denen die ersten Pflanzen gesichtet werden, wird die Wasserschutzbehörde mit Alarmglocken auf der Matte stehen. Und rate mal, wer dafür sorgt, dass die das Kraut schnell finden und wieder entfernen? Ich steck denen das. Und? Fällt der Groschen?"

„Du schiebst den Halternern mangelnde Pflege unter. Die sollen ihr Image verlieren."

„Bingo! Das Zeug ist eine Gefahr für alle Gewässer, auch für den Stausee. Die werden keine Mühe scheuen, radikal alles zu entfernen. Was bleibt, ist der angeschlagene Ruf des Angelvereins. Heute Nacht schüttest du die Pflanzen bei denen in die Vereinsgewässer. Dann ist uns der Baggersee sicher und du kannst da deine Zander fangen. Die eignen sich ideal für den Besatz."

Mani Kempinski war das Gespräch mit Pörschke auf die Leber geschlagen. Die Sache rotierte in seinen Gedanken, sodass er erst jetzt realisierte, dass er längst an seinem Angelplatz am Teich angekommen war. Die Art, wie Pörschke ihn überzeugen wollte, verdarb ihm immer noch die Laune. Warum sollte er allein die ganze Last tragen? Da hatte sich Pörschke geschnitten, denn er hatte seinen Vorschlag abgelehnt. Sollte Pörschke das Ding doch selbst durchziehen! Patriotismus hin oder her. Das war doch billige Hetze. Mani gab einen Scheiß auf Pörschke und die Kollegen im Vorstand. Denen ging es doch nur um die eigene Nase, die wollten ihren Posten im Verein sichern. Er wollte nur in Ruhe angeln. Da durfte ihm niemand an den Karren fahren. Da war er wie ein ungezogenes Kind, das jähzornig zum Tafelbesteck griff.

Der Klappstuhl grätschte sich bedenklich weit nach unten, als er sich setzte und eine Zigarette aus der Schachtel zog. Eine Pause war fällig, bevor er die Ruten setzte. Gemächlich sah er über das Wasser, einzelne Kringel an der Oberfläche verrieten ihm, dass die Rotaugen nach aufsteigenden Larven suchten und der Sommer noch nicht vorbei war.

Seine Absicht an diesem Freitagnachmittag bestand darin, die richtigen Köder für das morgige Abangeln auszuprobieren. Alle Mitglieder würden kommen und für den Abend war eine große Party im Vereinshaus geplant.

Kempinski warf seinen Köder aus – genau an eine Stelle, die man nur mit einer langen Rute erreichen konnte. Die Anschaffung der Carbonrute hatte sich bereits bezahlt gemacht, so zielsicher, wie sie den Köder an den richtigen Platz positionierte. Erwartungsvoll setzte er sich zurück in den Klappstuhl, hielt aber dann in der Bewegung inne, als hätte ihn der Schlag getroffen. Die Pose hatte sich nicht einmal richtig aufgestellt, da zog sie auch schon seitwärts, tauchte weiter ein und verschwand unter der Wasseroberfläche. Seine rechte Hand langte zur Rute und umfasste den Griff. Er gab der Schnurspannung nach. Wieg dich in Sicherheit, mein Guter, ging es ihm wie ein gewetzter Spruch durch den Kopf. Lass es dir schmecken und nun schluck. Mani Kempinski spannte alle Muskeln seines Körpers an, auch die, die er für die anstehende Aktion nicht brauchte. Mit einem Ruck zog er an der Angelrute, um den Haken tief ins fleischige Maul des Karpfens zu jagen. Dann fühlte er mit Herzrasen, wie sich die Schnur ohne sein Beitun spannte. Der Haken saß und das Opfer war auf der Flucht.

Nun ging es darum, den Cypriniden mit Fingerspitzengefühl Meter um Meter näher ans Ufer zu holen. Die geflochtene Schnur würde den Fluchtversuchen widerstehen, aber er wusste nicht, wie der Karpfen gebissen hatte. Saß der Haken nur in einer oberen Hautschicht oder hatte sich die Spitze ins knorpelige Gewebe vorgeschoben? Er hatte sich so manches Mal gefragt, warum sein Herz immer so aufbrauste, wenn er einen Fisch an der Angel hatte. Mit Blick auf vierzig Jahre Angelsport dürfte sich sein Organismus angepasst haben, aber eben das war nicht passiert. Sein Puls schoss aus unerklärlichen Gründen hoch, als ginge es um sein Leben. Alles, was schlimmstenfalls passieren konnte, war der Verlust des Karpfens, den er ja eigentlich gar nicht haben wollte. Ihm ging es heute doch bloß darum, verschiedene Köder auszutesten.

Dort im dunklen Wasser kämpfte ein Wesen um sein Leben. War es das? War es die Angst des Fisches vor dem Tod? War es, diese Angst in den Fingern zu spüren? Animierte ihn der Todeskampf? War er nur ein normaler Angler oder ein Handlanger des Sensenmannes? Der Tod, das war er. Es lag in seinem Ermessen, ob der Fisch sterben würde. Diese Gewalt hatte er nicht über Menschen, jedenfalls übte er sie nicht aus. Und vielleicht genau deswegen erregte ihn die Komplizenschaft mit dem Tod und genau deswegen hatte er sie zu seinem Hobby gemacht, einem Hobby, das so harmlos aussah, dass es einen Bund mit dem Bösen außer Frage stellte.

Kempinski stapfte vorsichtig bis an die Wasserkante. In seiner linken Hand hielt er den Kescher. Die Rute bog sich wie der Ast einer Trauerweide. Die Spannung der Schnur ließ das Wasser, in das sie eintauchte, erzittern. Plötzlich kam der Fisch hoch und schlupfte seinen goldenen Bauch durch das sprudelnde Nass, um gleich wieder abzutauchen. Ein Karpfen, wie er es erwartet hatte. Kein Rekordmaß, aber ein guter Vorbote auf den großen Vetter am Samstag.

Der Fisch zappelte, als Kempinski ihn aus dem Kescher nahm und auf den Boden legte. Für gewöhnlich würde er seinen Fang nun mit einem Schlag betäuben und dann abstechen, indem er eine Messerklinge so zwischen die Brustflossen schob, dass das Herz getroffen wurde. Er könnte die armselige Kreatur aber auch einfach zappeln lassen, bis sie erstickt war. Einen Fisch zu töten, das hatte ihm nie etwas ausgemacht und das mit Recht, pflegte er Andersdenkenden mit einem Anflug von Stolz zu sagen. Alle Fleischesser ließen Tiere töten, Tiere, die eigentlich ein Scheißleben hatten. Er war ein Jäger, aber einer, der seine Beute achtete. Der Fisch hatte um sein Leben gekämpft und das flößte ihm Respekt ein. Er war in gewisser Weise ein ebenbürtiger Gegner, einer auf Augenhöhe, denn er hätte ja auch nicht anbeißen können.

Einen Moment später lag der Fisch still im Gras und schluckte Luft. Kempinski sah sich die Bissstelle an. Wunderbar im Maul gehakt. Hatte er doch im richtigen Augenblick angeschlagen. Diese Kunst beherrschte er. Er beugte sich über seine Beute, nahm eine spitze Zange und wollte gerade den Haken entfernen, als ihm ein rötlicher Schimmer in die Augen stieß. In der Rückenflosse des Karpfens steckte ein Ohrring mit einem dunklen Rubin. Sein Atem stockte. Der Anblick des funkelnden Edelsteins erinnerte ihn kurz an seine verstorbene Mutter, die auch solche Ohrstecker getragen hatte. Er zwinkerte mit den Augen, um sicherzugehen, keiner visuellen Täuschung aufzusitzen.

Das konnte nur ein blöder Scherz sein, aber niemand im Verein würde auf eine solch absurde Idee kommen. Waren es etwa die aus Haltern, die versuchten, die Dülmener Konkurrenz lächerlich zu machen, so wie Pörschke den Halterner Verein mit seiner Wasserpest in Verruf bringen wollte? Lief da unterschwellig bereits ein hässliches Schmierentheater? Ausschließen konnte er das nicht, also musst er jetzt handeln. Das konnte sein Verein nicht auf sich sitzen lassen. Er zog sein Finnenmesser aus dem Lederetui, stach zu und schlitzte dem Karpfen den Bauch zwischen den Kiemen auf. Blut ergoss sich auf das nasse, schleimige Gras.

2 Kungelei

Walter Haverkamp, Vorstandsvorsitzender des Halterner Angelvereins, und sein Kassenwart Udo Teltrup saßen in der Kajüte, einer Kneipe am Stausee. Der Wirt Peter Beckmann hatte ihnen zwei frisch gezapfte Pils gebracht.

„Zum Wohlsein", sagte Beckmann, schob einen Stuhl beiseite, stellte seinen rechten Fuß auf die Sitzfläche und beugte sich vor. „Wie steh'n die Aktien? Kriegt ihr den Sythener Baggersee? Da wärt ihr ganz unter euch, so mit neuem Vereinsheim, Grillen und alles mitten im Wald. Das zieht. Holt euch die Jugend ran, die aus der Mittelschicht. Die haben später Geld und dann baut ihr neue Teiche und eine eigene Zuchtanstalt für den Besatz. Wie wär das, Jungs?"

„Komm, hör du auf zu reden. Guck dir deinen Schuppen an. 1-a-Lage und was haste draus gemacht: 'ne Baracke", stänkerte Haverkamp.

„Hab den Zug verpasst, bin nicht der Einzige. Die alte Gastronomie von Haltern hat sich längst verabschiedet. Seestern, die alte Stadtmühle, Haus Niemen – bis auf den Heimingshof ist nichts mehr vom alten Charme übrig geblieben. Was hatten wir Spaß am Alten Garten, sind die Stever hoch bis zum Strandbad am Heimingshof geschwommen. Und dann die Mädchen." Beckmann warf einen melancholischen Blick durch die verschmierten Fensterscheiben seiner Kneipe hinaus auf die Stege am See. „Was soll's, trinken wir einen auf die guten alten Zeiten."

Die klapprige Eingangstür zur Schenke öffnete sich und eine Frau in dezent grün-brauner Freizeitkleidung mit dazu passenden Trekkingschuhen trat ein. Beckmann nahm seinen Fuß vom Stuhl, stieß leise ein paar stöhnende Lacher aus und flüsterte:

„Pastevka, die Vogelscheuche aus dem Rathaus. Die würde euch Angler gerne zum Mond schießen."

Die grüne Politikerin hatte sich für die Errichtung eines Naturschutzparks als zukünftige Nutzung des Baggersees stark gemacht und dabei deftig gegen die Pläne des Halterner Angelvereins gewettert. Ein persönlicher Diskurs von Angesicht zu Angesicht hatte bisher nicht stattgefunden.

Beckmann schlenderte zu seinem Tresen und Haverkamp und Teltrup rückten näher zusammen, als machten sie sich auf eine Attacke gefasst. Gundula Pastevka nahm am Nebentisch Platz und ließ es sich nicht nehmen, den beiden Männern mit einem herabwürdigenden Gesichtsausdruck mitzuteilen, was sie von ihnen hielt.

Haverkamp nahm einen Schluck von seinem Pils und wischte sich aus Gewohnheit über den Schnäuzer, obwohl das Pils keine Krone mehr hatte und somit auch kein Schaum in seinem Oberlippenbart hängen bleiben konnte. Er räusperte sich und erschrak förmlich, als ihn Pastevka plötzlich ansprach.

„Herr Haverkamp, ich hoffe Ihre gemütliche Runde nicht zu stören. Sie können sich sicher denken, in welcher Angelegenheit ich Sie anspreche. Sie würden uns viel Arbeit ersparen, wenn Sie uns über den Ausgang der Videokonferenz von letzter Woche mit dem Vorstand der Sandwerke Nord-Süd GmbH unterrichten. Wenn Sie den Zuschlag für den Erwerb der Nutzungsrechte am neuen Baggersee bereits erhalten haben, sind Sie für uns weiterhin der primäre Gesprächspartner, wenn es der Dülmener Angelverein war, dann werden wir denen unsere Pläne für eine biologisch und tierschutzrechtlich angemessene Nutzung der Anlage unterbreiten."

Haverkamp warf ihr ein gespreiztes Lächeln zu.

„Frau Pastevka, wir wissen nichts Konkretes."

„Richtig", pflichtete ihm Teltrup bei. „Wir haben keine Ahnung."

Haverkamp und Teltrup hatten das Gespräch nicht gesucht und zeigten auch kein Interesse, ihre Haltung zu ändern.

„Also", begann Pastevka mit einem tiefen Atemzug, „leider hat sich die Mehrheit des Rates dagegen ausgesprochen, das Gebiet um den Baggersee selbst zu erwerben. Ich sag Ihnen da mal was unter der Hand. Wir im Rat wissen, dass der Halterner Angelverein finanziell gut aufgestellt ist. Die Stadt hofft, dass Sie dort ordentlich investieren und zwar auch im öffentlichen Interesse."

„Heißt?", fragte Haverkamp, als wäre ihm die Antwort egal.

„Das Gebiet um Haltern herum wird immer wichtiger für den lokalen Tourismus. Da will man nicht ein so wertvolles Erholungsgebiet wie den Baggersee nur an einen Angelverein verscherbeln. Die Stadt drückt Ihnen Auflagen aufs Auge: öffentliche Spazierwege, Parkplätze, Joggingparkour und Gastronomie. Die wollen Gewerbesteuer, argumentieren, dass es schon genug geschützte Biotope um Haltern herum gibt. Wenn Sie nun gemeinsam mit uns für ein Naturschutzgebiet eintreten, in dem der Angelverein auf bestimmte Gebiete verzichtet, dann könnten wir eventuell eine Mehrheit im Rat gewinnen. Unter diesen Umständen kann die

Stadt Ihnen dann keine einschneidenden Auflagen mehr machen, ist ja dann Naturschutzgebiet."

Bevor Haverkamp zu einer Stellungnahme ausholen konnte, betrat ein Mann mit Hut den Schankraum, knöpfte sich den Mantel auf, während er zur Theke ging und einen halben Liter Bier bestellte. Haverkamp wurde plötzlich nervös, zögerte und sah Teltrup aus dem Augenwinkel an. Auch bei Frau Pastevka hinterließ der neue Gast eine angespannte Reaktion. Sie straffte ihre Sitzhaltung. Ihre Stimme klang gereizt.

„Wissen Sie was, Herr Haverkamp, wir müssen uns alle anpassen, auch die Angelvereine, deren Praktiken mit modernen ethischen Gesichtspunkten nicht mehr vereinbar sind. Es ist biologisch längst erwiesen, dass Fische Schmerzen haben, wenn sie am Haken baumeln, und Sie nennen das ganze auch noch Sport."

Haverkamp runzelte die Stirn und drehte sein Pilsglas gemächlich auf dem Bierdeckel. Als hätte er es geahnt, durchschnitt eine herrische Männerstimme die angespannte Stille.

„Man kann über alles reden, aber nicht mit jedem", betonte der stämmige Gast und hängte seinen Mantel an den frei stehenden Kleiderständer, holte sich den gefüllten Bierkrug von der Theke ab und ging auf Pastevka zu.

„Sie haben nichts in der Tasche, was uns hier vom Hocker holt. Sie reißen Ihr Maul weit auf, zu weit, so wie früher. Was anderes kenne ich von Ihnen nicht."

Egon Michalzek setzte sich neben Teltrup an den Tisch der Angler. Obwohl der Mann bereits 77 Jahre alt war, imponierte er durch eine athletisch strenge Körperpositur. Sein Hut machte ihn größer, als er eh schon war, und verlieh ihm eine Distanziertheit, die man lieber nicht antastete. Michalzeks Rhetorik war gefürchtet und nicht zuletzt deswegen legte sich in der Regel niemand mit ihm an. Er war für viele Jahre Vorsitzender des Halterner Angelvereins gewesen und hatte erst im Vorjahr sein Amt an Haverkamp abgetreten, allerdings nicht ohne einen Deal. Michalzek wurde bei der letzten Hauptversammlung zum Ehrenmitglied des Vereins gewählt. Nicht alle im Verein konnten ihn leiden, sodass Haverkamp bei der Wahl zum Ehrenmitglied hier und da mit ein paar Scheinchen nachgeholfen hatte. Er wollte Michalzek loswerden und hatte gehofft, der würde sein Ehrenamt vor allem passiv ausüben.

In Sachen Baggersee ging es Haverkamp um seine persönliche Ehre. Er wollte unter allen Umständen vermeiden, dass Michalzek ihm bei den Verhandlungen ins Handwerk pfuschte. Haverkamp wollte sich als neuer Vorsitzender profilieren und nicht im Schatten von Michalzek eine Nebenrolle spielen.

Die Anwesenheit Michalzeks aufseiten der Männer schmälerte in gewisser Hinsicht Pastevkas Position, aber das nur augenscheinlich, denn sie war eine gestandene Frau Mitte sechzig und hungerte noch immer wie ein Teenager nach Konfrontation. Pastevka stand zu ihren grauen Haaren, trug nie Kleider oder Röcke, hatte etwas Merkelhaftes, war aber seit ihrer Jugend rebellisch geblieben. Michalzeks provokante Machotour bediente sie mit einem abfälligen Lächeln.

„Sie sind ein billiger Aufschneider, Herr Michalzek. Blieben Sie bei den Fakten, würde Ihnen so manches Wort im Halse steckenbleiben. Mit Ihrer radikalen Haltung verderben Sie dem Verein einen guten Kompromiss."

„Dummes Zeug! Radikale Haltung! Wer ist denn mit Dutschke vorne weg durch West-Berlin marschiert? Kommunenflittchen! APO-Arschlöcher! Und nun kommen Sie als Tofutante und wollen uns erzählen, wie wir unseren Verein zu leiten haben."

Haverkamp und Teltrup tauschten mürrische Blicke aus. Michalzeks unkontrollierte Cholerik gefährdete ihre Absicht, die Grünen auf diplomatische Art für sich arbeiten zu lassen, ohne ihnen feste Versprechungen zu machen. Die Pläne der Stadt, den Baggersee als Erholungsgebiet ausweisen zu wollen, war dem Verein bekannt. Die Grünen waren das Zünglein an der Waage, um die Mehrheit im Rat zu kippen. Mit ein bisschen mehr Naturschutz hätte sich der Vorstand des Vereins anfreunden können, aber auch das wollten Haverkamp und Teltrup geschickt vermeiden. Nun machte Michalzek ihnen gerade einen Strich durch die Rechnung. Haverkamp traute sich nicht, ihn außer Gefecht zu setzen, denn in der Konferenzschaltung mit Dr. Ritter, dem Vorsitzenden der Sandwerke Nord-Süd GmbH, ging es um alles oder nichts. Bei der Gelegenheit war Michalzek als Sprecher aufgetreten und hatte Halterns Position wortgewaltig vertreten. Man schuldete ihm etwas und wagte nun nicht, ihn einfach hier öffentlich abzuservieren.

Für Pastevka waren Michalzeks Bemerkungen über ihre frühe politische Vergangenheit überraschend gekommen. Woher wusste er das? Sie hatte nie über ihre Bekanntschaft mit Rudi Dutschke gesprochen, allerdings gab es eine alte Tagesschau Reportage, wo sie in der vordersten Reihe neben Dutschke eine Demonstration anführte.

„Herr Michalzek, wie man hört, sind Sie Mitglied der SPD. Ihr Schröder hat mit Joschka Fischer gemeinsame Sache gemacht und Weggefährte Cohn-Bendit langweilt heute Talkshowgäste. Kommen auch Sie in 2018 an! Es war alles halb so schlimm."

„Papperlapapp. Sie haben die Sinnlosigkeit Ihrer Aktionen von damals nicht verdaut und moralisieren stattdessen heute an traditionellen Gepflogenheiten herum. Das Aushängeschild ‚Tierschützerin' steht Ihnen nicht, denn sonst würden Sie Hühner aus Käfigen befreien. Wir fischen nach den Regeln des Deutschen Tierschutzbundes und lehnen Ihren Vorschlag ab. Und wenn wir mal einen Pokal verteilen, dann heißt das nicht, dass wir um die Wette fischen, sondern ein Mitglied für seinen Sportsgeist ehren."

Haverkamp verzog das Gesicht und drehte seinen Kopf zur Seite, damit Michalzek nicht sehen konnte, wie ihn die Situation ankotzte. Der Verein musste in dieser schwierigen Zeit zusammenhalten. Das verdonnerte ihn jetzt zum Schweigen, aber er würde Michalzek nicht verzeihen, wie er ihn hier übergangen hatte. Er musste ihm unbedingt einen Denkzettel verpassen, sonst würde der Alte weiter den Vorstand manipulieren wollen.

Pastevka verdrehte die Augen, blieb stoisch in ihrer Haltung und gab sich keineswegs geschlagen.

„Ich werde mich persönlich für eine Lösung einsetzen, die dem Angelverein Steine in den Weg legen wird. Politisch wie menschlich hat mich dieses Gespräch enttäuscht."

Sie stand abrupt auf, wobei sie den Stuhl mit den Kniekehlen nach hinten über den Holzfußboden schob, knöpfte sich den Mantel zu und verließ mit energischen Schritten den Schankraum. Ein Sturm im Wasserglas. Im Grunde war nichts passiert, aber man wollte die Zahl der Widersacher im Rat möglichst klein halten. Schlimmer war, dass die Machtverteilung unter den Männern eindeutig zu Gunsten von Michalzek ausgefallen war. Das hinterließ einen faden Beigeschmack. Der Wirt kam mit zwei frisch gezapften Pils und stellte die Gläser vor Haverkamp und Teltrup auf den Tisch. Michalzek leerte seinen Krug mit kräftigen Schlucken und bestellte einen neuen. Wirt Beckmann hatte eine Frage.

„Was war denn nun mit dieser Konferenzschaltung? Das hab ich nicht verstanden."

Haverkamp brauchte ein Ventil, um seine Aggression gegen Michalzek im Zaum zu halten und übernahm das Wort.

„Die vom Dülmener Verein befanden sich in ihrem Klubhaus und wir in unserem. Dann war da die Chefin der Sandwerke Haltern zugeschaltet und ein Herr Dr. Ritter, der Vorstandsvorsitzende der Sandwerke Nord-Süd GmbH. Der hatte seine Kamera in seiner Villa in der Schweiz stehen. Alle vier Parteien konnten miteinander reden und sahen sich auf den Bildschirmen." Beckmann grinste.

„Das bringt mich auf eine ganz andere Idee. Was haltet ihr davon, wenn ihr eine Kamera an eurem Vereinsteich installiert und wir übertragen hier auf dem Fernseher, was ihr fangt? Angeln live. Sagt bloß nicht, ich ginge nicht mit der Zeit."

Haverkamp ging nicht auf Beckmanns Vorschlag ein, stattdessen wurde er immer ungeduldiger. Er wollte Michalzek keine Gelegenheit bieten, in Sachen Baggersee erneut das Wort zu führen.

„Du wolltest wissen, wie das Gespräch lief. Wir hatten Dr. Ritter bereits schriftlich unsere Pläne eingereicht. Ich denke, dass wir einen guten Eindruck gemacht haben. Natürlich kenne ich den Plan der Dülmener nicht. Es bleibt also weiter spannend."

„Was ist mit meinem Bier?", brummte Michalzek. Beckmann schlurfte davon und Michalzek kommentierte die Konferenzschaltung auf seine Weise.

„Der Dülmener Vorsitzende war ziemlich nervös, hatte Schiss vor der Kamera. Die waren viel zu kleinlaut. Du musst durch Allwissenheit bestechen. Nach vorne preschen und die anderen abhängen. Es kommt nicht darauf an, was, sondern wie du es verkaufst."

Haverkamp wusste, dass es einige gestandene Kollegen im Verein gab, die Michalzek nach dem Mund redeten, die seinen arroganten Führungsstil mochten. Haverkamp wollte den Verein dagegen demokratisch führen. Michalzek würde ihm das als Schwäche auslegen und einen Keil zwischen die Mitglieder treiben. Er musste jetzt handeln und ihm das Maul stopfen.

Beckmann kam mit dem Bier zurück und reichte Haverkamp ein schnurloses Telefon.

„Da ist jemand von eurem Klubhaus. Keine Ahnung, warum die bei mir anrufen."

„Ich hab mein Handy vergessen", sagte Haverkamp gereizt und nahm das Gespräch an. Er stellte ein paar Fragen, wurde immer hektischer und beendete den Anruf mit der Ankündigung, in wenigen Minuten am Vereinshaus zu erscheinen. Teltrup war neugierig.

„Was ist passiert? Soll ich mitkommen?"

„Ja, besser du kommst mit. Einer aus der Jugend hat einen Karpfen gefangen und der hatte etwas um den Bauch gewickelt. Ein feinmaschiges Netzteil. Darin befand sich ein Plastiktütchen mit langen schwarzen Haaren."

3 Spuk

Mani Kempinski vom Dülmener Angelsportverein stand ratlos vor seinem Fang. Er hatte einen Karpfen mit Schmuck in der Flosse aus dem See geholt und nun setzte sich langsam der Gedanke durch, dass es nicht der einzige Fisch sein würde. Warum sollte er ausgerechnet den einen gefangen haben? Kempinski argwöhnte, ob sich jemand einen bösen Scherz erlaubt hatte, aber kam zu dem Schluss, dass es sich auch um eine Verschwörung handeln könnte. Feindliche Artgenossen fuhren eine Attacke gegen den Verein. Würde das öffentlich, wäre das die größte Lachnummer. Er musste Pörschke von seinem Fund unterrichten und rief ihn an.

Minuten später rauschte Pörschke mit seinem Land Rover an und eilte zu Mani Kempinski an den Teich. Noch Schritte entfernt rief er ihm zu: „Du hast mich hoffentlich nicht verarscht!" Kempinski saß breitbeinig auf seinem Klappstuhl, im Mund eine Zigarette und in der Hand die Bierflasche. Dann sah Pörschke den Rubin in der Rückenflosse des toten Karpfens stecken.

„Und den hast du so gefangen, wie er da liegt?" Pörschke wechselte Blicke zwischen Kempinski und dem Fisch. „Hör zu, Mani! Wir sind nicht immer einer Meinung, aber wenn du mich hier täuschen willst, werde ich auf der nächsten Versammlung deinen Ausschluss aus dem Verein beantragen. Und glaube nicht, dass die von Haltern einen solch hinterfotzigen Kandidaten in ihren Reihen haben wollen."

Kempinski blieb gelassen.

„Begreifst du nicht, was hier los ist? Beim Abangeln morgen werden wir noch mehr davon fangen. Das war nicht der Einzige. Da draußen schwimmen mindestens vierhundert Karpfen rum, warum sollte ich ausgerechnet den mit dem Schmuck gefangen haben? Wir sollten das Abangeln absagen und die Sache –"

„Du spinnst", fiel Pörschke ihm ins Wort. „Absagen! Kommt überhaupt nicht infrage. Wir müssen uns was einfallen lassen, um den Schaden zu begrenzen. Das darf auf keinen Fall an die Öffentlichkeit. Wenn wir es im Verein geheim halten, wäre das okay. Mit der Zeit wächst Gras darüber."

„Ach, und den Urheber lassen wir laufen?"

„Mani, eins nach dem anderen. Wir haben keinen blassen Schimmer, wer dahinter steckt. Es muss jemand sein, der was von Fischen versteht. Schließlich hat er eine Badewanne voller Karpfen organisiert und hier bei uns ausgesetzt."

„Traust du denen aus Haltern das zu?"

„Michalzek. Du hast ihn bei der Konferenzschaltung erlebt. Ein kaltschnäuziger Brocken. Er wollte uns mit seiner lächerlichen Polemik aus dem Ring werfen, aber ich denke, dass Dr. Ritter ihn durchschaut hat. Wie auch immer, zutrauen würde ich dem alles."

„Sollten wir besser die Polizei einschalten?"

„Damit die den Teich sperren? Bist du bekloppt."

Kempinski ließ nicht locker.

„Aber vielleicht ist ein Mord passiert. Der Ohrring könnte ein Beweisstück sein."

„Quatsch! Da will uns einer ans Bein pinkeln! Es bleibt dabei. Wir halten den Vorfall in den eigenen Reihen. Ich zähl auf dich. Morgen beim Abangeln, da gehst du hin und wieder zu den Kollegen und schaust, ob bei denen alles glattläuft. Wenn wir Glück haben, geht der Spuk ohne großes Aufsehen an uns vorbei."

Pörschke löste den Ohrring von der Flosse, steckte ihn in seine Jackentasche und verschwand.

4 Haarig

Haverkamp und Teltrup betraten das Halterner Vereinshaus und sprachen mit dem Jungen, der den Karpfen mit dem Plastiktütchen gefangen hatte.

„Zeig mal her. Wo sind die Sachen?", fuhr ihn Haverkamp launisch an. Der Junge deutete auf den Tisch neben ihnen. Teltrup nahm die kleine Plastikhülle auf, hielt sie gegen das Licht und suchte nach den Haaren.

„Ich denk, da sind Haare drin."

Der Junge zog einen Bierdeckel heran, auf dem ein schwarzes Knäul lag. Teltrup nahm es und entwirrte das Geflecht. Einige lange Haare konnte er trennen, andere zerrissen.

„Tatsächlich! Und die waren in dem Tütchen?"

„Ja, und das war mit diesem Band um den Bauch des Karpfens gewickelt."

Der Junge streckte seine Hand aus. Darin lag ein Fetzen elastischer Stoff, der einem Stück von einem Stützstrumpf sehr ähnelte. Teltrup untersuchte das Material, dehnte es, formte es und wollte es über sein angewinkeltes Knie stülpen.

„Passt nicht, aber für einen Karpfen würde es reichen." Teltrup sah sich um. „Wo ist der Fisch?"

„Hab ich wieder reingesetzt", sagte der Junge kleinlaut.

„Scheiße. Hätte gerne gesehen, wie sich das Ding über den Karpfen stülpen lässt. Ich würde es zwischen Rückenflosse und Brustflossen schieben. Da kann es nicht weg, die Kiemen verhindern das Abrutschen."

Haverkamp nahm Teltrup beiseite.

„Schick den Jungen nach Hause. Der darf nichts sagen. Mach Druck, dass er die Klappe hält."

Teltrup sprach mit dem Jungen, der daraufhin seine Sachen packte und ging.

„Wir stehen hier vor einem Scheißproblem", stöhnte Haverkamp. „Das sind Haare von einem Menschen, wahrscheinlich von einer Frau."

„Kann doch auch ein Scherz sein", wiegelte Teltrup ab.

„Da macht sich keiner so viel Arbeit für einen so schlechten Scherz. Was, wenn da noch mehr Fische schwimmen, die Post um den Bauch gewickelt haben, mit Fingernägeln, Zähnen oder Ohrläppchen drin?"

Teltrup behielt die Ruhe.

„Vielleicht haben die Älteren aus der Jugend den Jungen an der Nase herumgeführt und wir sind nachher die Doofen, weil wir die Nerven verloren haben. Machen wir uns nicht lächerlich."

„Ne, ne! Da ist was im Busch. Wir kämpfen gegen Dülmen um die Existenz des Vereins. Hier geht es um alles oder nichts. Dülmen will uns ausstechen und dazu sind denen alle Mittel recht."

„Ach was. Ich kenn den Theo Buttgereit aus Dülmen, der würde nie solche Methoden befürworten. Mach die nicht alle schlecht. Wir warten ab und ich mobilisiere einige Kollegen, dass sie morgen am Teich auf Karpfen gehen. Wenn die keinen Zombiefisch mehr fangen, ist die Sache erledigt."

„Okay, verschließ die Sachen im Kassenschrank. Falls tatsächlich ein krimineller Akt dahintersteckt, haben wir zumindest unsere Pflicht getan und die Indizien für die Polizei sichergestellt."

5 Halluzinationen

Samstag am Vereinsteich in Börnste. Der Morgen dieses frühen Herbsttages kündigte schönes Wetter an. Die Nacht war kalt gewesen, fast frostig. Vereinzelt lagen Nebelbänke über den Feldern. Knorrige Eichenstämme ragten mit ihren Kronen aus dem milchigen Dunst heraus. Mani Kempinski versuchte möglichst nah am Tor zur Teichanlage eine Parklücke zu erwischen. Vergebens. Er ärgerte sich über die müßigen Kollegen. Die Büsche und Sträucher links und rechts vom Tor hätten längst gestutzt werden müssen. Frustriert kramte er seine sperrige Ausrüstung aus dem Kofferraum und stiefelte los. Das Abangeln sollte ein Erfolg werden. In ein paar Stunden würde das Vereinsgelände bevölkert sein und später wurden Frauen und Kinder zum Grillen erwartet.

Plötzlich blieb er erschrocken stehen und tastete seine Parkataschen ab. Ein Glück, sein Handy hatte er eingesteckt. Das beruhigte ihn, denn er wollte Pörschke jederzeit erreichen können. Die Sache mit dem Ohrring machte ihm zu schaffen. Niemand anderes als er hatte den Ohrring ans Licht befördert. War er vielleicht sogar selber gemeint, eine Geste aus dunkler Vergangenheit, ein schwarzes Loch, von dem er hin und wieder träumte und aus dessen Tiefe seine Mutter nach ihm rief? Die Ohrringe kamen ihm bekannt vor, aber nein, er hatte nichts damit zu tun.

Er setzte seinen Weg fort. Richtig wach fühlte er sich nicht und die gewohnte Freude auf den Angeltag ließ auf sich warten. Nachts hatte er sich unruhig im Bett gewälzt und war schweißgebadet aufgewacht. Er hatte vom zweiten Ohrring geträumt, der ihn über den Traum hinaus als armseligen Sünder verfolgte. Hatte er den Tod seiner Mutter verschuldet? Hatte er deswegen Frauen schon früh aus seinem Leben gestrichen? Da war eine Wand, die unüberwindlich schien und vor der er zum ersten Mal als Kind gestanden hatte. Längst hatte er sich mit dem Schicksal abgefunden, ewiger Junggeselle zu bleiben, doch hatte sein Hausarzt ihm geraten, sich nicht von der Gesellschaft abzukapseln, da er ohne Partner und mit einem Hobby, das man oft alleine betrieb, vereinsamen könnte. „Man schlittert in eine Psychose, ohne dass man es merkt", hatte sein Arzt ihn gewarnt, aber Kempinski schenkte dem keine Bedeutung, weil er glaubte, dass Angeln für ihn die beste Therapie sei. Und außerdem lagen Depressionen nicht in der Familie, jedenfalls nicht väterlicherseits.

Dicke Nebelschwaden krochen aus der Mitte des Teiches empor. Er blieb erneut stehen und sah sich das Spiel der Elemente an. Die Stille hier draußen in der Natur faszinierte ihn. Sie kroch bis tief in seine Seele, aber wenn er nicht aufpasste und sich zu sehr darauf konzentrierte, wurde sie lauter und lauter, bis er sich ablenken musste, um nicht vom Getöse der Stille innerlich zerrissen zu werden. Erst seit einigen Wochen war ihm dieses Phänomen aufgefallen und er fragte sich, ob sich dadurch die Psychose ankündigte, von der sein Arzt gesprochen hatte.

Er legte seine Utensilien vorsichtig ins nasse Gras und zündete sich eine Zigarette an. Abschätzend blickte er nach oben. Der Nebel hatte sich verzogen. Auf der glatten Oberfläche des Wassers spiegelte sich das frische Blau des Himmels, als würde es bis tief unten auf den Grund scheinen. Er machte einen weiteren Schritt ans Ufer und plötzlich war ihm, als sähe er dort unten einen roten Edelstein. Er blinzelte und bückte sich nieder. Vielleicht konnte er den leuchtenden Punkt einfangen, ihn sogar mitnehmen. Doch als seine Hand ins Wasser glitt, verschwand der rote Schein. Er stützte sich behäbig im moosigen Grund ab, richtete sich auf und setzte seinen Weg zum Angelplatz fort.

Er hatte richtig getippt. Es gab einen zweiten Ohrring mit einem Rubin.

6 Schmucke Idylle

Um zehn Uhr waren alle Angelplätze belegt. Pörschke machte seine Runde um den Teich, weil er es als seine Pflicht ansah, mit allen Mitgliedern kurz ins Gespräch zu kommen. Als er auf Mani Kempinski zuging, steckte er sich eine Zigarette an.

„Wir haben Glück mit dem Wetter."

„Du siehst müde aus", nuschelte Kempinski.

„Die Kollegen meinen, dass es um die Mittagszeit besser werden würde mit den Fängen. Bisher haben die meisten nur zaghafte Bisse von Rotaugen. Ein paar Schleien wurden gefangen und Bickhove hat vier Brassen. Was hast du?"

„Zwei Karpfen ohne Schmuck, wenn du es genau wissen willst."

Gegenüber winkte ihnen ein Anglerkollege mit beiden Armen aufgeregt zu. Er konnte nicht rufen. Das hätte die anderen verärgert. Pörschke trat seine Zigarette aus, sah Kempinski alarmiert an und ging zu dem Mann, der bereits seinen Kollegen zur Rechten zu sich gewunken hatte.

„Was gibt's?", fragte Pörschke betont gelassen.

„Mensch, sieh dir das an. Das glaubst du nicht. In der Schwanzflosse des Karpfens steckt ein Ohrring."

Pörschke beugte sich über den Fisch. „Tatsächlich, ein Ohrring mit einem blauen Stein. Damenschmuck, wie ich das sehe. Ob den jemand verloren hat? Und dann hat der sich dort festgesetzt?"

„Was Blöderes konntest du jetzt nicht sagen", fuhr ihn der Kollege an. „Da hat jemand absichtlich den

Ring reingesteckt. Dumme Geschichte. Was meinst du, Willi? Du bist doch Juwelier."

Willi entfernte den Ring aus der Flosse und sah ihn sich an.

„Ein altes Stück. 333er Goldfassung und wahrscheinlich ein echter Saphir. Diese Art Schmuck verlor in den Nachkriegszeiten an Bedeutung. Könnte ein Erbstück sein. Der Karpfen ist höchstens zwei Jahre alt und der Schmuck sieht nicht so aus, als trüge ihn der Fisch schon seit seiner Geburt."

Pörschke ließ die Männer reden. Vielleicht ergab sich dadurch die Lösung, nach der er fieberhaft suchte. Der Fänger des Fisches überlegte.

„Und du meinst, dass der Ring erst kürzlich im Karpfen befestigt wurde? Aber wie ist der Scherzbold an den Karpfen gekommen?"

„Er hat ihn gefangen, was sonst?"

„Dann ist das jemand aus dem Verein?"

„Oder aus einem anderen Verein", schob Pörschke eilig dazwischen.

„Warum das?"

„Die von Haltern wollen uns für dumm verkaufen, halten uns zum Narren." Pörschke tat entschlossen. „Wir müssen den Fund geheim halten. Niemand von den Kollegen darf das an die große Glocke hängen, auch kein Wort an die Familie. Gebt das weiter an die Kollegen, die auch einen Karpfen mit Schmuck fangen, aber haltet sonst die Klappe. Die Komiker aus Haltern werden sich wundern, wenn wir zurückschlagen."

Willi steckte den Ohrring ein.

Um die Mittagszeit schien die Sonne pur von einem stahlblauen Himmel herab. Einige Frauen waren gekommen, um ihren Männern einen Snack zu bringen und im Vereinsheim frischen Kaffee zu kochen. Es herrschte eine ausgelassene Stimmung. Für die Abendparty trugen Männer den großen Grill nach draußen. Die Kinder spielten im nahegelegenen Wald. Willi war damit beauftragt worden, die Wasserbecken im Vereinsheim zu säubern und anschließend mit Frischwasser zu füllen, damit die gefangenen Karpfen gewässert werden konnten. Die Fische verloren dadurch ihren moderigen Geschmack. Eine Woche später würden sie geschlachtet und in den Topf oder die Truhe kommen.

Willi hatte seine Jacke ausgezogen, weil ihm zu warm wurde. Seine Frau kam herbei und wollte den Wagenschlüssel holen und griff wie üblich in Willis Jacke. Der Ohrring rutschte ihr zwischen die Finger. Erstaunt sah sie sich das Schmuckstück an. Sie kannte ihren Mann nur zu gut. Als Juwelier würde er niemals Schmuck ohne eine entsprechende Verpackung bei sich tragen. Sollte sich jetzt etwa ihr Verdacht bewahrheiten, dass Willi eine heimliche Geliebte hatte? Sie hielt ihm den Ohrring unter die Nase.

„Und wie heißt die Dame dazu?"

Willi erschrak, blickte sich aber im selben Moment um und sprach hinter vorgehaltener Hand.

„Keine Bange. Den haben wir eben aus der Flosse eines Karpfens entfernt."

Willi wurde von zornigen Blicken durchlöchert. Seine Frau drehte sich wortlos um und marschierte zu ihrer Freundin. Beide Frauen stellten Willi daraufhin zur Rede, was damit endete, dass Pörschke und der Fänger des geschmückten Karpfens als Zeugen antreten mussten. Noch vor dem nachmittäglichen

Kaffeetrinken wussten alle vom Angelverein, was geschehen war.

Kempinski kam in Bedrängnis, denn nur er und Pörschke wussten von dem Fang mit dem Rubinohrring. Als dann aber ein dritter Karpfen mit einer Haarspange, die mit einigen Stichen um die Rückenflosse des Trägerfisches genäht war, gefangen wurde, packte Kempinski alle Details aus und Pörschke legte sich ins Zeug, der ganzen Geschichte eine neue Wende aufzudrücken.

„Wir müssen umgehend die Polizei verständigen. Hier geht es aller Voraussicht nach um ein Kapitalverbrechen, Mord nicht ausgeschlossen."

Pörschke witterte einen harten Schlag gegen die Halterner. Wenn die Polizei den Täter fasste, und der konnte nur aus Haltern stammen, dann wäre dies das Aus für die Gegner im Rennen um den neuen Baggersee.

Das Abangeln wurde an diesem Nachmittag zu einer beispiellosen Attraktion, denn jeder, der nur eines Hakens habhaft werden konnte, hielt ihn ins Wasser und hoffte auf den großen Fang, einen Diamanten oder eine goldene Kette, vielleicht einen Ring mit dem Siegel des Täters.

Pörschke sprach mit der örtlichen Dienststelle der Polizei, die ihn weiter nach Münster verwies. Kommissarin Fey Amber nahm sich des Falles an und begab sich auf den Weg zum Dülmener Angelteich.

Als Hauptkommissarin der Münsteraner Kripo hatte sich Amber einen Namen gemacht. Die Zeiten ihrer Laufbahn, als sie noch athletische Einsätze auf der Jagd nach Verbrechern ablieferte, gehörten zur Vergangenheit. Sie war als brillanter Kopf bekannt und hatte das durch ihre unkonventionelle Denkart, Mut und konsequentes Handeln unter Beweis gestellt. Für die Frauen bei der Kripo in Münster hatte sie eine Lanze gebrochen. Die Vorurteile mancher männlicher Kollegen, besonders die gleichen Ranges, waren nach und nach verstummt. Hochgesteckte lange Haare, Lippenstift und Rock gehörten zu ihrem normalen Erscheinungsbild. Fey Amber war keine Quotenfrau, was sie unter Beweis stellte und was ihr viel Respekt einbrachte.

Sie traf um 17:45 Uhr am Teich in Dülmen ein. Pörschke begrüßte sie und zeigte ihr die kostbaren Fänge, die ihr wie ein Heiligtum auf einem weißen Deckchen präsentiert wurden.

„Wir haben insgesamt 82 Karpfen gefangen, vier davon waren mit Schmuck bespickt. Hier die Ausbeute: zwei Ohrringe, eine silberne Haarspange und eine Bernsteinperle."

„Waren es immer Karpfen, an denen der Schmuck haftete?"

„Definitiv. Es wurden heute mindestens dreihundert Fische gefangen, aber nur die Karpfen trugen Schmuck."

„Haben Sie einen Verdacht, Herr Pörschke?"

„Wir liegen mit dem Halterner Angelverein in einem Wettbewerb um ein Angelparadies. Ich denke, dass die uns in der heißen Phase der Auseinandersetzung mit unfairen Mitteln attackieren wollten."

„Wie schätzen Sie die Karpfenpopulation in Ihrem Teich ein?"

„Ich denke, es waren vor dem Abangeln etwa vierhundert." Fey Amber überlegte kurz.

„Nach dem bisherigen Ergebnis entfällt statistisch gesehen ein Karpfen mit Schmuck auf zwanzig Karpfen ohne. Hochgerechnet befinden sich also noch sechzehn Karpfen in Ihrem Gewässer, die Beweisstücke einer möglichen Straftat bei sich führen."

Pörschke war überrascht, dass eine Frau so gezielt auf den Punkt kam. „Ist vielleicht doch nur ein Dummerjungenstreich", wiegelte er ab.

„Rechnen Sie bitte damit, dass wir den Teich auspumpen werden, falls aufgrund der Analyse der Schmuckstücke eine Straftat nicht ausgeschlossen werden kann."

Pörschke sah sich einer Katastrophe gegenüber. Es dauerte Jahre, bis sich wieder eine ausgewogene Fischpopulation etablieren würde. Diese Frau hatte offensichtlich keine Ahnung, wovon sie sprach.

„Ich mache Ihnen einen Vorschlag. Wir angeln bis tief in die Nacht und werden Ihnen sofort Bescheid geben, wenn wir weitere Schmuckstücke finden."

„Im Gegenteil, Herr Pörschke. Sie machen sofort Schluss mit Angeln, denn ich kann nicht kontrollieren, wer hier was fängt. Es handelt sich lediglich um eine Vorsichtsmaßnahme, damit eventuelle Beweismittel nicht verloren gehen."

„Aber das ist doch Blödsinn. Wir besorgen Ihnen die Beweismittel."

„Passen Sie mal auf Ihren Ton auf und lassen Sie mich meine Arbeit machen. Angelverbot, ab sofort!"

7 News

Die Dülmener Zeitung bekam noch am Samstag Wind davon, dass man durch Angeln im Vereinsteich der Sportfischer von Börnste reich werden konnte. Die Reporter besaßen sogar ein Foto von den Fundstücken, das Kempinski ihnen zugespielt hatte.

Am Sonntag gab es für die Reporter der Halterner Zeitung ebenfalls eine Überraschung, denn im Halterner Vereinsgewässer wurden ernste Zeichen der Wasserpest entdeckt. Haverkamp hatte eine außerordentliche Sitzung des Vorstands einberufen. Um Mitternacht warf man das Handtuch. Man musste das Problem mit professioneller Hilfe angehen, aber das bedeutete auch, dass die ganze Sache öffentlich würde und sich negative Schlagzeilen nicht vermeiden lassen würden.

8 Typenlehre

Für Fey Amber stellte sich die Aufgabe, bei der Gratwanderung zwischen den rätselhaften Funden und den polizeilichen Maßnahmen nicht ins Wasser zu fallen. Sie hatte dem Dülmener Verein schwer zugesetzt, obwohl es keinen wirklich triftigen Grund gab, das Angeln abzusagen. Der Dummejungenstreich war immer noch eine realistische Option, obwohl diese Jungen ihrer Meinung nach schon etwas reifer sein mussten, denn es gehörte viel Geschick und Logistik dazu, Karpfen mit Accessoires in den Flossen in einen Teich zu schmuggeln. Blieb außerdem die Frage, wie sie in den Besitz der Karpfen kamen.

Im Treppenhaus des Präsidiums in Münster traf sie Charly von der Forensik.

„Kollegin Amber auf der Suche nach dem Mann ihrer Träume."

Fey sah sich um. „Wen meinst du?"

„Greif zu, dein Traumprinz steht vor dir."

„Wie kann man nur so unverbesserlich sein? Allerdings habe ich eine brillante Idee, was du in deinem Labor für mich tun könntest."

„Ich wusste, dass du meinem Charme eines Tages erliegen würdest. Ist das Eis also endlich gebrochen?"

„Charly, wir sind wie Wasser und Feuer. Bau meinetwegen Luftschlösser, aber jetzt hilf mir erst, diese Kronjuwelen zu identifizieren."

Fey hielt ihm ein Plastiktütchen mit den Schmuckstücken entgegen.

„Ab ins Labor, mein Lieber. Und hol dir einen Spezialisten dazu. Ich will wissen, von wann der Schmuck ist, ob er echt ist und wie teuer er war. Noch besser, wo er herkommt und ob er beschädigt ist oder verschlissen und so weiter. Du machst das schon."

Fey begab sich in ihr Büro. Sie sah sich die Fotos von den Schmuckstücken auf ihrem PC an. Es könnten mehrere Frauen als Besitzerinnen des Schmucks infrage kommen. Ein Dieb, vielleicht einer der Jungs vom Verein, entwendet den Schmuck bei verschiedenen Gelegenheiten. Viel Wert kam bisher nicht zusammen. Kein Tresorschmuck. Der Aufwand, die einzelnen Stücke an jeweils einem anderen Karpfen zu befestigen, sprach für eine gezielt überlegte Handlung. Ein Jux war es nicht, weil es einfach auch nicht sehr lustig war und wen hätte es treffen sollen? Von jedem Verein hätten die Täter eine fette Abmahnung kassiert.

Fey stellte sich die Frage nach dem Sinn der Aktion. Die Umstände waren zu mysteriös, als dass sich auf Anhieb ein Motiv abbildete. War es eben doch nur blanker Unsinn? Wenig glaubhaft, dass ein bestimmter Angler gemeint war. Das rückte die Vereinsspitze ins Blickfeld. Aber egal, wen man da treffen wollte, warum auf diese Art und Weise? Eigentlich lächerlich, die ganze Sache. Und dennoch steckte eine Menge Aufwand dahinter. Der Schmuck könnte eine symbolische Bedeutung haben, als Teil eines Puzzles, in dem eine oder mehrere Frauen die Hauptrolle spielten. Der Einfachheit halber ging sie davon aus, dass es sich um eine einzelne Frau handelte. Die silberne Haarspange deutete darauf hin, dass die Trägerin lange Haare hatte. Sie trug Ohrringe mit roten und blauen Steinen. Das würde nach Feys Geschmack zu einer Frau mit schwarzen Haaren passen. Die Perle aus Bernstein stammte sicherlich von einer Kette. Ein erbsengroßes Kügelchen, scheinbar wenig getragen, denn das Material glänzte sogar noch auf dem Foto.

Sie lehnte sich zurück und versuchte sich die Frau vorzustellen. Rubin- oder Saphirsteine steckten am Ohrläppchen, dazu die Haarspange und die Bernsteinkette. Das war keine junge Frau und auch keine, die sich modern kleidete. Der Schmuck passte zu einer reifen Frau, vielleicht fünfzig oder sechzig Jahre alt, die ihr langes Haar gepflegt nach hinten trug. Dazu würde diese Frau einen roten Lippenstift und blauen Lidschatten tragen. Eigentlich ein klassischer Typ á la Sophia Loren, dachte sie, keine moderne Frau von heute. Sie konnte sich an keine Vermisstenanzeige erinnern, die zu einer selchen Person passte. Handelte es sich etwa um einen alten unaufgeklärten Fall? Sie gab einige Stichworte in den Polizeicomputer ein. Fehlanzeige. Was hatte Charly gefunden? Sie rief ihn an.

„Hast du was für mich?"

„Was du dir wünschst, aber ich will 's mir nicht mit dir verderben. Also zur Sache: Ich habe die Steine aus der Fassung gelöst und konnte etwas Staub sicherstellen. Die Spektralanalyse ergab verschiedene Schwermetalle, darunter hohe Konzentrationen von Quecksilber, Blei und Aluminium. Ich habe auch organische Partikel gefunden, die aber für eine DNA-Extraktion nicht ausreichen. Die Ösen an den Ohrringen sind abgenutzt. Keine Fingerabdrücke an der Haarspange, die übrigens nur aus einer billigen Silberlegierung besteht und wenig getragen wurde. Die kleine Bernsteinkugel weist ein exzentrisches Loch auf, was darauf hindeutet, dass sie manuell gefertigt wurde oder von einem Laien, vielleicht Kinderschmuck. Du bekommst den vollständigen Bericht morgen früh. Ich lass vorher noch einen erfahrenen Juwelier draufgucken. Zufrieden?"

„Wie fass ich das zusammen?"

„Wenn du gestattest, schlage ich vor, dass wir es mit einer Frau zu tun haben, die die Ohrringe geerbt hat, sich mit einer billigen Haarspange die Haare band und ein Andenken aus ihrer Kindheit, die Bernsteinperle, bei sich trug. Nach meiner Meinung könnte es sich um eine junge Frau handeln, die nicht viel Geld hatte und die in einem von Schwermetallen verseuchten Gebiet lebte."

„Du denkst, dass sie tot ist?"

„Ich denke, dass da draußen jemand ist, der will, dass diese Frau gefunden wird oder die Umstände ihres Todes aufgeklärt werden. Wir brauchen mehr Indizien."

„Also doch den Teich auspumpen."

„Man könnte mit einem Netz durchgehen."

„Dabei würden die Fische ziemlich stark belastet und die angehefteten Beweismittel gingen verloren."

„Dann bleibt dir nur, dich mit einer Angel an den Teich zu setzen. Petri Heil!"

Fey legte auf. Was für ein absurder Gedanke. Sie und Angeln. Ein Sport, der für sie einschläfernder nicht sein konnte. Ihr geschiedener Mann fuhr zum Hochseeangeln auf Hai nach Island und auf die Seychellen und ließ sich dort mit Thunfischen und Marlinen fotografieren, die wie aus dem Meer geborgene Amphoren an Flaschenzügen hingen. Als sie ihn kennenlernte, schwärmte er von seinem kostspieligen Hobby und sie war begeistert von seinen funkelnden Augen, wenn er vom Kampf mit einem Mantarochen erzählte. Sie wusste damals bereits, dass sie anders empfand und sie ihn nur anhimmelte, weil seine Erzählungen so abenteuerlich klangen und das Männliche in ihm zum Vorschein brachten.

 Sie blickte in ihren kleinen Schminkspiegel, den sie aus einem roten Lederetui herausgenommen hatte. Den Lippenstift ließ sie drin. Den hatte sie seit ihrer Scheidung nicht mehr benutzt. Als es noch einen Mann in ihrem Leben gab, pflegte sie auch ihre weibliche Seite im Berufsleben vorzuzeigen, aber die Lust dazu war ihr vergangen und der Wunsch nach einem neuen Partner in unerreichbare Ferne gerückt. Seit Monaten versuchte sie, sich an das Alleinsein nach Feierabend zu gewöhnen. Eigentlich ein schizophrener Zustand, denn an Verehrern mangelte es nicht.

9 Das Phantom

Am Montag herrschte heilloses Chaos. Die Vorstände beider Angelvereine hatten sich wegen der skurrilen Funde zu Sondersitzungen eingefunden. Am Halterner Teich versammelten sich außerdem freiwillige Helfer und Sachverständige vom Wasserwerk und versuchten, das Ausmaß der Wasserpest einzuschätzen. Mit Booten kontrollierten sie die Oberfläche mitten im See, an den Ufern stiefelten Männer und Frauen entlang, um das gefürchtete Kraut zu eliminieren.

Kommissarin Amber hatte am Sonntag im Archiv alte Fälle aus dem südlichen Münsterland und dem nördlichen Ruhrgebiet bis hin zu den 70er- und 60er-Jahren durchstöbert. Letztlich fand sie keine Parallele zu den vorhandenen Indizien. Allerdings festigte sich ihre Vermutung, dass die zugespielten Beweisstücke auf den gewaltsamen Tod einer Frau hindeuteten. Die Aufklärung eines solchen Verbrechens, so Charlys Idee, sollte hier geschehen, im Grenzgebiet zwischen Haltern und Dülmen. Sie musste umdenken. Eine Leiche würde sie durch eine Recherche kaum finden, und dass diese unten in einem der Angelteiche lag, war unwahrscheinlich. Der Schmuck konnte als Signal an die Polizei verstanden werden. Es war zu erwarten, dass weitere Indizien zutage treten würden.

Fey hatte die KTU-Mannschaft am Montagmorgen an den Dülmener Teich geschickt, um dort nach Spuren zu suchen, die Aufschluss über den heimlichen Besatz von präparierten Karpfen geben sollten. Bisher basierte ihr Verdacht nur auf höchst individuellen Vermutungen. Sie hatte nichts in der Hand, um ihren

Chef Carstensen von einem realen Mordfall zu überzeugen. Umso dringlicher war es, möglichst schnell Beweise vorlegen zu können. Pörschkes Verdacht, die Halterner wären die Urheber, hielt sie für ein politisches Kalkül. Aber gerade wegen der dürftigen Beweislage musste sie Kleinarbeit leisten und entschied sich, beim Halterner Angelverein nach sachdienlichen Hinweisen zu suchen. Sie telefonierte mit Haverkamp, dem Vorsitzenden, stellte sich vor und berichtete in Kurzform, was sich am Wochenende bei den Dülmener Sportfischern abgespielt hatte.

„Herr Haverkamp, wie erklären Sie sich die Fänge im Dülmener Vereinsteich?"

„Erklären kann ich das nicht, aber man stellt sich natürlich die Frage, wo die Fische herkamen. Karpfen sind sehr genügsam. Da reicht ein Tümpel zum Überleben."

„Und woher beziehen Sie Ihre Fische für den Besatz?"

„Frau Amber, als Sie sich eben vorstellten, schreckte ich ehrlich gesagt kurz zusammen. Ich muss Ihnen nämlich was gestehen."

„Sagen Sie bloß, dass Sie auch einen Karpfen mit Juwelen gefangen haben."

„Nein, das nicht, schlimmer. Wir haben einen Büschel Haare gefunden. Der war an einem Karpfen befestigt. Ich habe den Fund sichergestellt. Es wäre mir lieb, wenn wir die Sache so schnell wie möglich aus der Welt räumten. Hier ist der Teufel los. Wir haben die Wasserpest im Teich."

„Das hört sich nicht gut an."

„Das ist saugefährlich, wenn ich Sie da informieren darf. Damit wenigstens dieses Problem aus der Welt ist, wäre ich den Fund gerne so schnell wie möglich los. Treffen wir uns doch in der Kajüte."

Eine Stunde später saßen Fey und Haverkamp am See und Beckmann brachte ihr einen Tee und einen Underberg für Haverkamp, dem die Aufregung auf den Magen geschlagen war. Beckmann mischte sich nicht ein, wie es sonst seine Art war. Als er gegangen war, kramte Haverkamp ein durchsichtiges Tütchen aus seiner Hosentasche und legt es vor Fey auf den Tisch.

„Unglaublich, aber wahr. Der Karpfen ist von einem aus der Jugend gefangen worden. Leider ist der Fisch wieder zurückgesetzt worden. Vielleicht hätten wir Merkmale gefunden, die Aufschluss geben, ob der Fisch kürzlich eingesetzt worden war."

„Falls das so wäre, glauben Sie, dass ein und dieselbe Person in Haltern und in Dülmen die Fische eingesetzt hat?"

„Sieht so aus. Aber wir haben jetzt andere Sorgen." Haverkamp erhob sich. „Die Wasserpest. Ach, fast hätte ich es vergessen. Hier, eine Art Stretchverband, mit dem war das Tütchen am Fisch befestigt."

Er zahlte die Getränke und ging hinaus. Fey steckte das Beweisstück in eine Tüte, ließ ihren Tee stehen und folgte Haverkamp. Er demonstrierte Zeitmangel und nahm seinen Autoschlüssel in die Hand. Fey ließ sich nicht abwimmeln.

„Gibt es außer dem Streitobjekt Baggersee irgendwelche persönlichen Rivalitäten zwischen den Vereinen?"

„Nein! Frau Amber, ich muss los."

„Wäre Ihnen damit geholfen, wenn der Teich ausgepumpt würde?"

9 Das Phantom

„Um Gottes willen! Das lassen Sie mal getrost Sache des Umweltamtes, der hiesigen Behörden und Interessensverbände sein."

„Wir werden sehen, was sich anhand der Haaranalyse ergibt. Sie hatten übrigens vorhin am Telefon meine Frage nach der Herkunft der Karpfen nicht beantwortet. Woher bekommen Sie denn nun die Fische für den Besatz?"

„Beim Herzog von Croÿ. Fragen Sie dort nach. Ich muss jetzt wirklich los."

„Und ich muss Sie leider bitten, das Angeln vorläufig einzustellen. Wichtige Beweismittel könnten verloren gehen."

„Noch so ein Tiefschlag und wir können einpacken. Die Kollegen sind auf 180, müssen Urlaub nehmen, um den Teich zu säubern." Haverkamp schlug die Autotür zu und raste davon.

Fey fühlte sich mies. In den Teichen schwammen noch etliche Fische mit möglichem Beweismaterial. Da sie aber nicht einen einzigen fundierten Beleg für eine Straftat hatte, würde sie sich viel Ärger einhandeln, wenn sie eigenmächtig anordnete, die Teiche auszupumpen. Sie rief die Kollegen von der Streife an, um die Haare zu Charly ins Labor transportieren zu lassen. Auf ihrem Rückweg nach Münster machte sie Station bei der Fischzuchtanstalt des Herzogs von Croÿ in der Nähe von Hausdülmen. Sie sprach mit dem Fischwirt Holtkötter. Er zeigte ihr die Teichanlagen und erklärte ihr das jährliche Abfischen.

„Verkaufen Sie auch an private Kunden?", wollte Fey wissen.

„Alltags ist bei den Privaten nichts los. Die kommen meistens am Wochenende. Auch kleine Mengen können die hier kriegen, für den Gartenteich zum Beispiel. Wir liefern nach ganz Deutschland. Das braucht Tankwagen mit Sauerstoffpumpen für die langen Wege."

„Herr Holtkötter, können Sie sich an Kunden erinnern, die in der letzten Zeit etwa um die vierzig Karpfen gekauft haben?"

„Solche Mengen werden geliefert. Private Kunden haben keine Tankwagen. Aber kommen Sie, wir gucken mal in die Bücher. Da stehen alle Kunden, die beliefert worden sind. Von den kleinen privaten Kunden halten wir keine Adressen fest. Es wird nur die Menge eingetragen. Derzeit ist aber Hochbetrieb. Da fehlt schon mal der ein oder andere Vermerk."

Holtkötter blätterte und führte seinen speckigen Zeigefinger entlang der Spalte für die Verkaufsmengen.

„Nee, für private Kunden finde ich keine so große Zahl. Da kann ich Ihnen nicht helfen."

Fey bedankte sich und ging zu ihrem Wagen zurück. Was sagten die KTUler? Sie sprach mit dem zuständigen Leiter des Außendienstes.

„Was gibt es Neues vom Dülmener Vereinsteich?"

„Wir haben Schleimspuren und einige Schuppen, etwa daumennagelgroß, an einer Stelle am Teich gefunden, die mit dem Auto erreichbar ist. Die dazugehörigen Reifenabdrücke fielen leider nur sehr dürftig aus. Das frische Herbstlaub hat die Spuren verwischt, andererseits konnten wir durch den Laubfall die Zeit eingrenzen, in der das Fahrzeug dort war. Schätzungsweise wurden die Fische etwa vor drei bis vier Tagen im Dülmener Teich eingesetzt. Ich habe allerdings noch etwas ganz Besonderes für Sie. Es handelt sich um ein absichtlich dort am Teich deponiertes Kleidungsstück und zwar um einen Turnschuh der Größe 36 mit weißem Schleifenband als Schnürsenkel. Der Schuh war an einen Baum genagelt."

„Okay, schnellstens ins Labor damit und die halbe Truppe sofort nach Haltern an den Vereinsteich und ebenfalls nach Spuren untersuchen. Da will uns jemand etwas mitteilen und wir beißen an. Schick mir Fotos von dem Turnschuh."

Zweifelsohne ging es um das Schicksal einer Frau, das jemand anderes aus der Vergangenheit ans Licht bringen wollte, und der Adressat war die Polizei. Feys Handy summte. Sie betrachtete das Foto und sofort war ihr klar, dass es sich um eine junge Frau handeln musste. Das, was der Kollege mit Schleifenband bezeichnet hatte, war ein aus Spitze bestehendes Band, das sorgfältig zu einer Schleife gebunden war. Das wirkte jugendlich.

Charly meldete sich auf ihrem Handy. „Hallo Fey, der Juwelier, den ich befragt habe, sagt, dass Ohrringe dieser Art Anfang des Jahrhunderts aus Österreich-Ungarn auf den deutschen Markt kamen. Im Zweiten Weltkrieg wurden sie oft gegen Butter und Kartoffeln eingetauscht. Danach verloren sie ihren Reiz und verschwanden vom Markt. Die Haarspange ist billiger Kaufhausschmuck und der Bernstein trägt Einschlüsse von winzigen Objekten aus dem Meer."

Fey bedankte sich. Aufgrund der Schuhgröße konnte sie auf die Körpergröße schließen. 160 bis 165 cm schätzte sie. Haarfarbe war eindeutig schwarz und auch beim Alter wagte sie eine vorläufige Eingrenzung. Der Turnschuh auf dem Foto war ein billiges Fabrikat, Stoff und Gummi und stellenweise verschlissen. So was trugen eher junge Frauen – eine Modeerscheinung, die mit den 60er-Jahren aufkam. Wenn es sich um einen Mord handelte, geschah er in der Gegend zwischen Haltern und Dülmen. Das war zwar eine vage Vermutung, aber es reichte für eine brauchbare Arbeitshypothese. Schließlich waren Haltern und Dülmen die Schauplätze für die Funde. Da gab es einen Zusammenhang zwischen Mord und Ort. Die Beteiligten würden in diesem Umfeld zu suchen sein. Aber laut Aktenlage wurde kein Mord an einem Mädchen verübt, das die bisher bekannten Merkmale trug. Eine solche Leiche wurde nie gefunden. Wasser spielte eine Rolle und Angeln auch. Vielleicht wurde das Mädchen ertränkt oder ertrank durch Fremdverschulden. Außerdem war sie zugereist. Charly hatte festgestellt, dass die Schwermetallkonzentration in den Haaren bis zur Haarwurzel in den letzten Monaten ihres Lebens abgenommen hatte. Er konnte nachweisen, dass sie vor ihrem Ableben etwa neun Monate in einer relativ sauberen Umwelt verbracht hatte.

Unterwegs nach Münster riefen die KTUler vom Halterner Vereinsgewässer an und berichteten ebenfalls von Fahrzeugspuren und Fischschuppen, die auf den Besatz von Fremdfischen hindeuteten. Außerdem fanden sie ein silbernes Kettchen mit einem Peace-Zeichen als Anhänger daran, das ebenfalls an einem Baum befestigt war.

Fey fühlte sich an die 68er-Generation erinnert. Hippies, Love, Peace, Woodstock und die Demos im geteilten Deutschland. Turnschuhe, billige Haarspange, jung, geerbter Schmuck. Da passte einiges zusammen. Der Mord wäre damit zeitlich grob einzuordnen. Er würde in den Zeitraum 1965 bis 1975 fallen. Um es nicht zu kompliziert zu machen, legte sie die Zeit auf etwa 1970 fest und fasste zusammen: Mord an einer jungen schwarzhaarigen Frau der Hippiegeneration, im Einzugsgebiet zwischen Haltern und Dülmen, von Bedeutung sind Wasser und Angeln. Die Frau ertrank, ihre Leiche wurde nie gefunden, aber es gab mindestens einen Zeugen und genau dieser wühlt nun in der Vergangenheit. Will er Gerechtigkeit oder Rache? Er spielt mit Beweismaterial, will die Polizei beteiligen. Zwei Fragen drängen sich auf: Erstens: Warum ging der Zeuge damals nicht zur Polizei? Zweitens: In welchem Verhältnis stand der Zeuge zu dem ermordeten Mädchen? Vielleicht hatte er selber Dreck am Stecken und zog es damals vor zu schweigen? Die ermordete Frau war ein Teenager oder in ihren frühen zwanziger Jahren. Das war ein Alter, in dem man sich verliebte. Insofern könnte es sich auch um ein Beziehungsdrama gehandelt haben. Ihr damaliger Partner wäre heute etwa sechzig Jahre und älter.

Fey mochte es, dass ein Gedanke den anderen produzierte, aber die Grundlagen waren zu schwammig. Keine Leiche, keine Zeugen, keine Waffe, nur ein vages Motiv und eine Handvoll Indizien. Das war zu dürftig, um damit Entscheidungen zu begründen.

10 Ghostfishing

Unabhängig voneinander hatten Pörschke und Haverkamp die gleiche Idee. Es lag auf der Hand, die Unschlüssigkeit der Polizei auszunutzen und selber tätig zu werden. Ein Abpumpen der Teiche hätte katastrophale Folgen für Fauna und Flora gehabt. Die pensionierten Senioren der beiden Vereine trafen sich in der Nacht zu Dienstag an ihren Teichen. Auch für die nächste Nacht war eine solche Aktion geplant. Dort wurde dann bis in die Morgenstunden nach Karpfen gefischt. Man wollte Fey Amber vor vollendete Tatsachen stellen. Der Entschluss fiel nicht vom Himmel, es hatte eine heiße Debatte gegeben. Bei den Halternern sorgte Michalzek mit einer passionierten Rede über Ehre und Vereinstreue für den Durchbruch. Haverkamp hatte zwar die Idee gehabt, aber Michalzek heimste den Applaus ein. In Dülmen musste Mani Kempinski eine Schlappe vor versammelter Mannschaft hinnehmen. Er hatte sich für den Gehorsam gegenüber der Polizei ausgesprochen und wurde wegen seiner arschkriecherischen Haltung von Pörschke niedergemacht. Der plötzliche Patriotismus in beiden Vereinen kam aber auch daher, dass man sich brüstete, in einem Mordfall Indizien mit dem Angelhaken ans Tageslicht befördert zu haben. Jeder stachelte den anderen an und alle waren sich einig, dass sie lediglich der Gerechtigkeit ein wenig unter die Arme griffen. Mani Kempinski wurde zum Ketzer gestempelt und unter der Hand als Memme bezeichnet. Er sah sich an den Rand gedrängt und kündigte an, Pörschke unter vier Augen zur Rede stellen zu wollen.

Am frühen Dienstagmorgen erhielt Fey Amber zunächst einen Anruf von Pörschke, der die ganze Nacht hindurch seine Köder gebadet hatte. Seine Stimme brodelte, denn er war Kettenraucher und seine Bronchien nahmen ihm übel, dass er nicht geschlafen hatte. Pörschke triumphierte.

„Hier wartet eine Überraschung auf Sie. Heute und gestern wurden 67 Karpfen von uns gefangen. Nur zwei davon trugen eine Markierung: ein Ohrring und ein Fingerring. Sind wohl doch nicht so viele Beweisstücke in unserem Gewässer unterwegs. Vielleicht hilft Ihnen der Ring weiter, darin befindet sich eine Gravur."

Fey wollte aufbrausen, sah aber sofort ein, dass es im Nachhinein keinen Sinn machte, mit rechtlichen Schritten gegen das eigenmächtige Verhalten der Männer vorzugehen. Sie würden es Zivilcourage nennen und von der Bevölkerung bewundert werden. Feys Chef Carstensen war in Sachen Öffentlichkeit ein Duckmäuser, posierte gern als erfolgreicher Dezernatsleiter vor der Kamera. In dieser frühen Phase musste sie Kritik an ihren Entscheidungen vermeiden. Es gab immer noch keine ausreichenden Beweise für einen Mord. Sie ließ Pörschke wissen, dass jemand die Beweisstücke abholen werde und das Angelverbot aufgehoben sei. Fey dachte sofort daran, dass die Halterner genauso wie die Dülmener gehandelt haben würden. Sie rief dort beim Angelverein an und verlangte nach Haverkamp. Als fühlte er sich ertappt, versuchte er mit Ausflüchten die Sache zu verharmlosen. Fey fand, dass er übertrieben nervös klang. Sein Wortfluss stockte, als hätte er Luftnot und seine Erklärungen schwankten ins Unsachliche.

„Sagen Sie mir doch einfach, dass Sie gegen die Auflage der Polizei verstoßen haben", fuhr Fey ihn an. Sie hörte, wie Haverkamp tief durchatmete.

„Wissen Sie, wir wollten nur helfen. Ein paar Freiwillige haben sich geopfert und waren erfolgreich. Es wurde ein Karpfen mit einem schwarzen Nylonband gefangen. Man könnte sagen, ein Trauerflor. Vielleicht möchten Sie ja doch, dass wir weitermachen."

„Machen Sie, und kein Wort an die Presse! Sollte ich aus der Zeitung erfahren, dass die mehr wissen als ich, ist der Teufel los. Ich schicke eine Streife vorbei. Halten Sie das Nylonband bereit."

Haverkamps Stimme hatte sich gefestigt.

„Wir stehen geschlossen hinter Ihnen."

„Das stell ich mir jetzt besser nicht vor", entglitt es ihr.

11 Heimat

Peter Beckmann, Vollblutwirt der Kajüte, stieg missmutig auf sein Fahrrad und radelte los. Sein Arzt hatte ihm die Pistole auf die Brust gesetzt. Mit zwei Herzinfarkten und einer fortschreitenden Leberzirrhose stünde er bereits mit neun Zehen im Grab. Doch Beckmann hielt an seinem Lebensstil fest. Er war wie seine Kajüte aus altem Holz geschnitzt. Dass allerdings auch seine Lunge nicht mehr mitmachte, hatte er seinem Arzt verschwiegen. Normalerweise ging er seine tägliche Runde um die Stever zu Fuß, aber in der letzten Zeit reichte dafür die Puste nicht mehr, sodass er widerwillig aufs Fahrrad umgesattelt war.

An der Steverbrücke am Heimingshof rastete er und schaute nach, ob sich unter der Brücke Barsche oder Schwärme von Rotaugen tummelten. Die Sache mit der Videoschaltung, von der Haverkamp gesprochen hatte, ließ ihm keine Ruhe. Das wäre ein echter Gag, eine Liveschaltung zum Vereinsteich. In der Kajüte sitzen und sich gemütlich bei einem Bierchen ansehen, wie einer der Vereinsmitglieder einen Zander fängt. Das wär's doch! Es würde nie langweilig. Am Teich war immer was los. Warum nicht, dachte Beckmann, er hatte nichts zu verlieren. Nicht groß fragen, sonst würde Haverkamp mit so einem Scheiß wie Persönlichkeitsrechten und dem ganzen Tinnef kommen. Es musste einfach getan werden. Hatten sich die vom Verein dran gewöhnt, krähte kein Hahn mehr nach dem Schutz von persönlicher Freiheit. So 'n Quatsch überhaupt, Google sah längst alles und ihm ging es doch nur darum, Anglern und Gästen nette Szenen aus der Heimat vorzuführen.

Beckmann lupfte sich behäbig auf den Sattel seines Rades und fuhr an den Wochenendhäusern vorbei, die entlang des Steverufers standen. Etliche davon waren die meiste Zeit unbewohnt, was man auch daran sehen konnte, dass sich das Laub vom Vorjahr auf Wegen und in Eingängen wie bei Schneeverwehungen auftürmte. Die Häuser im Greinenkamp grenzten mit ihrer Rückseite an die Stever und vorne heraus konnten die Bewohner direkt über kleine Pfade in die Wälder der Borkenberge gelangen. Beckmann kannte die Häuser seit seiner Kindheit. Einige hatten ihren eigenwilligen Charakter bewahrt. Ihr nostalgischer Charme erinnerte ihn an eine längst vergessene Zeit, in der noch aus den Trümmern des Krieges Material für den Bau gewonnen wurde, andere motzten ihre alte Fassade mit einem schnittigen Porsche in der Einfahrt auf.

Er näherte sich einem Haus, das im Barackenstil der Nachkriegszeit gebaut war. Das langsame Radeln erlaubte es ihm, eine Beobachtung zu machen, der er aber wegen seiner Begeisterung für seine Videoidee keine nachhaltige Bedeutung schenkte. Die Rollläden vor den Fenstern dieses Hauses waren für gewöhnlich dicht verschlossen, wie eine hölzerne Wand. Doch heute sah er an einem Fenster dünne Schlitze. Er drehte sich noch mal um, bemerkte aber kein anderes Zeichen menschlicher Präsenz. Er setzte seinen Weg fort bis zum Alten Garten.

Ähnlich wie die Kajüte am Stausee war auch der Alte Garten nichts weiter als ein in die Jahre gekommenes Ausflugslokal mit angrenzendem Paddelbootlager. Das Lokal stand unweit der Steverbrücke, kaum zwei

Kilometer entfernt von der Kajüte. Dort konnte man im Sommer auch geräucherte Fische bekommen, die vor den Augen der Käufer frisch aus dem Ofen serviert wurden. Spaziergänger, die eine Runde um den Hullerner Stausee gemacht hatten, tranken dort gerne ein Bier und es gab Eis für die Kinder. Einzig störend war der Motorradlärm, der von der beliebtesten Motorradstrecke rund um Haltern in verlässlichem Sekundentakt zu den Gästen des Alten Gartens dröhnte. Die Motorradjunkies hatten die sogenannte Panzerstraße zu ihrem Eldorado erklärt. Die für militärische Zwecke gebaute Straße, die aus Beton gegossen war, hatte ihren ursprünglichen Zweck verloren. Längst waren die britischen Truppen, die im Linard Wald bei Sythen stationiert waren, abgezogen.

Beckmann überquerte die Straße und erinnerte sich lebhaft an die Convoys der britischen Besatzungsmacht. Als Junge hatte er die Panzer bestaunt und den Soldaten zugewunken. Bekam er einen Gruß zurück, schwang er sich auf sein Rad und trampelte hinter dem Panzer her. Noch heute klang das Schlagen der Ketten auf dem Beton in seinen Ohren. Er wünschte sich die alten Zeiten zurück, warf einen sentimentalen Blick die Schneise entlang, die die Straße durch den Wald zog, und machte sich behäbig auf den Heimweg.

12 Kasperletheater

Am Dienstagmittag lagen neue Fakten auf Feys Schreibtisch. Charly hatte am Turnschuh Zellmaterial für eine DNA-Analyse gefunden. Der dritte Ohrring passte zu dem bereits geborgenen Rubin und im Fingerring war ein Datum mit einem Sternchen eingraviert: 23.4.1951. Auf das schwarze Nylonband, das Haverkamp als Trauerflor bezeichnet hatte, waren die Initialen D. D. gestickt.

Entgegen Carstensens strenger Geheimhaltungspolitik gab Fey einen Teil der Fakten weiter an die beiden Angelvereine und die Zeitungen der jeweiligen Städte. Die Bevölkerung war ja bereits im Bilde, was sich an den Angelteichen abgespielt hatte. Fey hoffte nun auf zusätzliche Informationen aus der Öffentlichkeit. Sie beabsichtigte genau das zu erreichen, was der Urheber der ganzen Aufregung bezweckte: den Mörder von damals aufzuschrecken.

Sie mochte nicht daran denken, dass gleich ihr Chef aufkreuzen würde, um den Fall aus seiner Sicht aufzurollen. Ihr männlicher Kollege war wegen Leukämie in stationärer Behandlung und Carstensen hatte stellvertretend seinen Posten übernommen. In diesem Fall hätte sie sich eine Frau als Partnerin gewünscht. Es ging um Einfühlungsvermögen und da war Carstensen ein Banause. Die Frage nach der Identität der jungen Frau brannte Fey besonders unter den Nägeln. Sie sah Carstensen in sein Büro gehen und wider Erwarten legte er seinen Mantel nicht ab, sondern kam gleich zu ihr.

„Frau Amber, machen wir uns nichts vor, eine Straftat ist bisher nicht nachzuweisen."

„Herr Carstensen, warum dann die Aufregung? Haben wir nun einen Fall oder nicht?"

Carstensen musterte sie und war sichtlich verdutzt, dass Fey ihm Kontra bot.

„Bringen Sie mich auf den aktuellen Stand."

Fey referierte die neusten Einzelheiten und wartete auf die Antwort zu ihrer Frage.

„Wir brauchen eine Leiche, alles andere ist Kasperletheater. Da glaubt womöglich ein Klugscheißer, er könne die Polizei zum Affen machen. Wir fallen drauf rein und sind Deutschlands größte Lachnummer. Deswegen sage ich: klarer Schnitt. Wir verlassen ab sofort die Bühne, bis wir eindeutig von einem Fall sprechen können."

„Okay, Sie wollen eine Leiche. Ich liefere Ihnen eine. Geben Sie mir Ihr Einverständnis."

„Wie bitte? Ist Ihnen nicht gut? Nach Indizienlage wäre eine mögliche Leiche bereits fünfzig Jahre alt und der Mörder könnte an Altersschwäche gestorben sein. Nach fünfzig Jahren ist nichts mehr von der Leiche übrig. Das wissen Sie genau."

„Am Schreibtisch lässt sich der Fall aber auch nicht lösen."

„Sprechen Sie nicht von einem Fall", fuhr Carstensen sie scharf an. „Hatte ich mich nicht klar genug ausgedrückt?"

„Ich brauche Informationen aus der Bevölkerung, um einen Fall daraus zu machen."

„Nein, dann scheuchen Sie die Hühner auf. Die Presse kriegt sofort Wind davon, wenn wir weiter öffentlich recherchieren. Sie arbeiten intern. Das ist mein letztes Wort."

Carstensen ging so energisch hinaus, wie er gekommen war. Fey fühlte sich abgekanzelt und missverstanden. Der von ihrem Chef so viel gepriesene Teamgeist hatte sich als Phantom entpuppt. Dennoch verspürte sie, wie sich eine Idee Raum verschaffte. Carstensen wollte eine Leiche. Die würde es nicht geben, aber das schloss nicht aus, dass es zumindest eine Nachbildung des Opfers geben könnte. Wer sonst sollte diese Idee realisieren, wenn nicht sie selbst? Fey war plötzlich Feuer und Flamme. Sie wusste jetzt, was ihr gefehlt hatte, um sich voll auf den Fall einzulassen: Die Nähe zur Person der Ermordeten, zu ihren Gefühlen und ihrer Lebensgeschichte. Normalerweise gab es zumindest Fotos oder Tagebuchaufzeichnungen, trauernde Freunde, die dem Opfer nachträglich Leben einhauchten. Aber eine fünfzig Jahre alte Wasserleiche – davon wollte sie sich keine Vorstellung machen. Ihr Entschluss stand fest: Die ermordete Frau musste Gestalt annehmen, so wie der Fall langsam an Gestalt gewann. Es war zu erwarten, dass der Polizei weitere Fundstücke in die Hände fielen. War das Szenario tatsächlich intendiert, um die Polizei zu involvieren? Dann war sie die erste und zurzeit einzige Ansprechpartnerin. Für wen? Gut, das war noch unklar.

Etwas mutlos sagte sie sich, dass sie mit der Umsetzung ihrer Idee möglicherweise zu weit vorpreschte, denn im Grunde wusste sie, dass Carstensen auch recht behalten könnte und an der ganzen Sache absolut nichts dran war. Doch eigentlich war alles bereits beschlossene Sache, denn ob bewusst oder unbewusst, sie nahm ihr Telefon zur Hand und ließ sich mit der Kunstakademie der Uni Münster verbinden. Wenig später unterhielt sie sich mit Professor Immanuel

Waszlav. Sie wurden sich schnell einig. Der Professor bot ihr an, einen seiner fähigsten Studenten ans Werk zu schicken und ihr drückte er die Regie aufs Auge. Das klang vielversprechend, allerdings meinte sie im Verlauf des Gesprächs herausgehört zu haben, dass Waszlav auch ein persönliches Interesse an ihrer Bekanntschaft zu haben schien. Er wäre nicht der Erste, der ihre Stimme unwiderstehlich sexy fand. Sie ließ sich auf seinen Vorschlag ein, sein eigenes Atelier zur Verfügung zu stellen. Er führte ein kurzes Telefongespräch und dann verabredeten sie eine Zeit.

13 Hacke dicht

Beckmann war zurück zur Kajüte getrampelt, als hätte ihn ein greiser Rudi Altig verfolgt. Er war besessen von der Idee, den Fang eines Zanders in HD für seine Gäste zu präsentieren oder einfach nur live dabei zu sein, wenn eine Pose unter Wasser schoss und Erwin oder Kalle anschlugen und der Fisch weg war. Sie hätten alle Spaß. Das wäre der Knüller für seinen Schuppen. Beckmann war begeistert und genehmigte sich erst mal einen Klaren und ein Bier. Dass er in seinem eigenen Lokal die Zigarette draußen rauchen musste, empfand er immer noch als Hausfriedensbruch, aber er hatte Schlimmeres erlebt. Auf dem Steg schweifte sein Blick an dem Ausflugsboot Möwe vorbei über die Wellen bis zum Walzenwehr. Er war der Hausherr und er musste jetzt handeln, sonst wäre die Heimat bald verloren. Ja, die Sache mit der Livecam musste er durchziehen. Er ging zurück ins Lokal, goss sich einen doppelten Korn ein und rief seinen Neffen Mike an, der als Sicherheitsbeauftragter für die Elektronikabteilung von Westfalenstrom arbeitete. Mit ihm besprach er seine Idee und Mike ließ sich darauf ein. Beckmann jubelte und stellte die Flasche Doppelkorn dorthin, wo sie immer stand, wenn sie bis auf den letzten Tropfen geleert werden sollte. Um drei Uhr öffnete er die Tür für den Schankbetrieb. An einem Alltag im Herbst rechnete er nicht mit Kundschaft und schlief bald sitzend am Tresen ein. Zum Abend kamen einige Angler zur Stammtischrunde. Beckmann wunderte sich, dass Haverkamp nicht erschienen war und auch Michalzek nicht kam.

14   Charme einer Rosenhecke

Fey fuhr ins Nobelviertel von St. Mauritz und betrat Waszlavs Atelier. Sie sah sich einem hageren Mann mit einem einsteinschen Haarschopf gegenüber. Seine Blicke signalisierten ihr sofort, dass dieser Mann sie in die Kiste kriegen wollte. Waszlav war mindestens siebzig Jahre alt, aber seine Augen strahlten den spritzigen Glanz eines verführerischen Kavaliers aus. Er hatte die meiste Zeit seines Lebens in New York verbracht und galt in Künstlerkreisen als der Pate für die Schönheit weiblicher Formen. Sein Geld verdiente er allerdings mit Entwürfen, die er an Autofirmen in Detroit verkaufte.

„Kommen Sie hier zum Fenster und schauen Sie über die Dächer einer verträumten Metropole", lud er Fey mit einer geschwungenen Handbewegung ein. „Münster wäre ohne das Münsterland nicht zu denken und New York nicht ohne Manhattan. Ich bin nicht zuletzt hier in Münster gelandet, weil mich Unterschiede immer fasziniert haben. Münster ist reich. Die New Yorker schätzen Reichtum, aber sie sitzen nicht darauf. Und Ihre Wurzeln, Frau Amber, stecken die im fruchtbaren Boden des Münsterlandes?"

„Gewissermaßen. Ich komme aus dem Norden."

„Bis zum Nordpol ist es ein langer Weg."

„Aus dem Norden des Münsterlandes."

„Sie umgeben sich mit dem herben Charme einer Rosenhecke. Hätten Sie heute Abend Zeit für einen Chablis und ein à la Carte in meinem Lieblingsrestaurant?"

„Ich glaube, Ihr Student wartet. Ich bin immer erst in Stimmung, wenn ich meine Arbeit getan habe. Ich wäre Ihnen deshalb dankbar –"

„Jean, wenn du bitte eintreten möchtest", unterbrach Waszlav und verabschiedete sich mit einem Handkuss. Seine Eltern stammten aus Polen und auch er trug die Frucht seiner Wurzeln noch immer unverkennbar in sich.

15 Pappmaschee

Jean schleppte Eimer mit trockenem Gipspulver, Maschendraht und dünne Eisenstangen ins Atelier. Erst als er das Material abgestellt hatte und auf Fey zukam, um sie zu begrüßen, merkte sie, dass er einen leicht wiegenden Hüftgang pflegte, was sein ohnehin feminines Erscheinungsbild zusätzlich betonte. Er legte die Stangen der Reihe nach auf den mit Farbklecksen übersäten Ateliertisch und nahm eine Drahtschere zur Hand.

„Wie möchten Sie das Mädchen haben?", fragte er.

Fey verstand nicht und machte ein entsprechendes Gesicht.

„Die Position."

„Ach, Sie meinen, ob sie sitzt oder liegt und so weiter? Also, sie ist eine Wasserleiche, aber nach fünfzig Jahren wäre davon so viel Form übrig wie die glitschige Masse in dem Eimer dort. Ich schlage vor, sie stehen zu lassen, dann kann man sich am besten ein Bild von ihr machen."

„Resurrection and erection. As you please."

Jean begann die dünnen Eisenstangen zu formen. Fey sah bewundernd zu, denn sie hatte keine Ahnung, was der junge Mann dort fabrizierte.

„Erzählen Sie mir von ihr", bat Jean. „Ich möchte meine Figur kennenlernen. Schließlich halte ich gerade ihren Po in der Hand."

„Sie ist 17 Jahre alt, 1,64 groß, hat schwarze lange Haare, Schuhgröße 36, trägt geerbten Schmuck und Modeschmuck, geboren 1951, ermordet um 1968, ertränkt oder im Wasser als Leiche entsorgt. Anfangsbuchstabe ihres Namens ist D."

„Die Hälfte Ihrer Angaben ist für mich irrelevant", fuhr Jean dazwischen. „Sagen Sie mir, was Sie für das Mädchen empfinden."

Fey fühlte sich überfordert. Mit einer so direkten Frage hatte sie nicht gerechnet. Was wollte er? Da blieb nur eine Antwort: Er wollte Gefühl. Das sollte sie hinkriegen.

„D. hatte es nicht leicht, lebte in einem verseuchten Gebiet, flüchtete von dort, kam in die Halterner Gegend, war allein und ohne Hilfe, geriet in flaches Fahrwasser und kam darin um. Niemand scherte sich um den Mord beziehungsweise ihr Verschwinden, also war sie illegal hier, jung, hilflos und unerfahren, ein trauriges Schicksal. Ende der 60er-, Anfang der 70er-Jahre waren die Leute nicht reich. Es wurde hart gearbeitet und eine junge Frau, fast noch ein Mädchen, würde für einen Hungerlohn beschäftigt worden sein, ausgebeutet, versklavt, geschändet. Der Zeuge von damals ist der mutmaßliche Akteur im Hintergrund. Er möchte Gerechtigkeit, teilt der Polizei häppchenweise mit, welches Schicksal das Mädchen erleiden musste. Vielleicht ist der Stein durch die Verhandlungen um einen Baggersee bei Haltern ins Rollen gekommen. Da taten sich einige Personen hervor."

Fey blickte auf und sah, dass Jean gerade Rumpf und Beine formte und die Stangen mit Drahtgeflecht stabilisierte.

„Machen Sie ruhig weiter, Frau Kommissarin. Ich höre nur das heraus, was mich inspiriert. Empfindungen sind wohl im Moment nicht Ihre große Stärke. War D. verliebt?"

Dieser Junge trumpfte mit einer überraschend analytischen Empathie auf. Er hatte es gerade geschafft, sie mit ein paar läppischen Worten zu verunsichern. Ihre Scheidung lag ein Jahr zurück und dennoch war sie nicht frei, schon gar nicht für eine neue Beziehung. Immer öfter in der letzten Zeit spielte sie mit dem Gedanken, ihr Leben ganz ohne Partner zu bestreiten. Nicht wenige Frauen wählten diese Lösung nach einer Trennung und sagten später meistens einhellig, wie zufrieden sie damit waren. Ja, Jean hatte es auf den Punkt gebracht: Sie würde gerne mal wieder romantische Gefühle haben.

Jean flocht den Draht durch die Stangen und zerrte nun alles in eine weibliche Form.

„Welche Figur hatte sie? Das muss ich jetzt wissen", forderte er.

„Aufgrund des Durchmessers des Fingerrings war D. schlank, wenn nicht dünn", sagte Fey noch abgelenkt von der unerwarteten Rückschau auf ihr eigenes Schicksal. „Geben wir ihr einen Namen", schlug sie vor. „Das macht sie lebendig. Dann können wir mit ihr reden", schmunzelte sie.

„Einverstanden. Wie wäre es mit Daniela, Désirée oder Debora?"

Fey überlegte auch und wunderte sich, dass ihr kein Name mit D einfiel.

„Dolores", sagte sie dann. Aber wer würde in den 50er-Jahren sein Kind Dolores nennen? Sie erinnerte sich an den Juwelier, der die Herkunft der Ohrringe nach Österreich-Ungarn eingeordnet hatte. Schwarze Haare, das passte zu einer Südländerin. Sie musste auch an Namen denken, die aus dieser Region Europas stammten.

Ein Telefonklingeln riss sie aus ihren Überlegungen. Von Charly ließ sie sich gern unterbrechen. Er teilte ihr seine neuesten Ergebnisse mit.

„Dafür, dass der Turnschuh relativ neu war, fand ich verhältnismäßig viele Fettspuren, die vom Braten in einer Küche stammen könnten. Deine Phantomfrau hat vielleicht in einer Hotelküche, einer Gaststätte oder Imbissbude gearbeitet. Und nun zum Ring. Der wies etliche Abschürfungen auf, könnte von Pfannen und Töpfen stammen. Aber ich habe noch was für dich. Ich habe mir die prozentuale Verteilung der Schwermetallkonzentrationen aufstellen lassen, die wir in den Rückständen des Ohrrings gefunden haben. Es gab unter Tito im früheren Jugoslawien ein größeres Umweltproblem. Dort wurde im großen Stil Aluminium für die internationale Flugzeugindustrie produziert, ohne dass es irgendwelche Umweltauflagen gab. Die WHO wurde damals eingeschaltet, um die unverhältnismäßig hohe Krankheitsrate und Kindersterblichkeit zu dokumentieren. Die Bevölkerung nahm alles hin, weil es um Arbeitsplätze ging und Tito den Daumen draufhielt. Die WHO-Unterlagen konnte ich einsehen. Die Belastung mit Schwermetallen trifft genau die Verteilung, die ich im Ohrring gefunden habe. Der Computer schmeißt mir die Stadt Mostar aus. Nach dem Bürgerkrieg wurden die Grenzen neu gesteckt. Kaum ein Stein blieb auf dem anderen. Mostar gehört heute zu Herzegowina."

„Charly, du bist ein Schatz."

Bevor er darauf etwas sagen konnte, beendete Fey das Gespräch, aber Jean ließ es sich nicht nehmen, einen Kommentar loszuwerden.

„Ihr freizügiger Umgangston wird Ihrem Schatz gefallen. Er verknüpft das Kompliment sicher bereits mit einer romantischen Fantasie."

„Da liegen Sie aber ganz falsch, Jean. Charly ist mit seinem Labor verheiratet. Und nun zurück zu D. Sie stammt eventuell aus Jugoslawien, genauer gesagt aus Herzegowina und trägt daher auch einen entsprechend volkstümlichen Namen. Wir dürfen nicht vergessen, dass D. zu einer Zeit geboren wurde, in der regionale Traditionen einen hohen Stellenwert hatten. Fällt Ihnen ein jugoslawischer Mädchenname mit D ein?"

„Wir haben eine Dajana bei uns im Kurs, die kommt aber aus Kroatien."

„Okay, da drücken wir ein Auge zu. Dajana! Mmh, gefällt mir. So soll sie heißen. Und wenn ich mir ansehe, wie Sie gerade Dajanas Formen betonen, schlanke Taille, runde Hüften, grazile Arme, dann machen Sie dem weiblichen Geschlecht alle Ehre."

„Waszlavs Schule! Was haben Sie mit ihr vor, wenn sie fertig ist?"

Fey war gerade dabei, sich genau das zu überlegen. Sie hatte lediglich auf ihr Bauchgefühl gehört. Eine Antwort war sie ihm aber trotzdem schuldig.

„Das fällt unter polizeiliches Dienstgeheimnis."
Jean grinste.

„Wollen Sie sie anziehen oder soll sie nackt bleiben?"
Daran hatte Fey überhaupt nicht gedacht.

„Ich fahre schnell los und besorge auch eine schwarze Perücke."

„Bringen Sie mir doch bitte einen Windbeutel und eine Käse-Quark-Schnitte mit. Ich bin am Verhungern", bat Jean.

Als Fey zurückkam, klebte Jean gerade die letzten Fetzen Pappmaschee über das Drahtgeflecht. Dann ließ er die Puppe zum ersten Mal los. Sie wackelte, blieb aber stehen. Zufrieden setzte er sich auf den Ateliertisch, machte sich über den Kuchen her und beobachtete Fey dabei, wie sie die Perücke vorsichtig über den Kopf der Puppe zog.

„Ich werde ihr Gesicht noch formen, Lippen, Augen, Nase und so weiter, dann können Sie ihr polizeiliches Dienstgeheimnis mitnehmen. Sie muss aber vorher noch austrocknen – so als Wasserleiche."

Fey stellte ihren Einkauf auf den Boden neben Dajana.

„Geben Sie mir die Sachen", forderte Jean und sprang vom Tisch auf.

Er nahm die Plastiktüte und zog einen lilafarbenen Stoff heraus.

„Ein Minirock. Sehr geschmackvoll, Frau Kommissarin. Das trugen die Mädchen in den 70er-Jahren, dazu Turnschuhe und nicht unbedingt einen BH. Hippie-Flowerpower, Peace. Make Love, not War. Überlassen Sie mir den Rest. Ich ziehe die Süße später an."

Fey bedankte sich. Sie verabredeten sich für den Abend, um Dajana gemeinsam in Feys Wagen zu verladen. Aus Jean wurde sie nicht schlau. Komischer Typ, ziemlich keck auf eine Art, die sie aufmerksam machte. Eigentlich hatte sie mit ihm besser zusammengearbeitet als jahrelang mit ihrem Chef Carstensen.

16 Zahn um Zahn

Pastevka von den Grünen hatte Kontakt mit Pörschke, dem Vorsitzenden des Dülmener Angelvereins, aufgenommen. Sie trafen sich in der Bauernschaft Dernekamp bei Dülmen auf einem Feldweg. Die Äcker waren abgeerntet, sodass kaum mit landwirtschaftlichem Verkehr zu rechnen war. Das Treffen sollte streng unter vier Augen stattfinden. Pörschke war sich aber nicht im Klaren, was die über Halterns Grenzen bekannte militante Grüne wirklich von ihm wollte.

Pörschke stand vor seinem Wagen, als Pastevka an ihm vorbeifuhr. Sie parkte und stieß die Beifahrertür auf. Pörschke schnippte seine Zigarette aufs Feld und setzte sich zu ihr ins Auto. Pastevka rümpfte die Nase.

„Danke, dass Sie gekommen sind", sagte sie, entspannte ihre Nasenflügel, lehnte sich mit der Schulter ans Fenster und fixierte ihren Gesprächspartner.

„Keine Ursache", erwiderte Pörschke. „Es geht um den Baggersee, wenn ich Sie richtig verstanden habe."

„Exakt. Ich lege Ihnen mein Angebot mal dar. Die Personalchefin der örtlichen Sandwerke ist mit einem aus Haltern verheiratet, der seit 25 Jahren für die CDU im Rat sitzt und glauben Sie mir, keine Ahnung von Kommunalpolitik hat. Er nennt sich selbst Halteraner, als wären wir Zugezogene Menschen zweiter Klasse. Halteraner oder Halterner, das macht für mich keinen Unterschied. Ich, zum Beispiel, bin eine Zugezogene und habe es besonders schwer, dass meine Meinung etwas gilt. Haverkamp, Ihr Konkurrent, hat auch so einen Heimatfimmel. Diese Art von Vetternwirtschaft muss ausgerottet werden. Haverkamp hat mit der

Personalchefin im Rossini gespeist. Das habe ich mit eigenen Augen gesehen. Die Dame hat Einfluss auf Dr. Ritter, den Chef der Sandwerke Nord-Süd. Er ist der Entscheidungsträger. Uns Grünen schwimmen dann mal wieder die Felle davon. Schluss mit Naturschutz, stattdessen: Parkplätze, Biergärten, Trampelpfade und jede Menge Hundekot. Sie und ich können dem einen Riegel vorschieben."

Pastevka wollte weiter ausholen, aber Pörschke sah Klärungsbedarf.

„Um es auf den Punkt zu bringen: Wir aus Dülmen wollen den Baggersee zum Angelparadies machen und zwar für jedermann. Auch von außerhalb soll man dort eine Tageskarte bekommen können. Sie sind doch immer so gegen das Angeln gewesen. Ich kenne Ihren letzten Leserbrief aus der Halterner Zeitung. Da wettern Sie gegen die bösen Tierquäler und meinen uns."

Pastevka tat, als überhörte sie das Gesagte.

„Politik, Herr Pörschke. Politik. Sie und ich besprechen hier gemeinsame Interessen, die Mensch und Tier dienen. Das hat nichts mit Politik zu tun, sondern mit Vernunft. Wir vertreten geschlossen die Erhaltung natürlicher Ressourcen für nachfolgende Generationen. Sie haben doch auch Kinder, oder?"

„Ja, einen Jungen und ein Mädchen."

„Möchten Sie, dass die zwei später am Baggersee in der Kneipe sitzen oder möchten Sie ihnen einen Erholungsraum zur Verfügung stellen, der Natur und Mensch eine Chance zur Rekreation bietet? Sie haben die einmalige Chance, ein Zeichen zu setzen. Die Sache ist doch die: Die Stadt Haltern wird Ihnen eine Vielzahl von Auflagen machen, die alle in Richtung kommerzielle Nutzung gehen. Wenn Sie mir signalisieren, dass Sie auf eine noch zu vereinbarende Fläche verzichten, damit dort ein Naturschutzgebiet entsteht, werde ich auf Stimmenfang gehen. In Kürze reichen wir dann eine Petition ein, die die Sandwerke mit Sicherheit nicht kalt lässt."

Pastevka ereiferte sich über das Maß hinaus, das Pörschke noch tolerierte. Er wusste von ihrer Langhans-Teufel-Dutschke-Liebäugelei und den Ho Chi Minh Parolen. So eine wollte er eigentlich nicht als Verbündete haben. Jedenfalls machte sie den Eindruck, alles besser zu wissen, so wie damals, als es um eine neue Gesellschaftsordnung ging. Nun ging es um den Angelverein und die Frau hatte mit Sicherheit keine Ahnung vom Angeln. Die Sache lief ihm quer.

„Hören Sie, Frau Pastevka, ich glaube, wir gehen besser getrennte Wege. Dr. Ritter wird sich von einer Petition, die von einer politischen Partei kommt, nicht beeinflussen lassen. Der ist viel zu schlau, als dass er den Braten nicht riecht."

„Entschuldigung, welchen Braten? Wir argumentieren im Sinne einer progressiven Volksstimme und bewegen uns im demokratischen Rahmen. Das hat nichts mit neopolitischer Affinität zu tun."

„Ich geh' dann mal."

Pörschke öffnete die Wagentür und stieg aus. Pastevka rief noch „Halt!", bevor er die Tür zuschlug. Sie kannte Niederlagen dieser Art und immer wieder lag dasselbe Schema zugrunde. Sie hatte die besseren Argumente und dennoch sahen die Menschen das nicht ein.

17 Vin Rouge

Am Dienstagabend um 21 Uhr verluden Jean und Fey Dajana zum Abtransport in Feys Wagen. Professor Waszlav parkte gerade neben ihnen. Er stieg aus und nickte zufrieden, als er die lebensgroße Puppe begutachtete.

„Schönes Kind! Könnte Ihre Tochter sein", sagte er zu Fey. „Nichts für ungut. Jean, pack deine Sachen. Kommissarin Amber möchte dir vielleicht ein Trinkgeld geben."

Daran hatte Fey nicht gedacht. In ihrer Manteltasche hatte sie lediglich einen Zwanziger.

„Möchten Sie, dass ich Ihnen aushelfe?", grinste Waszlav.

„Das wäre sehr nett. Ich habe mein Geld für Dajanas Kleidung und ihre Perücke ausgegeben."

Waszlav reichte Jean einen Hunderter. Fey überlegte verbissen, wie sie Waszlav das Geld zurückzahlen konnte, ohne ihn wiederzusehen. Waszlav lächelte überlegen.

„Es war mir eine außerordentliche Freude, Sie kennengelernt zu haben. Sie schulden mir kein Geld. Das ist für mich eine Ehrensache, allerdings würde ich Sie gerne malen. Hier in meinem Studio, Samstagnachmittag um vier. Dann flutet das Licht durch das große Fenster aus südlicher Richtung. Ideale Verhältnisse für einen so aufregenden Körper wie den Ihren. Das Bild werde ich Ihnen schenken."

Waszlav führte sie hoch in sein Atelier. Dort hingen Aktgemälde sehr schöner Frauen. Fey fühlte sich geschmeichelt und ganz wider ihrer ersten Reaktion war sie nah daran, die Einladung anzunehmen. Sie musste etwas Neues in ihrem Leben wagen. Alles stagnierte seit ihrer Scheidung. Nun wusste sie auch, was sie so besonders an Jean fand. Er hatte – wahrscheinlich unabsichtlich – mit seiner freischaffenden femininen Art ein wundes Kapitel in ihrer Seele angesprochen. Sie brauchte Veränderung. Hinter ihr lagen viele Monate harter Polizeiarbeit ohne einen emotionalen Ausgleich und ohne ein charmantes Wort von einem Mann, außer von Charly, von dem sie sich aber nicht zu einem Abenteuer animieren lassen wollte. Von Waszlav allerdings auch nicht. Sie lehnte sein Angebot ab und fuhr mit Dajana neben sich auf dem Beifahrersitz liegend zu ihrem Wohnviertel in Münster Gievenbeck.

Einige Nachbarn mokierten sich zu später Stunde über die alleinstehende Dame, die so ungeniert vor aller Augen eine Puppe mit Minirock für romantische Gefühle nach Feierabend in ihre Wohnung schleppte.

Sie atmete einmal tief durch, als sie die Wohnungstür von innen schloss, Dajana in die Wohnküche stellte und selbst ermattet aufs Sofa sank. Der Tag war erfolgreich gewesen, resümierte sie, auch wenn es kaum konkrete Ergebnisse gab. Sie hatte sich gefühlsmäßig in den Fall hineingearbeitet und das nicht zuletzt wegen Jeans impulsiver Sticheleien. Das künstlerische Ambiente im Atelier und die kreative Lust des jungen Mannes am Erschaffen weiblicher Formen, sein Hunger auf Windbeutel und die vergeblichen Versuche Waszlavs, sie ins Bett zu kriegen, hatten ihre sinnliche Seite geweckt. Sie konnte entspannen, ohne dabei einzuschlafen. Ein Glas vom süffigen Rhône Wein würde ihr beim Kochen schmecken. Sie entkorkte eine

Flasche. Aber da war noch die Lasagne von gestern. Während die langsam aufbackte, trank sie den Wein, und da er ihr besonders auf leeren Magen so guttat, floss reichlich davon.

Um Mitternacht war die Flasche leer und immer wieder hafteten Feys Blicke an Dajanas vollendeten Formen. Jean hatte bei der Gestaltung von Dajanas Gesichtsmaske sein künstlerisches Talent ausgelebt. Ihr lieblicher Mund war rot geschminkt worden und die Fingernägel waren türkis lackiert. An den Füßen trug sie Feys Turnschuhe, die sie ihr auf akrobatische Weise angezogen hatte, wobei Dajana beinahe auseinandergebrochen wäre. Die schwarzen langen Haare wurden von einer roten Schleife als Pferdeschwanz zusammengehalten. Der Rock saß ihr eng um die Hüften und zeichnete den Po ab. Zwischen die Finger hatte Fey ihr eine Zigarette gesteckt. Zigaretten hatte sie nur für Gäste im Haus, eine Angewohnheit, die noch aus ehelichen Zeiten stammte.

„Du bist mir ein verdammt flottes Früchtchen", kicherte Fey und zwinkerte Dajana zu. „Erzähl mir von dir. Hast die Männer verrückt gemacht. Bisschen jung, aber wir sind eben früher reif als die Kerle, deren Mütter dafür sorgen, dass sie nie richtig erwachsen werden."

Fey prostete ihrer neuen Zimmergenossin zu, sah auf die Uhr und dann die leere Flasche Wein an. Morgen lag ein harter Arbeitstag vor ihr. Hoffentlich würde Carstensen nichts von Dajanas Existenz erfahren. Er würde sie für verrückt erklären und sie vorläufig vom Dienst suspendieren.

Ihre Gedanken landeten erneut bei Dajana. Sie war von weit her aus dem armen Jugoslawien gekommen und arbeitete hier in der Gastronomie. Da musste sich

17 Vin Rouge

doch jemand erinnern, auch nach fünfzig Jahren. Sie würde morgen mit den alten Chefs der Gaststätten und Hotels in der Umgebung reden.

Sie stand auf und wankte zu Dajana. „Mädchen, ich werde nicht zulassen, dass sie dich für immer unbemerkt irgendwo ersäuft haben. Du warst verletzlich und fremd und deine Mörder glaubten, ein leichtes Spiel zu haben. Sie laufen dort draußen rum, essen Sahnetorte, die alten spießigen Scheißkerle. Ich werde ihnen die Zacken von Poseidons Lanze in den Arsch rammen. Sie haben dich gevögelt, meine Kleine. Sie haben dich missbraucht. Dafür werden sie büßen." Fey spürte, wie die Wut ihren Körper auflud und sie als Racheengel in die Schlacht ziehen würde. „Ja, so denkt auch eine dort draußen", sprach sie laut zu sich. „Meine Verbündete. Oder ist es ein Mann? Oder sind sie zu zweit?" Dajana könnte einen Freund und eine Freundin gehabt haben. Die beiden Freunde trafen sich zufällig wieder, halten die Last ihres Gewissens nicht mehr aus und beschließen, Dajanas Tod zu sühnen. Aber nach fünfzig langen Jahren? Fey fuhr Dajana durch die Haare, sah sie mitfühlend an und fiel erschöpft ins Bett.

18 Kreuzweg

Am Mittwochvormittag erhielt Haverkamp einen Anruf von Pastevka. Sie bat um ein vertrauliches Gespräch. Sie trafen sich in Haltern an der Wallfahrtskapelle auf dem Annaberg und gingen dort den Kreuzweg entlang. Pastevka sprach Michalzeks radikale Ablehnung in Bezug auf ihren Vorschlag ‚Angeln plus Naturschutz' an.

„Ich glaube, dass Sie, Herr Haverkamp, eine moderate Politik vorziehen würden. Ihr Peitschenschwinger Michalzek vermasselt Ihnen die einzig vernünftige Lösung. Wenn er von der Bildfläche verschwinden würde, könnten Sie Ihre Vorstellungen mit einem Fingerschnippen durchsetzen."

Haverkamp blieb oben an der letzten Station des Kreuzwegs stehen und schaute nachdenklich hoch zum steinernen Kreuz. Er zweifelte, ob er Pastevkas Vorschlag wörtlich nehmen sollte. Wie hatte sie sich ausgedrückt: Michalzek solle von der Bildfläche verschwinden. Er steckte beide Hände in die Manteltaschen und wandte sich ab.

„Kopf hoch, Herr Haverkamp! Sie hätten in die Politik gehen sollen. Da läuft es exakt so. Das Gesicht wahren und trotzdem austeilen. Was denken Sie über meinen Vorschlag, mit dem Natur- und Vogelschutzverein zu kooperieren?"

„Ich weiß nicht, zwei Vereine. Ich überlege es mir." Haverkamp sah auf die Uhr. „Ich habe noch ein Treffen mit dem Vorstand. Kommen Sie mit zurück zum Wagen?"

„Ich lass mir Zeit, gehe gleich unten im Gasthof eine Reisschale essen. Machen Sie's gut!"

Haverkamp eilte durch den Wald zum Wagen, nahm sein Handy und telefonierte mit Teltrup.

„Ist Michalzek da?"

„Keine Spur. Hat sich rar gemacht. Hoffentlich fährt der keine Extratour und meint, er könnte die Sache mit Dr. Ritter unter der Hand regeln. Der ist imstande und macht uns alles kaputt."

19 Rückblicke

Für Fey hatte die Idee, die Pächter und Besitzer von Gaststätten und Hotels in Haltern und Dülmen nach einer jungen Jugoslawin als Küchenhilfe oder Bedienung zu befragen, konkrete Züge angenommen. Bei einem ernüchternd starken Kaffee zum Frühstück reduzierte sie ihre Auswahl auf solche Gaststätten, die in der Nähe eines Gewässers lagen.

Verkatert fuhr sie an diesem Mittwochmorgen direkt von zu Hause ins südliche Münsterland. Sie wollte Carstensen nicht unter die Augen treten. Seine starre Haltung, die Vorfälle von Haltern und Dülmen nicht unter Mord laufen zu lassen, brachte sie in Rage, besonders seit gestern Nacht. Dajana hatte Gestalt angenommen. Fey hatte mit ihr gesprochen, sie angefasst und Mitgefühl entwickelt. So wie die Puppen lebten, mit denen sie als Kind gespielt hatte, so lebhaft würde sie nun verhindern, dass Dajana kein zweites Mal der Anonymität und Ignoranz anheimfiel. Ginge es nach ihrem Chef, gäbe es Dajana nicht. Welch ein Versäumnis. Sie war bereits tief in den Fall eingedrungen und zwar, weil sie mutig war und auf ihre Intuition vertraut hatte und vielleicht auch, weil sie die bessere Kommissarin war.

Am Nachmittag war sie mit ihren Erkundigungen in den Gaststätten von Dülmen und Umgebung fertig. Was hatte sie erwartet? Sie suchte die Nadel im Heuhaufen und musste sich nicht wundern, dass ihr nichts übrig blieb, als weiterzumachen. Entweder waren die Angestellten in der Gastronomie zu jung, sodass ihre Erinnerungen nicht in die betreffende Zeit zurückreichten oder sie waren bereits pensioniert. Zum Mittagessen fuhr sie zur Teichsmühle, einem Ausflugslokal in der Nähe von Hausdülmen. Um sich nicht den Appetit zu verderben, tröstete sie sich mit dem Zuspruch, dass ihr mit ein bisschen Glück vielleicht doch ein Zeitzeuge über den Weg liefe. Nach einem starken Espresso fuhr sie weiter zum Seehof, dem größten Hotel am Halterner Stausee. Sie hatte sich angemeldet, allerdings hatte man ihr bereits mitgeteilt, dass niemand anwesend sein würde, der sich noch an die Zeit um 1970 erinnern könnte. Zu ihrem Erstaunen wurde sie bei ihrem Eintreffen aber zu einem Mann an den Tisch geführt, der eine Tasse heißen Kakao vor sich stehen hatte und gerade damit beschäftigt war, einen Teelöffel Schlagsahne darin zu verrühren.

„Setzen Sie sich, junge Frau!", sagte der Mann und stellte sich mit Jupp vor.

„Jupp?", wiederholte Fey mit fragendem Gesicht.

„Jupp unner de Böcken! Nie gehört?"

Jupp rührte weiter seinen Kakao und sah dabei aus dem Fenster. „Da vorne im Wald steht die Kneipe, aber ist nicht mehr viel übrig vom alten Flair. Meine Nachfolger gehen mit der Zeit, haben ordentlich investiert. Zum Glück ist der Name erhalten geblieben. Haus Niemen, ein paar Kilometer weiter, heißt heute Lakeside. Nix kennste mehr. Ich bin lange raus aus dem Geschäft. Zu viel Rummel."

„Was hat man Ihnen denn gesagt, wer ich bin?"

„Sie sind Frau Amber von der Kripo Münster. Es geht um einen Mord."

„Woher wissen Sie das?"

„Steht doch in der Zeitung. Im Teich des Halterner Angelvereins wird nach einer Frauenleiche gesucht. „Fake news", dachte Fey. Jupp hatte keine Ahnung. Wenn von den Behörden keine eindeutigen Tatsachen geliefert wurden, dann konstruierten findige Reporter sie. Carstensen unterschätzte die Macht der Medien, die heute gar nicht mehr auf absolute Wahrheitsfindung scharf waren. Alternative Wahrheiten taten es auch und die gab es wie Sand am Meer. Fey verzichtete darauf, Jupp ins rechte Licht zu setzen. Er schlürfte an seinem Kakao. Die Kellnerin brachte ein Glas Wasser für Fey, das sie beim Hereinkommen bestellt hatte, und flüsterte: „Der Mann ist 94, aber helle."

„Jupp, können Sie sich an eine junge Frau aus Jugoslawien erinnern, die um 1968 hier gearbeitet hat?"

„Bei mir war sie nicht. Ich stand immer allein hinterm Tresen. Um Gottes willen, das ist lange her. Ich kann mich besser an Zeiten erinnern, wenn ich weiß, wer da Bundeskanzler war. Ich denke, es war Kiesinger, bis 1969 – kein Mann für so ein Amt. Richtig! Damals waren hier zwei junge Frauen aus Österreich unterwegs und verdienten sich das Reisegeld: Clara und Rafaela. Die wollten nach Westberlin zur Schauspielschule und haben im Seehof in der Küche ausgeholfen und kamen abends zu mir ein Bier trinken."

„Wissen Sie, was aus ihnen geworden ist?"

„Clara ging nach Berlin, wollte zum Film. Jahre später besuchte sie mich auf ihrer Reise zu Rafaela. Die war inzwischen Mutter geworden und lebte in Brand in Österreich. Ende und alles gut!"

„Also keine Jugoslawin mit den Initialen D. D.?"

„Leider nein. Warten Sie! Am Heimingshof, also weiter Richtung Hullern, da arbeitete zu der Zeit eine

19 Rückblicke

Schwedin mit dem Namen Sonja. Schönes Mädchen, blond und etwas mollig."

„Das passt nicht zu meinen Identitätsangaben. Fällt Ihnen sonst noch etwas ein?"

„Haus Niemen, die waren immer unter sich, und der Alte Garten, nein. Die Pächter sind damals weggezogen, hätten sich eine Bedienstete nicht leisten können. Lassen Sie mich nachdenken. Etwas rührt sich in den grauen Zellen."

Jupp trank seinen Kakao, löffelte den Rest Sahne aus dem Schälchen und aß sie genüsslich.

„Es gab eine Waldgaststätte am Rande der Borkenberge, unweit der Stever."

„Wieso gab?"

„In dem Zeitraum, von dem Sie sprechen, begannen die Ausbaggerungen für das Hullerner Staubecken. Sie müssen sich das so vorstellen: Das Stevertal bestand vom Heimingshof bis Hullern aus flachen Wiesen entlang des Flussbetts. Ein Saugbagger schaufelte mehrere Jahre das Erdreich links und rechts der Stever weg und so entstand rund ums alte Steverbett ein neuer See. Der Gasthof mit dem Namen ‚Borkenberge' musste weichen. Er war den Herren vom Wasserwerk ein Dorn im Auge und wurde platt gemacht. Wenn Sie da mal nachforschen. Es kursierten damals Gerüchte um den Sohn des Pächters. Das Gasthaus lag nur etwa zehn Kilometer weg von hier, aber mehr weiß ich nicht. Für die aus Hullern hab ich mich damals nicht interessiert."

„Sie waren mir eine große Hilfe. Wen spreche ich am besten für weitere Informationen an?"

„Fragen Sie bei den Bauern in Hullern und Umgebung nach. Die Familie Budde fällt mir ein und früher gab es den Gasthof Starke, aber das ist lange her!"

Fey nickte zufrieden. „Das war ein aufschlussreiches Gespräch. Danke und auf Wiedersehen, Herr Jupp."

„Keine Ursache."

Fey wollte gehen, da hielt er sie am Ärmel fest.

„Wissen Sie was, das tat richtig gut, mit so einer feschen Kommissarin am Tisch zu sitzen und ihr von alten Zeiten zu erzählen. Da fällt mir etwas ein, mein Freund Pennekamp. Der würde sich auch über Ihre Gesellschaft freuen und von dem weiß ich, dass er noch lebt. Er wohnt in Seppenrade, nicht weit von hier. Der war damals näher am Geschehen dran. Ich geb Ihnen mal seine Telefonnummer."

Fey tippte die Nummer in ihr Handy und Jupp stand auf, um ihr die Hand zum Abschied zu reichen, nicht ohne ihr dabei fest in die Augen zu sehen.

„Sie bringen mich auf meine alten Tage auf ganz andere Gedanken. Tschüss dann und viele Grüße an Pennekamp."

20 Regatta

Der Mittwochnachmittag lieferte Bilderbuchwetter für die Jugendregatta auf dem Halterner Stausee. Eltern gut situierter Familien und Freunde des Wassersports hatten sich eingefunden, um zu begutachten, wie ihre Sprösslinge die alte Kunst des Segelns beherrschten. Auf dem Prinzensteg vor der Kajüte wimmelte es von Erwachsenen und Kindern. Wind kam auf, als wäre er bestellt worden. Eltern lachten ihren Kindern zu, bevor sie ihre Sprösslinge alleine ließen und in die Stadt fuhren, um dort im Rossini zu speisen und ein Glas Champagner zu trinken.

Zum Abschluss des Segeltages bedrängten einige Kinder ihre Eltern, in der Kajüte etwas zu essen, da es dort die besten Döner gab, Spezialität von Beckmanns Freund Jussuf. Eine Gruppe Mütter setzte sich an einen der schmierigen Tische, während sie ihren Kindern mit verspanntem Gesicht beim Essen zusahen. Ein Junge schreckte plötzlich auf.

„Hey, guck mal, mein Döner ist noch blutig." Der Junge zeigte neben seinen Teller auf die Tischplatte, auf der ein roter Fleck war.

Die Mutter des Kindes untersuchte den Döner, der saftig, aber nicht blutig war und rieb dann mit der Serviette an der Tischplatte. Das Papier wies deutlich rote Spuren auf. Sie rief Beckmann zu sich. Er schlurfte herbei.

„Können Sie sich diesen Dreck auf Ihrem Tisch erklären?" Sie hielt ihm die Serviette mit dem roten Abdruck unter die Nase, sodass er zurückwich, um klar sehen zu können.

„Sieht nach Blut aus. Komisch. Dabei ist Jussuf immer so genau. Ich bring Ihnen einen neuen Döner."

„Das werden Sie schön lassen!", schnäbelte ihm die Frau entgegen. „Sorgen Sie im Voraus für bessere Hygiene. Das kann Sie Ihre Lizenz kosten."

Der Junge und seine Freunde aßen ruhig weiter, bis einer plötzlich das Kauen vergaß, während er mit aufgerissenen Augen nach oben schaute.

„Da ist was am Zahn von dem Fisch", stammelte das Kind und leerte den Inhalt seines Mundes auf den Teller vor ihm. Alle sahen hoch in das Maul eines Zanders. Der Kopf des Zanders hing dort als Trophäe neben anderen Fischköpfen, die arg verstaubt und vergilbt der Kajüte alle Ehre machten. Ein schriller Schrei ertönte. Die Mutter des Kindes griff nach ihren Wertsachen, zog am Pullover ihres Sohnes und stürmte mit ihm aus dem Lokal. Beckmann stieg auf den frei gewordenen Stuhl und sah sich an, was da getropft hatte. Es handelte sich zweifellos um ein Ohrläppchen, das jemand auf den Eckzahn des Zanders gespießt hatte und nur noch verkrustete Blutspuren vom Schnitt aufwies.

Die Leute im Lokal näherten sich zaghaft, um sich den makabren Fund anzusehen, gingen dann aber rasch nach draußen und telefonierten. Beckmann stand immer noch auf dem Stuhl und sah erst jetzt, dass auch andere Fischmäuler kleine knorpelartige Fleischstücke auf ihren Zähnen trugen. Nach Beckmanns Einschätzung würde in der Summe ein ganzes Ohr zusammenkommen. Er stieg vom Stuhl herunter und rief Haverkamp an.

„Hier hängt ein Ohr von einem Menschen an den Trophäen. Was soll ich tun? Da will euch einer derbe an die Karre pinkeln. Ist das was für die Polizei oder sollen wir warten, bis die von selbst kommen? Ein paar Minuten noch und es weiß die ganze Welt, was wir hier in der Kajüte ausstellen. Das Dumme ist, dass das Ohr noch frisch aussieht, also ich meine, dass es nicht von einer Mumie stammt. Da hat einer kürzlich geblutet."

„Sieh nach, ob das Ohrläppchen ein Piercing für einen Ohrring aufweist."

Beckmann stieg auf den Stuhl und versuchte das Ohrläppchen zu untersuchen, meldete sich dann aber zerknirscht bei Haverkamp.

„Kann ich nicht feststellen. Ich will das Scheißteil nicht anfassen. Das Loch könnte genau dort sein, wo jetzt der Zahn vom Zander drinsteckt."

„Okay. Ruf die Amber an. Es ist schließlich bei dir passiert und nicht beim Angelverein. Ich mach mich auf den Weg zu dir."

21 Opfer

Der Schankraum der Kajüte war leer gefegt, aber vor dem Lokal häuften sich Grüppchen aufgebrachter Menschen, die heftig diskutierten und fragenden Reportern willig erzählten, was dort im Innern der Wirtschaft an der Wand hing. Beckmann entzog sich voreilig gemachten Anschuldigungen und bösen Blicken, indem er sich drinnen aufhielt. Er stand auf dem Stuhl, als Fey hereinkam.

„Ich schau mir gerade die Einzelteile genau an. Außer dem Ohrläppchen stecken auf den anderen Zähnen der Fische weitere Teile von einem menschlichen Ohr. Wenn ich der Kommissarin was helfen kann, sagen Sie es mir."

„Kommen Sie erst mal da runter. Ich möchte mir selbst ein Bild machen."

Fey stieg auf den Stuhl und sah sofort, dass das Ohrläppchen stark behaart war. Es handelte sich bei dem Opfer also um einen Mann. Sie telefonierte mit der Polizeiwache in Haltern. Kollegen sollten den Tatort sichern, bis ihre KTU-Mannschaft aus Münster angerückt war.

„Sie sind Herr Beckmann?"

„So ist es. Das wird ein Spektakel geben, wenn es in der Zeitung steht. Ich glaub, ich mach meinen Laden dicht. Die Gaffer will ich hier nicht sehen."

„Haben Sie etwas mit der Sache zu tun?"

„Wo denken Sie hin? Da ist ein Schwachsinniger am Werk."

„Wie erklären Sie sich den Vorfall? Wurde eingebrochen?"

„Keine Ahnung, hab bis jetzt nichts bemerkt." Er rief Richtung Küche: „Jussuf, hast du was gesehen?"
Jussuf betrat den Schankraum.
„Nein. Es war auf, als ich heute Morgen kam. Du hast mal wieder vergessen abzuschließen."
Beckmann stöhnte und fasste an seine Hosentaschen.
„Der Schlüsselbund. Ich muss ihn verlegt haben. Da hab ich wohl tatsächlich vergessen abzusperren."
„Okay, meine Herren, wenn Sie bitte jetzt sofort den Tatort verlassen. Nichts wird angerührt oder mitgenommen. Kommen Sie!"
Beckmann suchte die Schlüssel und übergab sie Fey. Sie begleitete die Männer hinaus und riegelte ab. Die Beamten in Uniform trafen ein und sperrten den Bereich um die Kajüte großzügig ab. Fey wurde von Reportern und Journalisten größerer Zeitungen mit Fragen bombardiert, sagte aber nur, dass die Funde von Haltern und Dülmen in Zusammenhang stünden und es sich dabei um einen um fünfzig Jahre zurückliegenden Mord an einer Jugoslawin handeln könnte. Das abgetrennte Ohr ordnete sie diesem Fall zu. Sie wusste, dass sie sich damit den Mund verbrannte, aber in Anbetracht der Konfusion, die durch Carstensens restriktive Infopolitik und infolgedessen durch konstruierte Halbwahrheiten seitens der Medien entstanden war, hielt sie ihr Verhalten für gerechtfertigt. Sie teilte Charly die Details des Tatorts und des Fundes telefonisch mit, damit er sein Team auf die Arbeit vorbereiten konnte.
„Du hast dir da eine echt interessante Sache an Land gezogen", bemerkte er. „Ich wäre gern an deiner Seite. Wie macht Carstensen sich als dein männlicher Kollege?"

„Den kannst du in der Pfeife rauchen. Er zieht wie immer den Schwanz ein, wenn er nicht mit unumstößlichen Fakten vor die Kamera treten kann."

„Aber genau das wäre jetzt kontraproduktiv", ereiferte sich Charly. „Ich will mich nicht einmischen, aber in diesem Fall ist eins doch wohl gewiss: Der oder die Täter von damals sollen aufgescheucht werden, damit sie ins Rampenlicht treten und Fehler machen. Was denkst du über das Ohr?"

„Dass es für den Mörder und seine Komplizen vielleicht schon zu spät ist. Die rachesuchenden Hintermänner üben bereits Vergeltung, haben einen der Täter einkassiert und ihn gefoltert, wobei ihm ein Ohr abgeschnitten wurde. Vielleicht sitzt er gefesselt auf einem Stuhl und wird weiter zerstückelt, oder ist bereits tot."

„So sehe ich das auch. Dein Rennen gegen die Zeit beginnt. Ich werde mein Bestes tun, um dir schnell Ergebnisse zu liefern. Bis dann, muss die Kollegen anrufen."

Das tat gut. So hatte Charly sich für sie noch nie engagiert. Statt Flirten ein Akt der Solidarität und des Mitgefühls. War er doch ein Kandidat für romantische Stunden?

Fey stieg über das gelbe Absperrband und hörte im Vorbeigehen, wie Haverkamp sich bei einem Reporter über unlautere Maßnahmen des Dülmener Angelvereins beschwerte und dafür Pörschke verantwortlich machte. Bis Charly ihr handfeste Resultate aus dem Labor liefern konnte, würde es dauern. Der Fundort „Zanderkopf" bzw. „Kajüte" war kein Zufall. Sie musste das gesamte Anglermilieu unter die Lupe nehmen. Ihr fiel ein, dass die Mitgliedslisten beider Angelvereine in ihrem Wagen lagen. Leider stand nicht bei allen die Telefonnummer dabei. Michalzek war Ehrenmitglied im Halterner Verein. Den rief sie zuerst an, bekam jedoch keine Antwort. Pörschke war der Vorsitzende vom Dülmener Verein. Er nahm ab. Sie schickte Pörschke das Foto, das sie von dem behaarten Ohrläppchen gemacht hatte und gab ihm Bedenkzeit, es mit einer Person zu identifizieren, die er kannte. Pörschke reagierte angewidert und war wohl auch mit seiner Aufgabe überfordert. Feys Frage, ob jemand aus seinem Verein gesucht würde oder Verabredungen nicht eingehalten hätte, verneinte er, bat sie aber um einen Moment Geduld und sagte dann, dass er auf Mani Kempinski wartete, der noch nicht gekommen sei. Pörschke rückte zögerlich mit dieser Information heraus. Klang, als wollte er etwas verheimlichen. Fey fragte nach und erfuhr, dass beide sich „mal so richtig aussprechen" wollten. Auf die Frage, ob Kempinski Haare am Ohrläppchen hatte, wusste Pörschke keine Antwort.

Sie rief Teltrup, den Kassenwart des Halterner Vereins an. Auf ihre Frage nach dem behaarten Ohrläppchen fasste Teltrup sich automatisch an sein eigenes Ohr und zupfte an den Haaren. Er gestand, selbst dort behaart zu sein, aber bei anderen habe er nicht darauf geachtet. Manchmal würde seine Frau ihm die schneiden, erfuhr Fey. Teltrup merkte allerdings an, dass Michalzek am Dienstagabend nicht zum Stammtisch erschienen war. Angesichts der gespannten Lage hätte sich Michalzek einen Auftritt vor seinen Vereinskollegen normalerweise nicht nehmen lassen. Fey bedankte sich, suchte die Adresse von Michalzek heraus und fuhr los.

Michalzek wohnte in Haltern in der Vogelbergsiedlung, eine gepflegte Siedlung in der Nähe des früheren Römerlagers. Nachdem sie mehrmals geklingelt hatte, öffnet ihr eine alte Frau. Fey folgte ihr in den Flur. Die Frau musste einen Schlaganfall erlitten haben, denn ihre rechte Gesichtshälfte war gelähmt und sie hinkte. Sie sprach, als hätte sie eine gelähmte Zunge, doch Fey hörte heraus, dass sie die Schwester von Michalzek war. Fey sah sich ein Familienbild an, das auf einer Kommode stand. Die Frau humpelte hinzu und nahm das Foto in die Hand. Erst jetzt bemerkte Fey, dass die Frau zitterte und einen acetonischen Mundgeruch hatte. Das kam ihr sofort verdächtig vor. Die Frau hatte unter Umständen längere Zeit nichts gegessen. Fey ging in die Küche. Dort herrschte Chaos. Essensreste lagen auf dem Boden und die Herdplatten waren mit verkohlten Lebensmitteln verschmutzt. Sie reichte der Frau ein Glas Wasser und öffnete eine Dose Thunfisch. Brot war nicht im Haus. Die Frau setzte sich an den Küchentisch und stocherte hilflos mit der Gabel in der Dose herum, bis es ihr gelang, einen Bissen festzuspießen. Fey fragte sie nach ihrem Bruder. Die Frau begann zu weinen. Fey ging durchs Haus, betrat Michalzeks Schlafzimmer und sah ein perfekt gemachtes Bett. In der Küche entdeckte sie einen Haushaltsplan. Am Dienstag und am Donnerstag kam eine Haushaltshilfe. Die hatte also am Dienstag das Bett gemacht. In der Nacht von Dienstag auf Mittwoch hatte Michalzek nicht in seinem Bett gelegen, denn dann wäre es jetzt nicht gemacht – oder gemacht von einem Mann, was anders aussehen würde als das perfekt gespannte Oberbett und das akkurate Kissen. Die alte Frau hätte das Bett mit ihrer Behinderung nicht machen können. Den Umständen nach hatte sie es weit über 24 Stunden ohne Betreuung und Essen ausgehalten. Fey wollte ihr einen Blick auf das behaarte Ohrläppchen ersparen, weil sie sich ziemlich sicher war, dass Michalzek ein Ohr fehlte und er entweder gefangen gehalten wurde oder bereits tot war. Sein Alter passte in das Täterschema von Dajanas Mörder. Michalzeks Geburtsdatum stand auf seiner Ehrenmitgliedsurkunde, die in seinem Zimmer hing. Er war Jahrgang 1941 und wäre zum angedachten Zeitpunkt des Mordes, also etwa 1970, 29 Jahre alt gewesen. Fey ließ Michalzek zur Fahndung ausschreiben. Besonders im Raum Haltern Stadt und Hullern sollte nach ihm gesucht werden. Dort genau lag die Kajüte, die ja in gewissem Sinn ein Tatort war und ein Ort, an dem Michalzek ein und aus ging. Nicht zuletzt sprach für die Nahfahndung, dass sie selbst ihre Ermittlungsarbeit in exakt diesem Gebiet intensiviert hatte. Da braute sich was zusammen. Sie nahm ein gebrauchtes Taschentuch aus Michalzeks Schlafzimmer mit, verabschiedete sich von seiner Schwester und bestellte den ambulanten Notdienst, damit sie versorgt wurde.

22 The Queen

An den Angelteichen der beiden Vereine kehrte wieder Ruhe ein. Nachdem zwei Tage und zwei Nächte durchgeangelt worden war, interessierte sich keiner mehr für den großen Fang, für den Karpfen mit Diamanten an der Schwanzflosse.

Zwei Jungen dachten allerdings anders darüber. Sie wollten die Hoffnung auf die große Überraschung nicht aufgeben, trafen sich an diesem Mittwoch nach der Schule und schlugen ihr Lager am Angelteich des Halterner Vereins auf. Sie gehörten zur Jugendgruppe und eigentlich hätte ein Erwachsener anwesend sein sollen. Die Jungs spießten Würmer auf die Haken, warfen ihre Köder aus und warteten geduldig. Eine Pose wackelte nach kurzer Zeit, aber nicht so, wie sie es von ihren Vätern gelernt hatten. Das konnten nur kleine Fische sein. Und tatsächlich: Einer der Jungen zog eine Karausche aus dem Wasser, der andere hatte einen Kaulbarsch an der Angel. Sie entfernten die Haken aus den Mäulern der Fische und setzten sie zurück ins Wasser. Einer der Jungen holte eine Packung Zigaretten hervor und jeder steckte sich eine an. Sie taten es wie ihre Väter und das war für sie Grund und Rechtfertigung zugleich. Es dämmerte, Zeit aufzubrechen. Sie würden an diesem Tag nichts mehr fangen. Aber wie es immer so war, sagte einer von ihnen: „Einen Wurf noch. Ich stell den Schwimmer so ein, dass der Wurm auf Grund liegt." Nach fünf Minuten tat sich nichts. „Ein allerletzter Wurf", sagte der Junge und spießte den schlappen Wurm noch mal auf den Haken, dass er wie ein Knäul daran befestigt war. Der andere Junge hatte seine Sachen gepackt, als ihn sein Freund mit der Hand anstieß. „Hey, der Schwimmer zieht langsam ab, ist weg. Soll ich anschlagen?" „Warte noch! Jetzt!"

Der Fisch war gehakt. Die Rutenspitze bog sich und die Schnur spannte sich gefährlich stramm. Der Junge gab nach, hielt aber die Spannung. Der Fisch sollte Spielraum haben, denn wer wusste schon, wie der Haken saß. Minuten später zappelte ein Karpfen im Kescher. Beide Jungen sahen sofort, dass ein drei Finger breites Band um den Bauch des Fisches gewickelt war. Sie stülpten das dehnbare Gewebe über die Kiemen nach vorne und hofften voller Neugier, darin etwas Wertvolles zu finden. Ein verschweißtes Plastiktütchen fiel ihnen in die Hände. Sie öffneten es, nahmen eine Stück Papier heraus und falteten es auseinander. „Ein Geldschein", sagte einer der Jungs. Der andere las: „Bank of England". „Das Bild da, das ist die englische Königin Elizabeth die Zweite. Haben wir im Englischunterricht gehabt, aber ich meine, da hat der Schein anders ausgesehen. Es ist ein 5-Pfund-Schein. Da steht eine Jahreszahl: 1964." „Mensch, der ist bestimmt viel wert", sagte der andere Junge, „wenn der so alt ist."

Sie steckten den Schein ein, packten ihre Sachen, setzten den Karpfen zurück ins Wasser und verschwanden. Zu Hause wollten sie sich im Internet nach dem Wert der Banknote erkundigen.

23 Schein und Wahrheit

Fey hatte sich bei Jupps Freund Pennekamp angemeldet und fuhr gerade auf dem Weg dorthin Richtung Hullern, als sie sich entschied, zwei belegte Brötchen und Kaffee zu kaufen.

Auch in Hullern sprach man von nichts anderem als den Morden an jungen Frauen in den Angelgewässern der Städte Haltern und Dülmen. Es herrschten widersprüchliche Meinungen, was die Verunsicherung der Menschen weiter schürte. Die Reporter der Tageszeitungen in der Region versuchten ihre Geschichten möglichst spannend zu verpacken. Mord stand für gewöhnlich nicht auf der Tagesordnung und so schossen sie manchmal übers Ziel hinaus und ließen ihre Artikel explosiver erscheinen, als es die dürftigen Fakten erlaubten.

Fey hielt im Dorfkern, wo sich die Bäckerei Brinkert befand. Sie betrat den Verkaufsraum und bemerkte gleich die beklemmende Atmosphäre. Die Verkäuferin unterhielt sich mit einer älteren Dame, die sich besorgt über ihre Nichte äußerte. Ein Mord sei einer zu viel, beklagte sie und ärgerte sich, dass ihre Nichte nach wie vor allein mit dem Fahrrad nach Haltern fahre. Die Verkäuferin wusste aus dem Fernsehen, dass es meistens nicht bei einem Mord blieb und ein Frauenmörder immer ein Frauenmörder bleiben würde.

Fey gab ihre Bestellung auf. Sie sah sich trotz Carstensens Verbot in die Pflicht genommen und wollte die aufgebrachten Personen beruhigen. Aber als sie sich als Hauptkommissarin vorstellte, sorgte das für verängstigtes Schweigen. All ihre Erklärungen halfen nicht. Sie verbreitete eher mehr Angst, als dass sie half, diese zu kontrollieren. Frustriert nahm sie die Tüte mit den Brötchen und ihren Becher Kaffee entgegen und verließ den Verkaufsraum.

24 Easy Rider

Fey setzte ihre Fahrt nach Seppenrade fort. Das Taschentuch, das sie aus Michalzeks Schlafzimmer mitgenommen hatte, wurde bereits von Kollegen zu Charly ins Labor transportiert, damit es sicheres DNA-Material von Michalzek gab. Das konnte dann mit dem des Ohrs verglichen werden. In einigen Stunden hätte sie Gewissheit, dass das Opfer Michalzek hieß.

Carstensens Nummer erschien auf dem Display ihres Handys, aber sie ignorierte seinen Anruf. Seit sie Dajana als Puppe ins Leben gerufen hatte, ging sie ihr nicht mehr aus dem Kopf. Vor rund fünfzig Jahren hatte sie hier im Raum Haltern und Dülmen gelebt. Es musste doch Menschen geben, die sich an sie erinnerten? Aber trotz des Pressewirbels, der mittlerweile auch die Radiostationen erfasst hatte, war bisher kein Hinweis aus der Bevölkerung zu ihr vorgedrungen.

Jugoslawien war damals arm, bei deutschen Touristen aber wegen seiner Adriaküste und der niedrigen Preise beliebt. Dajana kam nach Deutschland, um Arbeit zu suchen und landete im südlichen Münsterland in der Gastronomie. Es wäre denkbar, dass man sie versteckt hielt oder sie an einem Ort arbeitete, der von der Öffentlichkeit abgeschnitten war, sie viele Überstunden machte und nicht rausging, um Geld zu sparen.

Fey folgte der Wegbeschreibung ihres Navis und hoffte, Pennekamp würde zu Hause sein, denn sie hatten keine feste Zeit ausgemacht. Ihr Handy meldete erneut einen Anruf von Carstensen. Sie konnte ihm nicht noch mal ausweichen.

„Frau Amber, was wird da gespielt? Ich werde vom Kollegen Charly vor vollendete Tatsachen gestellt. Ein Mann ohne Ohr wird vermisst. Wie steht das im Zusammenhang mit dem Fall um die ermordete Jugoslawin?"

„Vermutungen, Chef. Charly kann zu diesem Zeitpunkt nicht wissen, ob die DNA-Analysen übereinstimmen, aber wir gehen in der Tat davon aus, dass der Mann entführt wurde und eventuell stückchenweise wieder abgeliefert wird. Alle Umstände sprechen dafür, dass die Täter den Mord an der Jugoslawin rächen wollen, und dass der gesuchte Michalzek möglicherweise der Mörder der jungen Frau ist."

„Wie bitte? Die Entführer liefern den Mörder von damals stückchenweise der Polizei aus? Wissen Sie, Frau Amber, was ich mich die ganze Zeit frage: Warum der ganze Zirkus mit den Fischen und den sogenannten Beweisstücken? Die Personen im Hintergrund hätten doch gleich alles an die Polizei liefern können. Die treiben einen Aufwand, bei dem sie leicht entdeckt werden könnten. Warum das Risiko einer Straftat eingehen? Warum nicht einfach eine Zeugenaussage machen? Warum soll die Polizei zusammenstückeln, was auch hätte als Ganzes geliefert werden können?"

„Guter Einwand, Chef. Darüber müsste nachgedacht werden. Ich treffe gleich einen Zeitzeugen aus der Gegend, wo der Mord wahrscheinlich stattgefunden hat. Vielleicht ergibt sich da eine Antwort auf Ihre Frage."

Fey wusste, wie sie ihren Chef ruhigstellen konnte. Das Seminar über empathische Kommunikation hatte sich insofern bezahlt gemacht. Man musste deutlich machen, dass man a) zugehört hatte und b) den empfangenen Impuls positiv weiterentwickeln konnte. Diese beiden Response-Signale übermittelten dem Gesprächspartner, dass er wichtig war. Mehr wollte im Grunde niemand – ihr Chef auch nicht.

„Ich melde mich, sobald ich mir ein Bild gemacht habe."

„In Ordnung", sagte Carstensen. „Über Michalzek kein Wort an die Öffentlichkeit. Wir haben nur sein Ohr. Solange die Leute glauben, die ganze Sache könnte mit Leuten von außerhalb zusammenhängen, also Mafia, Rauschgift, Prostitution aus dem Ruhrgebiet, ist das besser. Die ländliche Bevölkerung sieht nicht gerne einen Mörder in ihren eigenen Reihen. Deswegen gehen Sie die Sache äußerst sensibel an."

Fey hatte das Gespräch beendet. „Sensibel", das musste er gerade sagen. Sie wäre ihm am liebsten an den Hals gesprungen. Er machte einfach alles falsch, obwohl er auch in dem Seminar gewesen war.

Die Fahrt nach Seppenrade verlief durch flaches Land. Gut, dass sie ein Navi hatte, denn Pennekamp wohnte abseits des Dorfes auf einem abgewirtschafteten Hof. Sie sah ihn schon von Weitem vor seinem Haus stehen. Er begrüßte sie und erzählte ihr unaufgefordert die wichtigsten Episoden aus seinem Leben. Seitdem seine Frau vor achtzehn Jahren verstorben war, interessierte ihn der Hof nicht mehr. Nur seine Kaninchen machten ihm noch Freude. Er führte Fey hinters Haus zu den Ställen.

Pennekamp öffnete einen Verschlag, nahm ein dickes Kaninchen heraus und reichte es weiter an Fey, die aus Höflichkeit nicht ablehnte. Sie streichelte das Tier und hoffte, dass es ihren blauen Kaschmirpullover nicht verdreckte.

„Darf ich Sie nach Ihrem Alter fragen?"

„Mädchen, das dürfen Sie. Ich werde nächsten Monat 95 Jahre. Wie kann ich Ihnen helfen?"

„Wir suchen nach Informationen zu einer jungen Jugoslawin, die im Jahre 1968 in Haltern und Umgebung lebte und dann plötzlich verschwand."

„Mein Gott. Das war zu der Zeit, als die Halterner Jungs sich mit den Hullerner Jungs gekloppt haben. Mein Sohn war auch dabei. Jeansjacken trugen die, mit Nieten und albernen Sprüchen drauf. Einige banden sich einen Fuchsschwanz ans Lenkrad von ihren Mopeds. Kann mich gut erinnern. Mein Sohn arbeitete bei Kösters in der Schmiede und kaufte sich von seinem Lohn eine Hercules, fünfzig Kubik. Die haben sie dann bis hundert hochgescheucht. Aber wenn sie hinten ein Mädel drauf hatten, klapperte die Kiste nur bis neunzig. Ich hatte selber damals eine Zündapp."

„Herr Pennekamp, das hat aber jetzt nichts mit der jungen Jugoslawin zu tun."

Pennekamp nahm sich ein Kaninchen aus dem Stall und setzte sich damit.

„Ich weiß darüber nichts und will niemanden falsch beschuldigen, aber der Michalzek, der fuhr damals einen Kombi, einen Opel Rekord. Die Scheiben waren getönt, weil sie den Wagen als Lieferwagen genutzt haben. Der junge Michalzek war etwa Mitte zwanzig. Auf seinem Wagen stand so'n englisches Wort, was ich nicht aussprechen kann. Ich kann's Ihnen wohl aufschreiben."

Fey war froh, einen Grund zu haben, das Kaninchen loszuwerden. Sie setzte es mit bei Pennekamp auf den Schoß und nahm einen Notizblock aus ihrer Manteltasche. Pennekamp stand daraufhin auf und übergab Fey beide Kaninchen, setzte sich wieder und schrieb: „Easy Rider".

„Easy Rider", sagte Fey.

„Jau, so hieß das."

„Und die Jugoslawin?"

„Das weiß ich ja eben nicht, und ich glaube, es weiß keiner ganz genau, aber Michalzek war ein Aufschneider und manchmal prahlte er mit einer jungen Frau, die er mit seinem Wagen durchs Dorf fuhr, die aber keiner genau sehen konnte."

„Und woher kam die junge Frau?"

„Ob sie aus Jugoslawien kam, weiß ich nicht, aber die arbeitete bei Michalzeks, im Gasthaus Borkenberge."

Fey jubelte innerlich. Das waren höchst interessante Informationen.

„Da muss sie doch jemand gesehen haben?"

„Die Leute aus dem Dorf gingen dort nicht hin und ob sie jetzt nach fünfzig Jahren noch Gäste von damals auftreiben können?"

„Was wissen Sie über diese Gaststätte?"

Pennekamp grinste.

„Die wurde abgerissen, nachdem sie mit den Baggerarbeiten für das Hullerner Staubecken begonnen hatten, dem Erdboden gleich gemacht."

„Gibt es Nachbarn von damals?"

„Nein. Die Gaststätte lag am Rande des Truppenübungsplatzes, ziemlich einsam, direkt am Wald."

Fey wurden die beiden beleibten Rammler auf ihrem Schoß zu schwer. Sie übergab sie Pennekamps schützenden Armen, verabschiedete sich und fuhr nach Münster ins Präsidium.

25   Spreu vom Weizen

Es würde eine lange Nacht werden, denn um alle Kraft in die Suche nach Michalzek zu stecken, musste Charly ihr wichtige Fakten liefern und das konnte dauern. Kurz nach 21 Uhr stieß Fey die Tür zu ihrem Büro auf, band sich die Haare los, wusch sich die Hände und war froh, im Kühlschrank ein Fertiggericht zu finden. Currywurst. Die war vom letzten Champions-League- Spiel übrig geblieben. Die Kollegen durften nicht trinken und so aßen manche Currywurst, wenn gebolzt wurde. Die Packung wanderte in die Mikrowelle. Als Fey nach zwei Minuten die Folie abzog, wunderte sie sich, dass so viele Stückchen Wurst in der roten Soße schwammen. Zusammengesetzt musste das eine Riesenwurst ergeben. Aber sie war zu dünn. Irgendwie unappetitlich, dachte sie und fischte sich einige Stücke heraus, bevor der Rest im Mülleimer landete.

Carstensens Einwand beschäftigte sie nachhaltig. Warum hatten die Hintermänner nicht einfach den Schmuck und die anderen Gegenstände direkt an die Polizei geliefert oder durch einen aufklärenden Brief oder einen anonymen Anruf nachgeholfen? Die Täter von damals zur Rechenschaft zu ziehen, das ging doch auch anders. Als Erklärung blieb, dass ihnen die Arbeit der deutschen Justiz nicht gefallen hatte. Eine wirklich zufriedenstellende Antwort fiel Fey nicht ein. Sie entschloss sich, Charly in seinem Labor zu besuchen.

Er war über ein Mikroskop gebeugt und in seine Beobachtungen vertieft. Es war nicht ihre Art, sich über ein bestimmtes Maß an Distanz einer anderen Person zu nähern, aber da sie sich von Carstensen im Stich gelassen fühlte und dringend einen kompetenten männlichen Kollegen benötigte, meldete sich plötzlich ein Bedürfnis, das sie aus ihrem bisherigen Berufsleben gestrichen hatte. Sie trat von hinten an Charly heran und beugte sich über ihn, wobei ihr langes Haar seitwärts sein Ohr streifte und er heftig zusammenzuckte.

„Alles hätte ich erwartet, selbst den Teufel, aber dass du hier aufkreuzt und deine sonst nicht zu penetrierende Aura ablegst, haut mich vom Hocker." Charly drehte sich auf seinem Stuhl zu ihr um. Seine Knie berührten ihre. Sie wich zurück, aber sprach nicht wie üblich gleich ein sachliches Thema an, sondern wartete ab. Charly flirtete in der Regel einfach drauflos, doch diesmal schaute er sie nur unsicher an. Es ging ihr noch durch den Kopf: „Niemals mit einem Kollegen", als er plötzlich aufstand und verstohlen flüsterte: „Deine Haare riechen gut. Ich möchte das noch mal." Er schmiegte sich an sie und fuhr sanft an ihren Haaren vorbei, streichelte ihre Wange mit der seinen und dann küssten sie sich. Wenn, dann musste es schnell gehen. Das waren ihre letzten Gedanken, bevor sie Charly das Hemd aufknöpfte, ihre Finger über seine behaarte Brust glitten und sie ihn leidenschaftlich mit Küssen übersäte. Er umfasste ihr Becken und zog sie zu sich auf den Hocker. Sie rutschte breitbeinig über sein anschwellendes Glied und spürte die Lust, die ihr so fremd geworden war. Charly öffnete ihre Bluse und küsste sie dabei ohne Unterlass. Fey verlor sich im Taumel ihrer Begierde, als Charly sich vor sie kniete und mit seinem schnaufenden Mund ihre Schenkel befeuchtete. Sie legte sich rücklings auf die Laboranrichte, wo sie sich leidenschaftlich liebten, begleitet vom Geschepper der Reagenzgläser.

Wenig später saß jeder wortlos für sich auf einem Stuhl, angezogen und ordentlich zugeknöpft. Fey wollte es nicht glauben, war aber glücklich, dass sie über sich hinausgewachsen war und die vielen Verbotsschilder, die sie sich seit ihrer Trennung unbewusst auferlegt hatte, nun einen Dämpfer bekommen hatten. War Charly Mittel zum Zweck gewesen? Sie sah ihn an und er lächelte abwartend. Sie war keine Frau, die hysterisch alles bereute oder die in eine spontane Nummer ein Versprechen hineininterpretierte.

„Ich wundere mich, dass du nicht mal abschließen wolltest", schmunzelte Charly.

Fey sah zur Tür, die halb offen stand, und war mehr als erstaunt über sich.

„Das hätte ich auch nicht von mir gedacht. Geben wir mal den Hormonen die Schuld." Die nüchterne Realität forderte ihren Tribut. Sie musste sich zur Sachlichkeit zwingen. „Was sagt der Alchemist über die Macht des Bösen? Wem gehört das Ohr? Oder ergaben die Stücke in der Summe mehr als nur eins?"

„Ein wenig Geduld, meine Liebe. Unsere gute Pathologin Dr. Degenhardt kommt in die Jahre. Sie ist nicht mehr die Schnellste und bastelt noch am Ohr. In der Zwischenzeit schaust du mal in dieses Mikroskop hinein. Ich habe es vorhin eingestellt, bevor mir eine Zauberfee die Sinne geraubt hat. Die Haare deiner Jugoslawin –" „Sie heißt Dajana", unterbrach Fey. „Okay, die Haare von Dajana wurden getrocknet und gekämmt, aber nicht gewaschen, denn du wirst leichte Verkrustungen entlang der Haarstränge erkennen. Das Material ist organisch, bis aufs Kleinste zerfallen, Schwebeteilchen, wie sie in trüben Gewässern vorkommen, aber vor allem Birkenpollen, was darauf schließen lässt, dass Dajana in einem tümpelartigen Gewässer mit Birkenbepflanzung am Ufer in den Monaten April, Mai umgebracht wurde."

Degenhardt rief an und bestätigte, dass es sich um ein einzelnes Ohr einer einzigen Person handelte.

Charly fuhr fort.

„Es sind organische Fasern an Dajanas Haarsträhne nachzuweisen, die nicht aus dem Angelteich stammen. Unter anderem Mikrosporen einer Wasserlilie, die es nach Auskunft von Haverkamp dort nie gegeben hat. Demnach wurde sie in einem anderen Gewässer ertränkt oder ihre Leiche wurde dort entsorgt. Aber könnte es nicht auch sein, dass die Frau nur gebadet hat und dann der Mord geschah? Bevor der Täter die Leiche versenkt, bedient er sich der Schmuckstücke und schneidet ihr einen Büschel Haare ab, als Andenken oder Trophäe."

Während Charly sich für sie ins Zeug legte, sah sie ihn verträumt an und sagte dann unvermittelt: „Du hast oben kaum noch Haare. Würdest besser aussehen, wenn du die Seiten kurz schneiden lässt. Was hältst du von dieser Story: Sie wird von ihrem enttäuschten oder eifersüchtigen Lover umgebracht und ihre Leiche im Wasser entsorgt. Nach Stunden bereut er, kehrt an den Tatort zurück, zieht sie wieder heraus, weil er sie noch mal sehen will."

„Ach was, dem Lover geht der Arsch auf Grundeis. Der kommt nicht an den Tatort zurück. Außerdem ist es nicht einfach, eine Wasserleiche wieder an Land zu befördern."

„Halt! Er zieht die Leiche nicht ganz aus dem Wasser, sondern ein Stück ans Ufer, sodass er an ihren Kopf kommt. Er hätte ja auch ihre Turnschuhe nehmen können oder ein Kleidungsstück, aber die Fundsachen, die an den Fischen befestigt waren, stammen alle vom Kopf, vom Hals und den Fingern. Da wäre er drangekommen."

„Du glaubst nicht ernsthaft, dass ein reuiger Mörder sich die Mühe macht, Schmuck oder gar Kleidungsstücke als Andenken mitzunehmen und dabei Gefahr läuft, beobachtet zu werden?"

„Okay, lassen wir das vorerst und konzentrieren uns nur auf die Turnschuhe. Ich habe mich kundig gemacht. Solche Schuhe kamen erstmals in der 60er-Jahren auf den Markt und wurden vorwiegend von der jungen Generation getragen. Sie galten als Markenzeichen ihrer Zeit – eine Art Kult wie der Rock 'n' Roll."

„Die zeitliche Einordnung zum Fall Dajana wäre also gegeben. Ich schlage vor, wir beide finden jetzt heraus, ob Dajana sie getragen hat, als sie ermordet wurde. Komm, setz dich zu mir ans Mikroskop."

Fey zog einen Hocker ohne Lehne heran, setzte sich und wartete ab. Charly schnitt ein winziges Stück Stoff aus dem Turnschuh und legte es zwischen die Objektträger. Er sah zuerst ins Mikroskop, justierte es und ließ dann Fey durchs Okular schauen.

„Na, was siehst du?", fragte er lächelnd.

„Textilfasern und kleine fetzige Teilchen, vielleicht Schmutz oder Staub, Fett aus der Küche. Sag du mir mehr."

„Mehr ist nicht! Ich hätte dich fragen sollen, was du nicht siehst. Und das sind nämlich feine Birkenpollen und organische Partikel. Der Turnschuh weist diese

Spuren nicht auf, wurde also höchstwahrscheinlich nicht vom Tatort entwendet."

„Dann hatte jemand Zugang zu Dajanas Kleiderschrank", kombinierte Fey. „Wir haben es also mit einer Person zu tun, die Dajana am Tatort aus dem Wasser zog, ihr ein Haarbüschel abschnitt und später oder früher in den Besitz ihrer Turnschuhe kam. Dajanas Mörder wird die Polizei kaum auf seine Tat aufmerksam machen wollen. Also dürfen wir annehmen, dass der Mord beobachtet wurde und zwar von einer Person, die viel Zuneigung für Dajana empfand, sonst wäre ihr die Leiche egal gewesen."

„Rache wäre also ein naheliegendes Motiv", folgerte Charly.

„Womit wir wieder bei Michalzek wären. Die Person im Hintergrund hat Michalzek um ein Ohr erleichtert."

„Passt", bemerkte Charly. „Die Person oder die Personen waren Zeugen des Mordes und standen in einem engen Verhältnis zu Dajana. Ich schätze, es war Dajanas Freund oder ihre Freundin oder beide. Diese Personen müssten heute Mitte sechzig sein. Was mich stört ist die Tatsache, dass sie anscheinend nie zur Polizei gegangen sind."

Fey war erstaunt, wie sehr Charly und sie sich ergänzten.

„Mein Kompliment, Herr Alchemist. Jetzt die nächst höhere Frage: Warum liefern die Hintermänner die Beweise nicht vollständig und direkt an die Polizei, statt einen extrem hohen Aufwand zu treiben? Ich bekäme bei Carstensen für die Antwort ein Sternchen in meinem Gut-und-Böse-Buch."

„Sie trauen der Polizei nicht. Oder: Sie trauten der Polizei von damals nicht. Möglich, dass damals die

Polizei die Angelegenheit unter den Teppich gekehrt hat und heute sollt ihr euch beweisen, bekommt quasi eine zweite Chance."

„Glaubst du an einen Mörder und einen Komplizen?"

„Ich denke, ja. Die Hintermänner haben ihren Angriff an zwei Orten gestartet, Dülmen und Haltern. Es waren zwei Teiche. Könnte doch gut sein, dass Mörder und Komplize aus den beiden Angelvereinen stammen oder noch im Angelverein sind."

„Michalzek ist Ehrenmitglied beim Halterner Verein. Nach deiner Theorie würde das bedeuten, dass auch einer aus Dülmen fällig wird, falls noch nicht geschehen. Scheiße, das macht es jetzt aber dringend."

„Komm, wir schauen uns das Ergebnis der DNA-Analyse an. Die müsste jetzt vorliegen."

Um 22:25 Uhr stand fest, dass das Ohr zu Michalzek gehörte. Theoretisch war er Dajanas Mörder. Fey nahm sich die Mitgliedslisten der beiden Vereine vor, gab eine davon an Charly weiter und bat ihn, ihr zu helfen.

„Wir rufen jetzt alle Familien an und fragen, ob die ein Mitglied im Verein haben, das sechzig Jahre und älter ist. Ich nehme die Dülmener Liste, du die Halterner. Wir müssen sicherstellen, dass niemand sonst vermisst wird."

26 Superdrill

An diesem Donnerstagvormittag saß Beckmann draußen vor der Kajüte und las Zeitung. Das Lokal war wieder für den Publikumsverkehr freigegeben. Beckmanns Neffe Mike war angetreten, die letzten Vorbereitungen für die Installation der CCTV-Kameras zu treffen. Zwei Kameras waren vorgesehen und sollten später an diesem Donnerstag an gut getarnten Stellen am Vereinsteich der Halterner montiert werden. Beckmann scheute keine Ausgaben, wenn es um seine verrückte Idee ging. Seine Lebenserwartung lag im Bereich Tage bis Monate, vielleicht würde es noch für ein ganzes Jahr reichen. Freude war ein Lebenselixier, das hatte er gelernt. Nur dass bei ihm die Freude immer erst kam, wenn er eine Flasche Wacholder getrunken hatte.

„Du hast mir ein ordentliches Taschengeld versprochen", sagte Mike und entwirrte den Kabelsalat, der sich auf dem Steg gebildet hatte. „Wie wär's mit einer Anzahlung?"

Beckmann griff in seine Hosentasche und holte ein Bündel zerknitterte Scheine hervor.

„Hier, das reicht fürs Erste. Lass dich bei der Montage nicht erwischen und richte die Kameras so aus, dass sie auf die beliebtesten Angelplätze weisen. Wenn die Jungs erst mal Spaß dran haben, werden am Ende auch die Nörgler mitmachen."

Beckmann verzichtete heute auf seine Fahrradtour um die Stever. Ein Großeinkauf stand an. Ihm schwebte ein Megabildschirm vor mit allem Schnickschnack für den Superdrill. Das war Ehrensache.

Plötzlich kam ein Mann gehetzt um die Ecke der Holzbaracke und stürmte auf Beckmann zu.

„Sind Sie der Wirt der Kajüte?"

Beckmann erwartete keine Gäste um diese Morgenstunde. Er antwortete darum nicht gleich, denn er fürchtete, jemand vom Gewerbeaufsichtsamt könnte seine Idee im letzten Moment vereiteln.

„Was wollen Sie?"

„Meine Name ist Pörschke, Vorsitzender vom Dülmener Angelverein. Ich suche einen Mann namens Kempinski, ein Mitglied bei uns. 52 Jahre alt."

„Guter Mann, da haben Sie sich verlaufen. Hier ist er bestimmt nicht."

„Er sagte mir, zum Halterner Verein zu wechseln, falls wir ihm das Angeln madig machen würden. Ich dachte nur, er sei bei Ihnen in der Vereinskneipe aufgetaucht."

„Keine Spur. Kempinski. Der Name kommt mir bekannt vor. Mike, kennst du einen Kempinski?"

„Googlen, Facebook!"

„Sie hören es. Hier war er nicht. Kempinski. Wo steck ich den Namen hin? Warten Sie. Es gab einen Kempinski in Hullern. Jetzt erinnere ich mich. Der war dort Dorfpolizist. Lange her. In den 70er-Jahren."

Pörschke winkte ab.

„Das weiß ich doch alles. Ich suche den Sohn von Kempinski, den Junior, den Mani."

„Hier ist er nicht", sagte Beckmann erneut und sah Pörschke um die Ecke verschwinden.

27 Flucht

Es herrschte allgemeine Mobilmachung in Carstensens Mannschaft. Fey und Charly hatten bis Mitternacht telefoniert mit dem Resultat, dass außer Michalzek aus Haltern auch Kempinski aus Dülmen vermisst wurde. Hierbei handelte es sich um Mani Kempinski, den Sohn des Hullerner Dorfpolizisten Eugen Kempinski. Fey hatte bei der Telefonaktion mit Eugen Kempinski gesprochen, wusste aber zu dem Zeitpunkt nicht, dass er der Dorfpolizist von Hullern in den 60- bis 70er-Jahren war. Erst an diesem Morgen, als alle Kollegen anwesend waren und sie die Ergebnisse der nächtlichen Recherche geschildert hatte, ergaben weitere Nachforschungen, dass Eugen Kempinski – mittlerweile 78 Jahre alt – ein pensionierter Kollege war. Die Einsicht in seine Personalakte ergab, dass er 1967 im Alter von 27 Jahren den Polizeiposten in Hullern übernommen hatte.

Fey rekapitulierte alle Einzelheiten und blieb natürlich bei der Frage hängen, warum der Sohn entführt oder zumindest vermisst wurde und nicht der Vater, also Eugen Kempinski. Der Sohn konnte mit dem Mord an der Jugoslawin im Jahre 1968 nichts zu tun haben. Da war er gerade mal fünf Jahre alt. Falls der Dorfpolizist Eugen Kempinski an dem Mord beteiligt war, würden ihn die Hintermänner bestrafen wollen und zwar durch ein ordentliches Gerichtsverfahren. Die Polizei sollte also tatsächlich eine zweite Chance bekommen. Dennoch kam es auch zu eigenmächtigen Strafaktionen. Mani Kempinski wurde entführt, um den Vater empfindlich zu treffen.

„Ein Unschuldiger soll dran glauben?", bemerkte Charly, der als Leiter der Forensik eigentlich nicht zu Carstensens Ermittlerteam gehörte, sich aber durch die nächtliche Telefonaktion verdient gemacht hatte und natürlich die ganze Zeit auf einen vielsagenden Blick von Fey gehofft hatte, den er aber nicht bekam. Fey kommentierte Charlys Einwand.

„Mani Kempinski ist 55 Jahre alt, lebt allein, war nie verheiratet. Er ist weder vorbestraft noch hat er je einen Punkt in Flensburg kassiert. Eine unauffällige Person. Angler. Hört sich alles ‚unschuldig' an, aber sein Vater sagte mir gestern Nacht, dass sein Sohn schon mit fünf Jahren seine Mutter verloren habe und er bei ihm aufgewachsen sei. Kempinski war Dorfpolizist, nicht leicht mit einem Kleinkind zu Hause. Da müssen wir nachhaken. Da liegt Konfliktpotenzial"

Fey delegierte diverse Aufgaben an ihre Ermittler und begleitete Carstensen in sein Büro.

„Charly hat mir eine interessante Theorie unterbreitet. Eugen Kempinski soll bezahlen, weil er als Polizist damals entweder schlampige Arbeit geleistet hat oder sogar an der Ermordung der Jugoslawin beteiligt war. Charly begründet seine Theorie damit, dass die Hintermänner uns quasi auf die Probe stellen. Sie wollen, dass wir unseren Lapsus, oder was es auch immer war, wiedergutmachen."

„Das ist mir zu weit hergeholt", meinte Carstensen. „Charly ist nicht vom Fach. Er vermischt seine labortechnischen Ambitionen mit menschlichen Kategorien, schüttet Gerechtigkeit, Wiedergutmachung und Aufklärung zusammen in ein Reagenzglas. Wir haben es aber mit brutalen Subjekten zu tun. Da kommt man mit Chemie nicht dran."

„Warten Sie, Chef. Wenn die Hintermänner tatsächlich so etwas wie Gerechtigkeitssinn haben, würden sie einen Unschuldigen nicht leiden lassen. Sie würden Eugen Kempinski persönlich zur Rechenschaft ziehen. Das würde bedeuten, dass Mani Kempinski von jemand anderem entführt wurde. Ich möchte diese Theorie nicht einfach vom Tisch fegen."

„Hören Sie, Frau Amber. Ich denke, wir haben einen Verdächtigen. Pörschke und Kempinski waren zerstritten. Pörschke bezeichnete ihn als Memme. Kempinski wurde von seinen Anglerkollegen geschnitten. Pörschke wurde heute früh an der Kajüte gesehen und seitdem ist der auch verschwunden."

„Okay, Chef. Ich werde mich persönlich um Pörschke kümmern und ich brauche Entlastung von Schreibtischarbeiten."

„Einverstanden, ich stelle Ihnen meine Sekretärin zur Verfügung. Frau Schniederjan wird in Ihr Büro umziehen und dann haben Sie ja noch mich. Das passt mir ehrlich gesagt am besten. Über Frau Schniederjan stehe ich auch mit Ihnen in direktem Kontakt, sodass Sie jederzeit meinen Rat einholen können."

Irmgard Schniederjan war wie so viele Sekretärinnen die Seele des Teams. Sie eckte mit niemandem an, weil sie verstand, jeden so zu nehmen, wie er war. Selbst bei Carstensen hatte sie einen Stein im Brett. Er nannte sie die Henne der Kompanie, was anfangs manch einem Kollegen ein peinliches Lächeln abgerungen hatte. Carstensens Humor war so spritzig wie ein schales Glas Bier.

Fey hieß Irmgard in ihrem Büro willkommen. Die dralle Fünfzigerin war nicht nur Seele im Team, sondern auch Mensch aus Fleisch und Blut. Mit dem

Fleisch nahm sie es großzügig, hatte über die Jahre etliche Pfunde zugelegt, was allerdings ihren Kurven keinen Abbruch tat und sie deshalb für manche Männer besonders verlockend machte. Dicke Frauen mit Figur waren gefragt. Es fiel Männern leicht, sich vorzustellen, wie man zwischen ihrem Busen versank und ihre molligen Schenkel lustvoll zum Verweilen einluden. Irmgard war sich ihrer Reize bewusst, schminkte sich, tönte ihre Haare regelmäßig und trug Kleider, was sie im gesamten Präsidium einmalig machte. Fey dachte oft, dass sie sich von Irmgard eine Scheibe abschneiden könnte. So, wie die mit Männern umging. Sie konnte kackfrech sein und gerade dann fielen ihr die Kerle am liebsten um den Hals. Fey half Irmgard beim Umzug und hatte auch gleich einen Auftrag für sie.

„Wir suchen eine Jugoslawin mit den Initialen D. D. Sie wurde wahrscheinlich mit sechzehn oder siebzehn um 1968 im Raum Haltern-Dülmen ermordet. Frag bei den Steuerämtern und Einwohnermeldeämtern nach, sprich auch mit Vertretern der Kirche, ganz besonders mit dem Pfarrer von St. Andreas in Hullern bei Haltern."

„Endlich!", jauchzte Irmgard. „Ich kann dir gar nicht sagen, wie froh ich über diese Abwechslung bin. Ich hab euch immer beneidet, wenn ihr einfach so abhauen konntet aus dem Büro. Ich muss zwar nicht raus, sitz gerne hier, aber jetzt geht die Post ab."

„Eins muss allerdings klar sein", betonte Fey. „Du bist keine Polizistin, also gib dich bitte nicht als solche aus."

„Geht klar, hätte trotzdem nichts gegen eine schicke Uniform einzuwenden. XXL für geschmeidige Kurven."

„Einen Waffenschein brauchst du nicht, um die Männer ins Bett zu kriegen."

„Die richtige Polsterung an der richtigen Stelle, mein Erfolgsrezept."

Irmgard holte eine Schachtel Pralinen aus ihrem Büro und stellte sie auf Feys Schreibtisch.

„Nett von dir", lächelte Fey, „aber dein Rezept wirkt nicht bei allen. Ich muss los."

Beim Hinausgehen sah Fey, wie sich Irmgard freudestrahlend eine Praline in den Mund steckte.

28 Merfelder Bruch

Von der A43 fuhr Fey ab nach Lavesum. Von dort waren es noch zehn Kilometer bis Merfeld. Eugen Kempinski wohnte in einem schlichten Einfamilienhaus im Merfelder Bruch, einer Landschaft aus Wiesen, Bächen und vereinzelten Hainen. Bauerschaftswege führten kreuz und quer durchs Land. Kempinskis Haus stand am Ende eines Feldweges, ohne direkte Nachbarn.

Fey hatte sich telefonisch angemeldet. Kempinski war Polizist gewesen und dementsprechend stellte sie sich emotional auf eine Begegnung auf Augenhöhe ein. Bei ihrem nächtlichen Telefongespräch mit ihm, als es um das Verbleiben seines Sohnes ging, war ihr die Stimme des Mannes wach, kalt und fokussiert vorgekommen. Wieso war ein Mann um die späte Zeit so auf Draht?

Sie fuhr auf sein Haus zu und dachte instinktiv an ihre Dienstwaffe. Kempinski würde wissen, dass sie Rückendeckung durch alle mobilen Kollegen in der Umgebung hatte und sich von selbst erklärte, warum sie unantastbar war. So blöd konnte man nicht sein. Aber woher wollte sie wissen, ob Kempinski kein Idiot war, kein Psychopath, kein Killer nach Lust und Laune? Jetzt musste sie über sich selbst lachen. Morde passierten nicht, weil mit ihr die Fantasie durchging. Morde geschahen entweder affektiv ungeplant oder verfolgten einen Zweck. Psychopathen waren im Grunde berechenbar, schlimmer waren die Normalen, die psychopathisch handelten.

Sie parkte ihren Wagen vor dem Haus und schellte kurz darauf an der Tür. Sie klingelte erneut und klopfte, nachdem nicht geantwortet wurde. Ein Rundumblick machte ihr unmissverständlich klar, wie verlassen das Gehöft lag. Sie zog den Reißverschluss ihrer Jacke auf, um ungehindert nach ihrer Waffe greifen zu können. Die Rollläden waren heruntergelassen. Gut, ein alter Mann schlief gerne lange, aber sie hatte sich ja vorher bei ihm telefonisch angemeldet.

Sie ging an der Hauswand entlang zum hinteren Teil des Hauses, an den ein Schuppen grenzte. Hatte Kempinski kein Auto? Sie zog die hölzerne Tür des Schuppens auf und sah hinein. Ein Moped stand dort an eine Werkbank gelehnt. Schraubenschlüssel, Ratschen und diverse Kleinteile waren unachtsam abgelegt worden. Eine Kanne Öl ragte aus dem Durcheinander heraus, obenauf ein schmieriger Lappen. Seitwärts an der Wand hingen Kabel, Steckverbindungen und anderes technisches Gerät für die Installation von Antennen und Satellitenschüsseln. In dieser Ecke des Schuppens war alles fein säuberlich aufgeräumt.

Fey drehte sich um, weil sie meinte, etwas gehört zu haben. Sie erschrak, als ein freilaufendes Huhn unter der Werkbank hervorhuschte. Das Huhn ließ sich nicht stören und nutzte die Gelegenheit, im Innern des Schuppens nach Futter zu suchen. Fey überlegte, ob sie die Schuppentür hinter sich schließen sollte. Ungern würde sie das Huhn einsperren, andererseits wollte sie das Tor nicht offen lassen. Kempinski sollte nicht merken, dass sie in seinem Schuppen herumgeschnüffelt hatte. Sie versuchte das Huhn nach draußen zu scheuchen, aber ohne Erfolg. Es hatte sich hinter das Moped verkrochen. Fey gab auf, entdeckte aber dann, dass der Benzinschlauch am Moped ein Leck hatte. Es tropfte regelmäßig auf den losen Erdboden, wo das Benzin versank. Sie sah sich die Stelle am Motor an und bemerkte, dass das kleine Benzinventil nicht geschlossen war. Das war zwar nicht der Grund für das Leck, aber ein gewissenhafter Mopedfahrer würde das Ventil nach dem Abstellen des Motors schließen. Das gehörte zur Routine. Sie beließ es bei dieser Beobachtung und wollte gerade nach draußen gehen, da stand Kempinski vor ihr. Ihr Herzschlag schnellte hoch. Einen Schrei konnte sie in letzter Sekunde unterdrücken. Der Mann zog eine Augenbraue hoch und verharrte in seiner Position. Sie hasste diese Momente, in denen sie nicht selbst entscheiden konnte, sondern ganz auf den Automatismus ihres Nervensystems angewiesen war. Der Mechanismus „Flucht oder Kampf" war nicht wegzutrainieren, nur zu minimieren. Schnell wieder entscheiden können, das zeichnete eine gute Polizistin aus. Sie musterte Kempinski. Der Mann war kräftig, Schultern und Nacken nach vorne gebeugt, sodass man ihm sein Alter ansehen konnte.

„Nach Ihnen", sagte Fey. „Sie haben sich Zeit gelassen, Herr Kempinski. Es geht schließlich um Ihren Sohn."

Kempinski ging vor und Fey bemerkte, dass er sein rechtes Bein nachzog. Er führte sie ins Wohnzimmer, sofern man das als solches bezeichnen konnte. Bis auf eine luxuriöse Fernsehanlage, die offenbar gelegentlich geputzt wurde, wetteiferten verschmutzte Teller und Tassen, alte Zeitungen, ein brauner Bademantel und geleerte Flaschen Wodka bei der Siffgala um die vordersten Plätze. Kempinski bot ihr an, sich zu setzen, sie blieb stehen.

„Wann haben Sie Ihren Sohn zuletzt gesehen?"

Kempinski ließ sich in einen mit Krümeln und Fettflecken übersäten Sessel fallen.

„Ich war am Dienstag kurz am Teich und hab mit ihm gesprochen. Er angelte nach diesen Karpfen, Sie wissen schon."

„Ist Ihnen an ihm etwas aufgefallen? War er nervös, hatte er Ärger?"

„Er war mit Pörschke aneinandergeraten. Da lief eine Mobbinggeschichte. Aber deswegen haut Mani nicht ab. Oder glauben Sie, es ist ihm etwas zugestoßen?"

„Herr Kempinski, Sie waren Polizist. Machen wir uns nichts vor. Ihr Sohn ist in Gefahr."

„Sie meinen, es hat was mit dieser Fischkomödie zu tun? Das ist doch alles Humbug. Ohne Leiche kein Mord. Das wissen Sie so gut wie ich."

„Michalzek wurde entführt. Ihm wurde ein Ohr abgeschnitten. Wenn wir demnächst den Kopf geliefert bekommen, dann haben Sie eine Leiche. Ich bin hier, um das zu verhindern und um Ihren Sohn zu finden. Sie scheinen nicht besorgt zu sein."

„Mein Sohn und ich, wir haben uns schon länger nichts mehr zu sagen. Beim Angeln treffen wir uns ab und an und reden ein paar Worte. Die Leute würden sonst mit blöden Fragen kommen. Ich lebe hier zurückgezogen. Ich kann Ihnen über Manis Lebensstil nichts sagen, außer dass er Einzelgänger ist und manchmal Schwierigkeiten mit der Realität hat."

„Was meinen Sie damit?"

„Das liegt in der Familie. Seine Mutter war schizophren, hat sich fünf Jahre nach Manis Geburt umgebracht. Als Kind hat er oft von ihr geträumt, sprach sogar mit ihr, wenn er wach war. Heute geht er einem normalen Beruf nach, war aber mehrfach wegen seiner Halluzinationen in psychischer Behandlung. Ob er geheilt ist, weiß ich nicht."

Fey sah sich im Zimmer um. Ihr Blick blieb beim Fernseher haften.

„Sie legen viel Wert auf gute Bildqualität."

„Die Augen. Man wird nicht jünger."

„Sie sorgen für sich selbst? Keine Haushaltshilfe?"

„Ich komme klar. Zum Einkaufen fahre ich mit dem Moped in die Stadt. Mittwochs ist Großeinkauf. Alles für die Truhe."

„Dann waren Sie also gestern mit dem Moped unterwegs? Wann haben Sie Ihren Einkauf erledigt?"

Kempinski hatte sie während des Gesprächs jede Sekunde mit seinen wässrigen Augen fixiert, drehte bei seiner Antwort nun aber den Kopf zum Fenster.

„Mittags, da ist es am ruhigsten. Da kommen die Kinder aus der Schule und die Mütter kochen. Ich bin nicht gerne unter Leuten."

„Sie sind nicht gerne in der Gesellschaft von Frauen, denn die meiden Sie ja mit der Wahl Ihrer Einkaufszeit."

„Das haben Sie gesagt."

Kempinski schaute nervös und musterte Fey wie zuvor. Sie musste sich unbedingt die Frage merken, mit der sie Kempinski in seinem Verhalten beeinflusst hatte.

„Wo könnte sich Ihr Sohn aufhalten?"

„Wenn Sie mich so fragen, dann in einem Angelladen. Da kann er stundenlang aussuchen, kennt die Verkäufer und die reden und reden."

„Danke, Herr Kempinski. Ich hätte dann noch gerne Ihre Handynummer."

„Hab kein Handy."

Fey verabschiedete sich, fuhr außer Sichtweite, stellte ihren Wagen ab und rekapitulierte die Situation, die sie gerade mit Kempinski erlebt hatte. Da war etwas, das sie noch nicht kapierte, was aber erkannt werden wollte. Es war nicht die Frage nach den Frauen, die ihn kurz aus der Rolle warf. Er sah plötzlich zum Fenster, als sie ihn nach dem Zeitpunkt seines Einkaufs fragte. Mittwochmittag. Nun war es 12:15 Uhr am Donnerstag, also knapp 24 Stunden später.

Fey fuhr zu Kempinski zurück. Er machte nicht auf. Als sie zur Rückseite des Hauses ging, verschloss Kempinski gerade die Tür zum Schuppen. Er sah sie überrascht an.

„Noch eine Frage, Herr Kempinski. Waren Sie nach Ihrem Einkauf noch mal mit dem Moped unterwegs?"

Kempinski ging an ihr vorbei, als fühlte er sich belästigt.

„Nein, ich war zu Hause."

„Die ganze Zeit bis jetzt?"

„Ja, was denn noch?"

Fey hatte, was sie wollte und setzte sich wieder in ihren Wagen. Jetzt musste Charly ihr helfen. Sie rief ihn an. Er redete sofort auf sie ein.

„Ich vermisse dich. Kommst du heute noch ins Labor? Ich möchte dich sehen."

Das war nicht ihr Charly, der sonst nur mit ihr flirtete. Das klang nach sehr viel Gefühl.

„Charly, es ist besser, wenn wir uns nicht sehen. Ich brauche Abstand. Das geht mir zu schnell."

„Aber –"

„Kein Aber", unterbrach sie ihn. „Ich brauche deine Hilfe. Bitte! Wir müssen vernünftig sein."

Charly ließ sich einige Sekunden Zeit.

„Was kann ich tun?"

„Schau nach, wie viel Liter der Tank einer Zündapp 50 ccm fasst. Ich war bei Kempinski. Im Benzinschlauch seines Mopeds war ein Leck. Es tropfte Benzin heraus und zwar etwa ein Tropfen pro zwei Sekunden."

„Und du willst von mir wissen, wie lange es tropft, bis der Tank leer ist."

„Du bist eben doch mein Schatz."

„Fey, du kannst das so nicht mehr sagen. Mir ist es ernst."

„Und du bist jetzt vernünftig."

Fey beendete das Gespräch. Charly hatte es erwischt. Wahrscheinlich schon lange. Sie hätte nicht mit ihm schlafen sollen. Liebe hatte ihren Preis. Er hing jetzt schon an ihr, als wären sie ein Paar. Wie machte sie ihm klar, dass sie dafür noch nicht bereit war, ohne die berufliche Beziehung zu gefährden?

29 Fahndungsmarathon

In den Städten Haltern und Dülmen war die Polizeipräsenz nicht zu übersehen. Carstensen hatte für mittags eine Pressekonferenz im Ratshotel in Haltern am Marktplatz einberufen. Es musste endlich Klarheit her, denn die Bevölkerung war in Aufruhr. Carstensen hatte sich mit Fey kurzgeschlossen. Es sollte nicht von einem Mord an einer jungen Frau vor fünfzig Jahren die Rede sein, sondern nur von Verdachtsmomenten. Die Personen Michalzek und Kempinski galten als vermisst. Eine Entführung war bisher nicht erwiesen, also sollte das Wort Entführung vermieden werden. Carstensen verfolgte die Absicht, die öffentlichen Gemüter zu beruhigen, obwohl intern alles auf Alarm stand und nicht auszuschließen war, dass es schlimmstenfalls um dreifachen Mord ging.

Nach der Pressekonferenz blieb Fey noch im Hotel und buchte für sich ein Zimmer. Die Idee kam ihr wegen Charly. So konnte sie ihm besser aus dem Weg gehen und war schnell am Geschehen. Sie informierte Carstensen über diesen Schritt. Er war erfreut über die Aufopferungsbereitschaft seiner Kommissarin.

Die Suche konzentrierte sich auf Michalzek, der nach polizeilicher Auffassung in Lebensgefahr schwebte, da jederzeit mit einem weiteren Fund eines Körperteils von ihm zu rechnen war. Kempinksi konnte untergetaucht sein, um dem Stress zu entgehen. Im Verein hatten ihn die Großmäuler als Querulanten hingestellt. Seine kritische Haltung gegenüber der Vereinsführung, vor allem gegen Pörschke, kam einer Rebellion gegen den ganzen Verein gleich und somit wurde Mani Kempinski zum Geächteten gestempelt, der sich besser vorerst nicht mehr blicken ließ.

Fey hatte bei Kempinskis Arbeitgeber nachgefragt. Dort war er seit Mittwoch nicht mehr erschienen und eine ärztliche Bescheinigung lag auch nicht vor. Sie fuhr zu Kempinskis Wohnung in Hausdülmen, einem verträumten Dörfchen an der B51, und sprach mit der Vermieterin. Frau Tönnis war voll im Bilde über die Morde und die Entführungen, sodass Fey es unterließ, sie mit der Wahrheit zu konfrontieren. Ohne, dass sie eine Frage gestellt hatte, begann Frau Tönnis.

„Mani Kempinski ist ein ruhiger Mieter. Manchmal wirkt er abwesend, aber das ist bei alleinstehenden Männern normal. Ich habe ihn das letzte Mal am Dienstagnachmittag gesehen, als er das Haus verließ, natürlich in seiner Anglerkluft. Sein Angelzeug hatte er die vergangenen Tage im Wagen gelassen, obwohl er Angst hatte, man würde ihm die Sachen klauen."

„Wissen Sie, wohin er am Dienstagnachmittag wollte?"

„Na, der hat so viele Angelplätze, mal hier mal da. Am besten fragen Sie beim Verein nach."

„Hat er Ihnen gesagt, dass er angeln fährt?"

„Nein, aber ich hab's gerochen. Für seine Karpfen rührt er immer ein Spezialfutter an und kocht es kurz auf. Das kann man dann im ganzen Flur riechen."

„War das Futter wirklich für Karpfen bestimmt, oder haben Sie das bloß so dahingesagt?"

„Nee nee, das war für Karpfen! Manchmal schleppt er einen ganzen Eimer voll die Treppe hinunter, als wolle er die Viecher mästen. Rausgeschmissenes Geld, wenn Sie mich fragen. Mani isst nie Fisch."

„Und woher wollen Sie das wissen?"

„Braten Sie mal Fisch an. Das riecht man auch im ganzen Haus. Mani steht auf Suppen, kocht für drei Tage im Voraus. Zum Angeln nimmt er warme Suppe in einer Thermoskanne mit. Die tut ihm gut, im Winter. Da sitzt der stundenlang am Wasser und hat er einen, dann schmeißt er ihn wieder rein. Diese Männer."

Fey fragte nach dem Schlüssel zu Kempinskis Wohnung. Frau Tönnis holte ihn aus ihrer Kitteltasche.

„Habe ich mir schon gedacht, dass Sie danach fragen." Sie führte Fey zur Wohnungstür und wollte mit hinein. Fey bat sie, im Hausflur zu warten.

Die Zimmer machten einen ordentlichen Eindruck. In der Küche stand ein ungespülter großer Topf. Eine Thermoskanne fand sie nicht. War er also tatsächlich zum Angeln gefahren? Sie ging auf den Balkon um nachzusehen, ob er den Eimer mit Karpfenfutter dort zum Abkühlen hingestellt hatte. Dem war nicht so, also hatte er ihn mitgenommen. Fey suchte weiter. Einen Abschiedsbrief fand sie nicht. Das Bett war gemacht. Im Kleiderschrank lag alles an seinem Platz, aufgefaltet und gestapelt. Sie öffnete eine Schatulle, die sie dort nicht erwartet hätte, und fand darin Manschettenknöpfe, ein Paar Damenohrringe und Haarbänder. Die Ohrringe trugen das Sternzeichen Stier in Form eines kleinen Silberanhängers. Stier fiel in die Monate April und Mai. Dajanas Geburtsdatum lag in diesem Zeitraum, aber Kempinski war ein kleiner Junge, als Dajana ermordet wurde. Dennoch konnte er sie gekannt haben. Er lebte damals mit seinem Vater in Hullern, wahrscheinlich hatten sie eine Wohnung oder ein Haus, wo sich auch die Polizeistation befand. Dort könnte Mani Dajana begegnet sein. Aber warum sollte sie dem jungen Kempinski Schmuck geschenkt haben? Eine Erklärung wäre es, dass sein Vater in den Besitz des Schmuckes kam und Mani ihn gestohlen hat.

Fey steckte die Ohrringe ein, damit Charly sie nach Schwermetallspuren untersuchen konnte. Im Wohnzimmer entdeckte sie diverse Angelsachen auf dem Tisch liegen. Vorfächer, verschiedene Hakengrößen, ein Bleisortiment, bunte Posen und geflochtene Schnur. Daneben lag eine Plastiktüte mit der Aufschrift: Eilert Angelfachgeschäft in Haltern am See. Kempinski hatte also kürzlich dort eingekauft. Vielleicht hatte er bei Eilert verlauten lassen, wohin er zum Angeln wollte. Beim Verlassen der Wohnung versiegelte sie die Tür und bat Frau Tönnis, Kempinskis Post an sich zu nehmen und sie umgehend zu benachrichtigen, sobald etwas ankäme.

Fey fuhr nach Haltern und stattete dem Angelgeschäft Eilert einen Besuch ab. Der Inhaber begrüßte die Kommissarin mit Namen, ohne dass sie sich vorgestellt hatte. Er kannte sie aus der Zeitung, die aufgeschlagen vor ihm auf der Theke lag. Fey sah sich um und staunte nicht schlecht, was man alles zum Angeln gebrauchen konnte.

„Herr Eilert, kennen Sie Manfred Kempinski?"

„Mani ist ein Stammkunde, aber er kauft auch woanders, zum Beispiel in Lüdinghausen."

„Wann war er das letzte Mal hier bei Ihnen?"

„Das kann ich Ihnen genau sagen", lächelte Eilert stolz. „Vorgestern, kurz vor Ladenschluss, kaufte er ein Sortiment Karpfenhaken, einen Satz Spezialblinker für Zander und Kleinmaterial, Blei, Ösen und so weiter. Mani baut seine eigenen Systeme. Verstehen Sie, er ist Experte für Zander."

„Hat er Ihnen vielleicht gesagt, was er vorhatte oder wohin er gefahren ist?"

Eilert sah sich nach einem Kunden um, der im hinteren Bereich vor den Becken mit den Zierfischen stand. Dann beugte er sich über die Theke und flüsterte:

„Wissen Sie, der Kempinski, der ist ein Angler mit Leidenschaft. Er wollte zur Lippe, aber an eine Stelle, wo man nicht angeln darf. Naturschutzgebiet."

„Also angelt Kempinski schwarz. Das ist Wilderei."

„Um Gottes willen, sagen Sie das nicht so laut", drängte Eilert. „Der Mann ist lammfromm, der will nur angeln und tut niemandem etwas."

„Sie kennen das Gesetz, Herr Eilert. Das macht auch keine Ausnahme für lammfromme Wilderer. Aber lassen wir das. Wo an der Lippe befindet sich diese Stelle, von der Sie sprechen?"

„Flussabwärts, nordwestlich der Bahnstrecke."

Fey alarmierte sofort eine Streife, um dort nach Kempinskis Peugeot suchen zu lassen. Sie bedankte sich bei Eilert und fuhr zur Halterner Polizeiwache am Kardinal-von-Galen-Park, um dort mit Frau Pörschke zu sprechen. Frau Pörschke hatte darum gebeten, nicht in ihrer Wohnung oder der Dülmener Wache vernommen zu werden, damit sich das Gerede unter den Nachbarn nicht ins Unerträgliche steigerte. Frau Pörschke wartete in einem Nebenraum. Sie hielt ihre Handtasche schützend auf ihrem Schoß und Fey sah sofort, dass sie gerötete Augen hatte.

„Bleiben Sie sitzen, Frau Pörschke. Ich kann mir vorstellen, wie Ihnen zumute ist. Sie machen sich Sorgen um Ihren Mann. Er wurde heute Vormittag in einem Lokal in Haltern gesehen und danach verliert sich seine Spur. Wissen Sie, wo er sein könnte?"

29 Fahndungsmarathon

Frau Pörschke schnupfte in ihr Taschentuch, knipste ihre Handtasche auf und legte es hinein.

„Er war die ganze letzte Zeit so nervös, rauchte noch mehr Zigaretten als sonst. Der Stress im Verein machte ihm zu schaffen. Erst die Angst ums Auspumpen, dann die nächtlichen Angelaktionen und zu guter Letzt der Streit mit einem der Mitglieder. Da ging es um die Wasserpest. Was immer das auch bedeutet, für Dietmar war das eine Katastrophe. Das war zu viel für ihn. Man merkt ihm das nicht an, aber zu Hause konnte er nicht mehr abschalten, ist sogar nachts um den Block gegangen. Und immer diese Zigaretten."

„Frau Pörschke, mit wem hatte Ihr Mann Ärger?"

„Mani Kempinski. Den wollten einige rausekeln und Dietmar lud mal wieder alles auf seine Schultern. Dienstagnacht, während des Angelns am Vereinsteich, hatte er mit Kempinski eine Auseinandersetzung. Er kam Mittwochmorgen um fünf nach Hause und trank noch eine halbe Flasche Weinbrand. Ich konnte ihn nicht beruhigen. Leider gab es dann auch zwischen uns Streit. Ich bin später zu meiner Mutter. So kannte ich ihn nicht."

„Wurde er gewalttätig?"

„Das will ich nicht sagen, aber handgreiflich. Er packte mich am Arm und wies mir die Tür. Ich sollte Ihnen das vielleicht nicht sagen, weil es gegen ihn verwendet werden könnte, aber ich will doch nur, dass er keinen Blödsinn macht und schnell wiederkommt. Finden Sie ihn. Er ist ein guter Mensch."

Frau Pörschke griff in ihre Handtasche und tupfte sich die Tränen mit ihrem Taschentuch ab.

„Gibt es einen Lieblingsort oder eine Hütte, wo er sich versteckt halten könnte?"

„Höchstens im Vereinshaus am Teich. Da ist im Moment nichts los, weil der Teich wegen Aufräumarbeiten gesperrt wurde und die Mitglieder das Angeln leid geworden sind. Die haben es in der letzten Zeit übertrieben. Sie wissen ja, warum."

„Was meinen Sie mit Aufräumarbeiten?"

„Das Ufergelände wird jedes Jahr von Ästen und Sträuchern befreit, damit man besser an die Angelplätze kommt. Da melden sich immer Freiwillige, die kommen aber erst am Wochenende."

Fey gab Frau Pörschke ihre Karte und legte ihr dringend nahe, sich sofort zu melden, wenn ihr Mann sie kontaktieren sollte.

30 Eis

Es war kurz vor 18 Uhr, als Fey das Eiscafé Dolomiti am Halterner Marktplatz betrat und sich ein Spaghettieis bestellte. Eine Pause war fällig. Leider hatte sie nicht bedacht, dass ihr Gesicht mittlerweile prominent war. Ein älterer Herr im Rollstuhl, der am Nebentisch saß, ließ es sich nicht nehmen, sie anzusprechen.

„Glauben Sie, dass die Mörder aus Haltern kommen? Ich bin Halteraner und kenne viele aus der Zeit."

„Welche Zeit meinen Sie?", fragte Fey, die unter den Augen der anderen Gäste nicht unhöflich sein wollte.

„Die Zeit, als der alte Kempinski Dorfpolizist in Haltern war. Es wurde damals gemunkelt, dass zwei junge Frauen plötzlich verschwunden waren. Man kannte sie durch Michalzek. Er fuhr die Frauen mit seinem Lieferwagen herum und Kempinski drückte ein Auge zu, weil die angeblich privat befreundet waren. Ich gehörte damals zu den Halterner Rockern. Wir haben die aus Hullern manchmal aufgemischt, ist aber nie was passiert, obwohl wir alle bewaffnet waren, Messer und Totschläger."

Die Kellnerin brachte Fey das Eis.

„Wie kommen Sie auf zwei Frauen?"

„Jetzt nach fünfzig Jahren darf ich es ja sagen. Ist lange her, da haben wir Michalzek aufgelauert, als er nach Hause in die Borkenberge fuhr. Wir wollten ihm eine Abreibung verpassen, aber als zwei junge Frauen aus seinem Wagen ausstiegen, war uns das zu brenzlig. Die hätten alles bezeugt. Da haben wir ihn laufen lassen."

Fey erhielt einen Anruf von Carstensen.

„Fahren Sie sofort zum Vereinsteich nach Dülmen. Manfred Kempinski wurde tot aufgefunden."

Sie legte Geld auf den Bistrotisch und eilte aus dem Eiscafé. Im Vorbeigehen steckte ihr der Mann im Rollstuhl eine Visitenkarte in die Manteltasche. Sie hatte das flüchtig bemerkt, achtete aber angesichts des dringenden Anrufs nicht weiter darauf.

31 Nachschlag

Auf der Fahrt nach Dülmen-Börnste resümierte Fey das Gespräch in der Eisdiele. Die Andeutung des Mannes, dass vor fünfzig Jahren eventuell zwei Frauen umgebracht wurden, fand nicht ihre Zustimmung. Es gab zwar zwei Teiche beziehungsweise zwei Fundstellen für die Beweismittel, aber bisher war nur der DNA-Befund vom Turnschuh sichergestellt worden. Die beiden Frauen könnten Freundinnen gewesen sein. Vielleicht zwei Angestellte im Gasthaus Borkenberge. Sie rief Irmgard an.

„Hast du bei den Steuerämtern etwas über die Jugoslawin herausgefunden?"

„Du bist gut. Hier reißen sich alle die Beine wegen des Mordes an Kempinski aus und du fragst seelenruhig nach Infos zu einem uralten Fall. Das freut mich, denn da hab ich nicht umsonst recherchiert. Beim Steueramt in Marl war eine Dunja Dokowic angemeldet und zwar für den Zeitraum 12. Januar 1968 bis 30. August desselben Jahres. Ihr Arbeitgeber war ein Herr Michalzek, ehemaliger Inhaber der Waldgaststätte Borkenberge bei Hullern."

„Volltreffer! Danke Irmgard. Nur schade, dass die Gaststätte abgerissen wurde. Hat Charly eine Nachricht für mich hinterlassen?"

„Nein, aber er hat seine Nase durch die Tür gesteckt. Ich glaube, er hat dich gesucht."

Als Fey am Tatort in Dülmen eintraf, gab die Pathologin Dr. Degenhardt gerade ihre erste Einschätzung zu Protokoll.

„Manfred Kempinski wurde mit einem Schlag auf den Hinterkopf niedergestreckt. Als Todesursache vermute ich eine Hirnblutung, weil es keine anderen äußeren Verletzungen gibt. Es handelt sich um Fremdeinwirkung. Ein Sturz ist nicht die Ursache, da sich an der Fundstelle keine harten und spitzkantigen Gegenstände befinden. Die Schädeldecke wurde punktuell zertrümmert. Als Tatwaffe käme ein Hammer oder eine gebogene Stahlstange infrage. Der Täter muss nah an sein Opfer herangekommen sein. Kempinski wurde von hinten erschlagen. Der Todeszeitpunkt liegt zwischen 20 und 22 Uhr am gestrigen Mittwochabend."

Fey begutachtete die Leiche. Sie lag in einem Graben entlang des Zaunes, der den Vereinsteich einfriedete. Aus einem vorbeifahrenden Auto hätte man das Opfer nicht sehen können. Fey erfuhr von einem Beamten, dass Kempinski von zwei Vereinsmitgliedern gefunden wurde. Sie rief die beiden Männer zu sich.

„Was hatten Sie hier draußen vor?"

„Wir gehören zu den freiwilligen Helfern, die am Wochenende den Vereinsteich freischneiden. Da wollten wir uns heute den Arbeitsaufwand ansehen, um die richtigen Werkzeuge mitzubringen."

„Und warum waren Sie hier außerhalb des Vereinsgrundstücks?"

„Die Frauen beschweren sich immer über zu wenig Parkraum. Hier am Weg könnte man parken, wenn die Sträucher und die alten Äste weggeräumt würden. Wir wollten uns ein Bild von der Situation machen."

„Wann haben Sie Kempinski gefunden?"

„Vor etwa einer Stunde."

„War noch jemand in der Nähe?"

„Nein. Das Vereinshaus ist abgeschlossen, aber wir haben einen Schlüssel."

Fey forderte die Männer auf, ihr aufzuschließen. Sie gingen in den Gesellschaftsraum. In den Becken plätscherte das Frischwasser für die beim Abangeln gefangenen Karpfen, die mittlerweile ausreichend gewässert und reif fürs Messer waren.

„Wie schätzen Sie das Verhältnis zwischen Pörschke und Kempinski ein?"

Keiner der beiden Männer wollte auf die Frage reagieren.

„Die sind sich an die Köppe geraten", druckste einer schließlich halblaut. Auch der andere meldete sich jetzt zu Wort. „Wir waren alle beteiligt. Uns geht's ja auch ums Angeln, aber Kempinski hatte so gar keinen Vereinsgeist. Ein Verein ist nur so stark wie seine Mitglieder und für den Baggersee müssen wir alle zusammenstehen. Da hat Pörschke ihm den Marsch geblasen."

„Und Sie waren dabei?"

„Ja und nein. Es soll ein zweites Treffen gegeben haben, wo nur die beiden aufeinander losgegangen sind. Davon wissen wir aber nichts, außer dass Pörschke sich sehr aufgeregt hat."

„Hat er das gesagt?"

„Er war am Mittwoch, also gestern, stinksauer, hatte wohl zu viel getrunken, und hat dann überreagiert und angeblich auch dem Haverkamp einen Brief geschrieben und ihn zur Sau gemacht. Das weiß ich aber nur aus der Halterner Zeitung."

„Dann sind also Ihrem Vorsitzenden Pörschke die Sicherungen durchgebrannt?"

„Der Kampf um den Baggersee ist ihm auf die Leber geschlagen. Auch bei anderen liegen die Nerven blank. Was will man machen?"

„Okay, meine Herren. Sie können gehen."

Einer der Männer blieb auf dem Weg zur Tür stehen und sah verwundert auf den Aschenbecher, der am Rande des großen Tisches stand.

„Hier drin darf laut Hausordnung nicht geraucht werden. Der Aschenbecher stand gestern nicht dort. Da war ich der Letzte, der hier abgeschlossen hat."

„Wann haben Sie denn abgeschlossen?"

„Um sechs. Ich hab nach den Karpfen gesehen und mir einen mitgenommen. Kommt gleich auf den Tisch."

Fey nahm den ausgedrückten Zigarettenstummel aus dem Aschenbecher und betrachtete das verschmutzte Etikett.

„Eine französische Marke, filterlos. Wer aus dem Verein raucht diese Zigaretten?"

„Könnte Pörschke sein. Er raucht Filterlose, mehr weiß ich nicht."

„Dann könnte er gestern nach Ihnen hier gewesen sein."

„Möglich, aber der Angelbetrieb liegt lahm. Da kommt eigentlich keiner vom Verein."

Charly stand plötzlich in der Tür. Fey ließ die beiden Männer gehen.

„Du hast dein Quartier in Haltern aufgeschlagen. Ich hoffe, du hast ein Doppelzimmer bestellt."

Er kam näher und wollte sie küssen.

Sie schob ihn von sich.

„Ich bin weit weg von zärtlichen Gefühlen, Charly. Es rattert in meinem Kopf. Die Informationen ergeben kein rundes Bild. Bitte, ich möchte dich jetzt als Kollegen. Lass uns alles andere aufschieben. Dafür ist jetzt keine Zeit."

„Aufschieben. Was?"

„Wir reden. Versprochen."

Charly ging nach draußen. Sie folgte ihm.

„Okay, keine Szene", sagte er dann abrupt. „Schließlich bin ich ein Mann und beherrsche Laotses Gesetz des achtsamen Verzichtes."

Fey musste lachen.

„Laotse sprach vom Gesetz des Nichthandelns, aber für den Anfang nicht schlecht, du Möchtegerndaoist."

Sie war froh, dass Charly seinen Wunsch nach Körpernähe so humorvoll wegsteckte. Sie gab ihm die Ohrringe, die sie bei Kempinski aus dem Kleiderschrank genommen hatte, erklärte, was sie darüber wissen wollte, und fragte nach dem Ergebnis des Tropfenexperiments. Charly war gut vorbereitet.

„Bei einer Tropfgeschwindigkeit von einem Tropfen pro zwei Sekunden beläuft sich die Menge nach achtzehn Stunden auf acht Liter, was einem vollen Mopedtank der Marke Zündapp 50 ccm entspricht. Natürlich ist das nur ein Richtwert. Ich kenne den Mann nicht, aber ein eingefleischter Mopedfahrer vergisst nicht, den Hahn zu schließen. Es sei denn, er stand unter Stress."

„Kempinski war Mittwochmittag zum Einkaufen gefahren und angeblich hatte er danach das Moped nicht mehr gebraucht. Das kann nicht stimmen, denn ich habe ihn heute, 24 Stunden später, besucht und da tropfte es am Moped. Er war also doch zwischenzeitlich unterwegs. Angenommen, der Tank wäre voll gewesen, als er das letzte Mal losgefahren ist. Nehmen wir weiter an, dass der Tank fast leer war, als ich ihn tropfen sah, dann wäre er achtzehn Stunden von heute Mittag an zurückgerechnet das letzte Mal damit gefahren. Zeitlich bringt uns das in die frühen Abendstunden des Mittwoch. Zu der Zeit wurde Kempinski ermordet. Da werde ich nachhaken. Ich versuch mal ansatzweise die Situation zu rekapitulieren. Komm, wir gehen zum Eingang. Sind deine Leute fertig mit der Untersuchung von Kempinskis Peugeot?"

„Deswegen bin ich auch gekommen. Wir haben keine Fremdspuren gefunden. Der Wagen war nicht verschlossen. Der Schlüssel steckte. Im Kofferraum befand sich ein Eimer mit schleimigen Überresten einer Masse aus Mais, Mehl, Hanfsamen und Graupen. Weiß der Teufel, wozu er das Zeug benutzte."

„Da kann ich den Experten aushelfen. Damit werden Fische gefüttert. Sie kehren an die Stelle zurück, wo der klumpige Brei ins Wasser geworfen wird, nur dass beim nächsten Mal auch ein Haken in dem Futter steckt. Kempinski hat an der Lippe gewildert. Wir waren dort auf der Suche nach ihm, haben ihn aber nicht erwischt."

Sie erreichten den Eingang. Fey fasste Charly unter den Arm und dann drehten sie sich um.

„Nun haben wir beide die gleiche Blickrichtung", sagte Fey. „Wir stehen vor dem Eingang, als würden wir zum Teich gehen. Und nun zu den Fakten. Dort rechts steht Kempinskis Peugeot, etwa zwanzig Meter von hier. Dort links, etwa vierzig Meter entfernt, wurde Kempinskis Leiche gefunden. Ich werde nicht schlau aus diesem Lageplan".

„Welche Figuren möchtest du zwischen Auto, Eingang und Tatort verschieben?"

„Mani Kempinski und Pörschke."

„Dann schieß doch einfach mal drauflos!"

Etwas verschämt, wie es sonst so gar nicht ihre Art war, begann sie.

„Kempinski steigt aus seinem Wagen, will ins Klubhaus gehen, um Pörschke zu treffen. Der steht aber plötzlich dort in vierzig Meter Entfernung und ruft nach ihm. Kempinski geht zu ihm. Es kommt erneut zum Streit. Kempinski droht, ihn wegen der Wasserpestgeschichte bloßzustellen. Pörschke wäre erledigt, wenn das öffentlich würde. Er ist mit den Nerven am Ende, aber er war vorbereitet, denn er war bewaffnet. Er hat sogar an den Tatort gedacht, denn nur dort, wo er stand, befindet sich ein Graben, in den er sein Opfer – Kempinski wiegt sicher mehr als 100 kg – unproblematisch ‚entsorgen' konnte."

Charly nickte zustimmend. „Was willst du mehr?"

„Das kann ich dir sagen. Warum parkte Kempinski seinen Wagen zwanzig Meter entfernt vom Eingang? Hier direkt, wo wir stehen, war doch genug Platz."

„Entweder stand dort ein anderes Fahrzeug oder Kempinski war ein Gewohnheitsmensch und parkte immer an der gleichen Stelle."

„Zu gern würde ich das glauben. Da warte ich doch lieber auf deinen Abschlussbericht und eine spontane Eingebung beim Lesen."

„Du bekommst auch noch Degenhardts pathologischen Befund. Da stehen oft wichtige Kleinigkeiten drin. Was ist eigentlich mit Pörschke?"

„Er ist flüchtig und war eventuell genau zur Tatzeit hier in unmittelbarer Nähe, rauchte eine Zigarette im Vereinshaus."

„So gesehen, liegst du nicht schlecht mit deiner Rekapitulation. Nun mal ganz anders gedacht. Hatte Kempinski irgendwelche Laster? Alkohol, Sex, Glücksspiel? Hat er jemandem die Frau weggenommen?"

„Er angelte schwarz", sagte Fey mit einem müden Lächeln. „Kempinski ist alles andere als lasterhaft."

„Okay. Angenommen, Pörschke wusste etwas von Kempinskis Leidenschaft fürs Schwarzangeln. Er wirft das im Streit in die Waagschale. Kempinski flippt aus, greift Pörschke an, aber der wehrt sich und nutzt die Gelegenheit, den Mitwisser in Sachen Wasserpest aus dem Weg zu räumen."

„Jeder hätte ein Motiv, aber es gibt keine Anzeichen von einem Handgemenge. Dafür fehlt jegliche Spur."

„Vielleich liefen da innerhalb des Vereins Schiebereien. Vereinskungelei. Veruntreute Vereinsgelder. Sagen wir mal, Pörschke hätte eine Zusage von den Sandwerken für den Baggersee erhalten, aber den Vereinskameraden nichts davon gesagt. Er sammelt heimlich eine Mehrheit im Vorstand mit dem Ziel, den Baggersee an die Halterner für ein paar Millionen zu verkaufen. Kempinski kommt dahinter und rebelliert, will alles auffliegen lassen und wird kurzerhand ausgeschaltet."

„Du hast eine rege Fantasie, Charly. Aber der Streit um den Baggersee könnte eine Rolle spielen. Haverkamp ist schlecht auf Pörschke zu sprechen. Er wirft ihm in einem Zeitungsartikel vor, unterhalb der Gürtellinie zu argumentieren, den Vorstand persönlich anzugreifen und sich mit unlauteren Mitteln den Baggersee unter den Nagel reißen zu wollen. Er bezichtigt Pörschke, etwas mit der Verseuchung des Halterner Vereinsgewässers durch die Pflanzenpest zu tun zu haben. Fragt öffentlich, warum das ausgerechnet jetzt passiert, wo sich Dülmen und Haltern eine Schlacht liefern. Erkundige dich, woher die Pflanzen im Halterner Gewässer kommen und verfolge die Spur. Wenn Pörschke was damit zu tun hatte, könnte auch Kempinski davon gewusst haben. So langsam kommt Form in die Sache. Ich muss los. Denk an die Ohrringe. Wir telefonieren."

Sie ließ Charly am Tatort zurück. Er tat ihr leid, denn offensichtlich war er gerade dabei, sich in sie zu verlieben.

32 Office am See

Beckmann justierte gerade den neuen Großbildschirm in seiner Kneipe, als sein Neffe Mike hereinkam und sich zunächst in der Küche die Hände wusch. Er betrat den Schankraum, warf sein Handtuch über eine Stuhllehne und goss sich ein Bierglas voll mit Cola.

„Das hab ich mir verdient. Die Kameras sind montiert." Er setzte sich an seinen Laptop und stellte die Videoübertragung ein. Beckmann war gespannt wie ein Kind. Seine Neugier schlug aber schnell in Frustration um, als Mike ihm die Steuerung der Kameras und die Bildübertragung am Laptop erklärte. Beckmann goss sich enttäuscht einen Doppelkorn ein, setzte sich an einen der Gästetische und überließ Mike die Einstellungen. Als dann das Zeichen „no signal" vom Bildschirm wich und Beckmann auf eine Uferstrecke des Vereinsteichs blickte, strahlte er begeistert. Das Bild war gestochen scharf, als könnte er in der Abendsonne die Mücken auf dem Wasser tanzen sehen.

„Junge, das hast du großartig gemacht. Da trinken wir jetzt einen drauf."

Mike zeigte seinem Onkel, wie er die zweite Kamera einschalten konnte, trank seine Cola und steckte den Briefumschlag ein, den Beckmann ihm zugeschoben hatte.

„Hast du echt verdient."

Mike schaltete die Anlage ab und kündigte sich für den nächsten Tag an, um seinem Onkel alle weiteren Funktionen zu erklären.

Als Mike die Kajüte verließ, bog Fey Amber in Lavesum von der Autobahn ab und fuhr weiter in Richtung

Sythen. Sie war um 19.30 Uhr mit Haverkamp in der Kajüte verabredet. Haverkamp steckte allerdings im Stau und teilte ihr seine Verspätung telefonisch mit. Unschlüssig überlegte Fey ihre nächsten Schritte. Pörschke wäre normalerweise höchste Priorität, aber sie musste auch Michalzeks Entführung aufklären und dann blieb da noch Dajana, die in Wirklichkeit Dunja Dokowic hieß und die laut steueramtlicher Dokumente tatsächlich im Gasthof Borkenberge angestellt gewesen war.

Beckmann hatte sich an den Laptop gesetzt und versuchte, die Kamera so zu drehen, wie Mike es ihm demonstriert hatte, verlor dabei aber das komplette Bild.

„Scheiß Technik", fluchte er, als Fey die Tür zum Schankraum öffnete und sah, wie er den Laptop zuklappte.

„Probleme?", fragte sie und schloss die Tür hinter sich.

Beckmann ging zur Theke und goss sein Pinnchen voll. „Ne, überhaupt nicht", stöhnte er. „Bloß hat heute noch niemand eine Frikadelle bestellt oder eine Bockwurst. Leere Kasse, Frau Kommissarin. Die Leute sind hysterisch. Seit das Ohr hier gefunden wurde, denken alle, dass wir Menschen verfüttern. Jussuf ist seinen Job bei mir los, wenn sich das nicht ändert. Das tut mir leid für ihn." Beckmann kippte den Korn runter und goss gleich nach. „Haben Sie Michalzek gefunden?"

Fey war müde und hätte gerne einen Moment Ruhe gehabt.

„Nein, haben wir nicht. Michalzek hatte einen Freund, Eugen Kempinski. Dessen Sohn Manfred ist ermordet worden. Der alte Kempinski war Dorfpolizist in Hullern und ein Zusammenhang mit der Ermordung einer Jugoslawin ist nicht von der Hand zu weisen. Ihre Identität wurde bereits ermittelt. Die Fäden laufen hier in Haltern und Umgebung zusammen. Wen könnte ich nach dem alten Steverbett fragen? Ich meine, wer kennt die landschaftlichen Gegebenheiten, bevor die Baggerarbeiten zum Hullerner Staubecken begonnen haben? Der Mord an der Jugoslawin geschah ja vor den Veränderungen."

„Da kommt nur einer infrage: Heinz-Josef Schulte vom Bootsverleih. Der setzt Sie ins richtige Bild. Ich glaube, der hatte sogar mal was mit der Schwester von Michalzek, als deren Eltern die Gaststätte Borkenberge bewirtschafteten."

Fey notierte sich den Namen. Plötzlich kam Haverkamp keuchend herein, warf die Tür ins Schloss, rief Beckmann zu, er solle ihm ein Bier zapfen und begrüßte Fey.

„Tut mir leid, das mit dem Stau. Bin gleich für Sie da, muss nur schnell zur Toilette." Noch bevor sich die Tür für Herren schließen konnte, sah sie, wie Haverkamp in seine Hosentasche griff und sein Handy herausholte. Telefonieren und Pinkeln. Haverkamp war kein straffer Managertyp. Er war Kranführer und ein Kranfahrer telefonierte und pinkelte in beliebiger Reihenfolge, aber nicht gleichzeitig.

Beckmann brachte Fey einen Tee auf Kosten des Hauses und stellte das Bier für Haverkamp auf den Tisch. Fey bedankte sich.

„Sehr freundlich. Sie haben einen neuen Fernseher. Lohnt sich das denn? Ich meine, haben Sie Kunden, die hier fernsehen?"

„Fußball, Frau Kommissarin. Sport. Alles, was ein Männerherz begehrt. Das Gerät muss noch synchronisiert werden, hat mein Neffe gesagt, deswegen kann ich es jetzt nicht anstellen."

Beckmann war sichtlich erleichtert, dass ihm eine Ausrede eingefallen war. Ein paar Tasten und der Vereinsteich käme zum Vorschein. Das wäre vielleicht ein frühes Aus für seine Vision vom Heimatglück gewesen.

Haverkamp kam frisch gekämmt von der Toilette, setzte sich Fey gegenüber und zog sein Bier zu sich. Beckmann verschwand in die Küche.

„So, nun kann's losgehen. Sie wollten mich sprechen."

„Sie waren nicht gut auf Michalzek zu sprechen. Am Dienstag kamen Sie und er nicht zum Stammtisch, sagte mir Herr Beckmann? Haben Sie Michalzek doch noch am Dienstagabend gesprochen?"

Haverkamp war plötzlich wortkarg.

„Herr Haverkamp. Das ist das zweite Mal, dass Sie über meine Fragen stolpern. Wir führten am besagten Dienstag ein Telefonat, bei dem Sie auch anfangs keine Worte fanden. Ich frage Sie nun, wo Sie am Dienstagabend waren?"

„Bei meiner Frau", kam es wie aus der Pistole geschossen.

„Was sie sicher bezeugen kann."

„Ja, kann sie, aber reicht Ihnen meine Auskunft nicht?"

„Es gehört zu meinem Beruf, dass ich mich vergewissern muss. Da habe ich keinen Spielraum, selbst wenn Sie der Papst wären. Und wo waren Sie gestern Abend zwischen 20 und 22 Uhr?"

„Aber zu der Zeit war doch längst klar, dass Michalzek entführt wurde. Wieso fragen Sie mich danach?"

„Manfred Kempinski vom Dülmener Angelverein wurde zu dem Zeitpunkt ermordet. Sie tragen mit Pörschke eine persönliche Verbalschlacht aus. Kempinski hat auf Halterner Grund schwarz geangelt. Sie wollen den Baggersee. Um welchen Preis, Herr Haverkamp? Lassen Sie mich einen Blick hinter die Kulissen werfen. Also, wo waren Sie gestern Abend?"

Haverkamp strich mit Daumen und Zeigefinger von oben nach unten an seinem Bierglas entlang und wischte die Wassertröpfchen ab, die sich am kalten Glas gebildet hatten. Dann trank er sein Bier mit kräftigen Zügen.

„Ich bin da in eine Sache hineingeschlittert. Es war beim letzten Maskenball hier in der Kajüte. Wir standen draußen auf dem Steg, die Barbara und ich, und da ist es passiert. Sie hat mich geküsst und seitdem haben wir ein Verhältnis."

„Wer ist Barbara?"

Haverkamp verschlug es erneut die Worte.

„Herr Haverkamp, bitte! Ich verliere langsam die Geduld."

„Die Frau von meinem besten Kumpel, Udo Teltrup."

„Nun, Herr Haverkamp, das ist nicht strafbar. Frau Teltrup kann also bezeugen, dass Sie um die fragliche Zeit bei ihr waren?"

„Hätt' ich doch bloß die Finger davon gelassen. Jetzt steck ich so richtig in der Scheiße. Wenn's ganz dolle kommt, verlier ich alles."

„Das alte Spiel von Adam und Eva. Kann Frau Teltrup Ihnen ein Alibi geben?"

„Ich war bei ihr. Ja."

„Gut, dann haben Sie sich im Fall Manfred Kempinski vorläufig entlastet. Ich werde Ihre Alibis natürlich nachprüfen. Wie Sie Ihre Frauen darauf vorbereiten, ist allein Ihre Sache."

Haverkamp schaute bedrückt in sein leeres Bierglas.

„Wenn das rauskommt, bin ich geliefert. Ein Spießrutenlaufen wird das ohne Ende."

Fey empfand kein Bedauern. Sie trank ihren Tee, verabschiedete sich von Haverkamp und fuhr zum Ratshotel in die Innenstadt von Haltern.

33 Bootshaus

Fey parkte ihren Wagen im Hinterhof des Hotels und wurde sofort von einer Gruppe Reporter bedrängt, die ihr im Hofgang entgegenströmte. Die Presseleute kamen von überregionalen Blättern, die sich auch eine späte, dafür aber aktuelle Auflage leisten konnten. Sie verwies auf die morgige Pressekonferenz und schwieg ansonsten. Nachdem sie ihr Zimmer betreten hatte, ging sie zur Toilette und packte ihren „Notfallkoffer" aus, in dem sich Hygieneartikel und Unterwäsche befanden.

Sie kannte diese Tage, die nicht enden wollten, die aber auch deswegen nicht endeten, weil sie das so wollte. Als sie verheiratet war, fand sie den Absprung aus einem Fall leichter. Jetzt hetzte sie ein Termin nach dem anderen, aber zumindest war sie sich bewusst, dass sie sich selbst diese Termine setzte. Ein Mord war ein Mord, aber deswegen musste sie nicht am Ende selbst tot umfallen. Sie hatte die Wahl zwischen ihrem Hotelbett oder einem Anruf bei Heinz-Josef Schulte, den Experten für das verlorene Stevertal.

Sie hatte gehofft, er würde nicht abnehmen, aber er tat's. In einer Viertelstunde sollte sie ihn am Bootshaus in der Nähe des Heimingshof treffen.

An der Haustür öffnete eine ältere Dame. Sie rief ins Haus: „Heinz, hier ist eine Frau für dich."

„Dat glaub ich nich", lachte Heinz. „Lass sie rein, Gerda. Die ist von der Polizei."

Fey setzte sich in den zweiten Ohrensessel, der sonst wohl Gerda vorbehalten war, und durfte zwischen Tee,

Kaffee oder einem Doppelten wählen. Gerda ging in die Küche und machte Tee. Heinz legte los.

„Alle nannten mich Bootshaus, als ich jung war. Ich war nicht gerade der Kleinste und deswegen war ich so was wie ein Anführer für die Jungs aus der Siedlung. Wo kommen Sie denn weg?"

„Ich bin aus Münster, aber geboren wurde ich im Emsland. Ich würde Ihnen gerne ein paar Fragen zu den örtlichen Gegebenheiten vor dem Bau des Hullerner Staubeckens stellen."

„Fragen Sie, junge Frau!" Schulte zwinkerte mit den Augen. „Je länger Sie bleiben, umso mehr sorgt die Gerda für volle Gläser. Wir beide machen jetzt mal eine Reise, wenn Sie gestatten."

Fey nickte zustimmend.

„Wir starten hier am Bootshaus und gehen flussaufwärts. Da lag früher das Strandbad Heimingshof. Der alte Wagenfeil war dort Bademeister. Er hätte zwar niemanden vor dem Ertrinken retten können, aber sein weißer Anzug und seine Pfeife flößten genug Respekt ein, dass man keinen Blödsinn machte. Als Nächstes kommen wir zur Steverbrücke. Die war früher aus Holz und manchmal brachen die morschen Planken und man musste aufpassen, wenn man mit dem Fahrrad unterwegs war. Weiter hoch schlängelte sich die Stever durch die Wiesen. In der ersten großen Kurve legten Angler ihre Köderfische für Hechte aus. Wenn sie dann im Heimingshof essen gingen, haben wir uns mit den Booten angeschlichen und die Köderfische abgemacht und befreit."

Gerda servierte Fey den Tee und sah Heinz-Josef an. Er nickte kaum sichtbar, woraufhin sie die Flasche Doppelkorn holte und sein Pinnchen randvoll goss.

„Erst dran nippen", sagte er bedächtig, „sonst ist alles gleich weg. Also, wo waren wir stehen geblieben? Beim Angeln. Gut einen Kilometer flussaufwärts zog die Stever ihre Bahnen, ohne je von einem Menschen gestört zu werden. Da war nie eine Menschenseele, weil auch kein Bauernhof dort lag. Wir Jungs angelten schwarz, ganz besonders im Märchensee. Das war aber riskant, denn der war von allen Seiten einsehbar und die Bauern von Hullern und der Förster konnten uns leicht entdecken, wenn wir unsere Köder auswarfen. Aber der pfiffige Bootshaus ließ sich nicht erwischen, genau wie seine Freunde."

Heinz-Josefs Wangen glühten vor Begeisterung über die alten Zeiten. Er kippte seinen Korn hinunter und rief nach Gerda, die nur kurz hereinkam und die Flasche auf den Tisch stellte. Fey goss nach.

„Sie sprachen eben von Freunden. Wer waren diese Jungs?"

„Sie möchten, dass ich Ihnen Namen nenne? Da beißen Sie aber auf Granit. Ich mach dann mal mit dem Märchensee weiter. Der See wurde nur von den Einheimischen so genannt. Es gab keine Karte oder ein Dokument, dass diesen See als Märchensee auswies. Heute ist er leider nicht mehr da. Es war ein Traum von Gewässer, voll mit Hechten, Schleien, Bräsen und Rotfedern. Karpfen waren auch dabei. Nun werden Sie fragen, warum dort so viele Fische drin waren. Das erklärt sich durch einen kleinen Zufluss zwischen Märchensee und Stever. Die beiden waren verbunden und der See war nur einsfünfzig tief und bot ideale Bedingungen zum Laichen. Ich kann mich an das Jahr 1967 gut erinnern. Der reichste Bauer in der Gegend hatte ein Netz anfertigen lassen. Es war im

August. Männer von den umliegenden Höfen waren gekommen, auf Treckern und Anhängern saßen sie, Knechte zumeist. Einige Männer hatten das Sagen. Wir Jungs standen nur herum und sahen zu. Sie verteilten sich am Ufer entlang und hielten das Netz und dann gingen sie bis zum Hals ins Wasser und zogen langsam von der einen Seite zur anderen quer durch den Märchensee. Ab und zu tauchte einer unter. Die Nebenmänner zogen ihn mit dem Netz wieder hoch. Am Ende schleppten sie etliche Zentner Fisch an Land."

Das Erzählen machte durstig. Schulte kippte den Kurzen in einem Schluck weg und gab Fey einen Wink, als wäre sie seine Frau. Fey verstand und füllte sein Pinnchen.

„Diejenigen, die das Netz gezogen hatten, durften sich bedienen. Sie luden die zappelnden Fische in Kartoffelsäcke und warfen sie auf ihre Fahrzeuge. Dann spendierte der Bauer ordentlich vom Kornbrand. Alle waren knülle, als sie Heim fuhren."

„Und warum erinnern Sie sich ausgerechnet an 1967 so gut?"

„Weil es das erste und letzte Mal war. 1968 sollte der Märchensee wieder Ende August abgefischt werden. Es war der 26., mein Geburtstag, aber in der Nacht zuvor geschah ein Diebstahl. Der Bauer ließ das Netz von seinem Knecht einen Tag vor dem Abfischen an den Märchensee bringen und genau in dieser Nacht wurde das Netz gestohlen."

„Wurde der Dieb ermittelt?"

„Wo denken Sie hin. Weg, für immer. Eugen Kempinski, der Idiot, meinte, es wären die Rocker gewesen, aber die hatten Besseres zu tun, als nachts im Wald nach Netzen zu suchen."

„Was meinen Sie damit?"

„Die Rocker hatten doch alle 'ne Perle. Wer damals ein Moped hatte, der hatte auch 'ne Schickse."

Schulte drückte Fey ein Auge zu.

„Gerda war so 'n flotter Feger. Heute meckert sie über alles und vergisst die Bratkartoffeln zu salzen. Meinen Sie, das ist Alzheimer?"

„Quatsch. 1968 wurde also nicht mehr mit dem Netz gefischt und es gab auch kein Ersatznetz?"

„Vorbei der Spaß. Später wurde der See weggebaggert. Heute ist nur ein bisschen von der ursprünglichen Uferböschung erhalten geblieben."

Fey trank ihren Tee und erhob sich.

„Warten Sie, einen genehmigen wir uns noch."

Sie nahm die Flasche und goss bis oben voll.

„Danke. Sie sind doch wegen der ermordeten Jugoslawin hier, wenn ich Sie am Telefon richtig verstanden habe? Das Gasthaus, wo sie gearbeitet hat, lag nur etwa zwei Kilometer vom Märchensee entfernt. Die Wald- und Feldwege waren sandig, aber befahrbar, bis rein in die Borkenberge, wo die Briten ihre Panzermanöver abhielten. Der Märchensee lag in der Nähe einer Holzbrücke, die die Borkenberge mit Hullern verband. Das war Michalzeks Gebiet. Dort kurvte er schon mit dem Wagen seines Vaters herum, als er erst sechzehn war. Wir wurden keine Freunde. Er interessierte sich nicht für Musik oder Angeln. Mehr weiß ich allerdings auch nicht."

„Der Besuch bei Ihnen war sehr aufschlussreich."

„Einen Moment noch, ich habe vorhin ein Bild vom Märchensee rausgesucht. Hier, schauen Sie!"

Schulte reichte ihr das Foto. Fey hielt es unter die Deckenlampe. Vorne auf dem Schwarz-Weiß-Bild befanden sich Seerosen und auf der gegenüberliegenden Seite sah sie die Uferböschung, gesäumt von Bäumen, und dahinter den Wald. Der Eindruck erinnerte sie an die Angelteiche der Vereine.

„Wissen Sie, Frau Kommissarin, wenn die Jugoslawin tatsächlich hier in der Gegend ertränkt wurde, dann nicht in der Stever, weil die immer Strömung hat. Da bleibt eine Leiche nicht lange am versenkten Ort. Der Märchensee hingegen hatte keine Strömung, wenn Sie verstehen, was ich meine. Leider begannen dann die Baggerarbeiten. Der Schwimmbagger ist ein wahres Monstrum. Der verschluckt alles, was er aufsaugt, mit Leichtigkeit auch eine Leiche. Der Mörder war fein raus. Man hat für ihn die Leiche entsorgt."

„Das hört sich alles schlüssig an. Gab es einen Weg zum Märchensee?"

„Von Hullern aus direkt hinter der Holzbrücke links rein und dann ein paar Hundert Meter. Ist aber jetzt alles weg."

„Man konnte also mit dem Auto bis an den See fahren, um zum Beispiel eine Leiche dorthin zu transportieren?"

„Kein Problem. Da fällt mir etwas ein. Es könnte doch sein, dass das Netz gar nicht gestohlen wurde. Der Mörder hat die Leiche ins Netz eingewickelt und im See versenkt. Selbst wenn sich die Leiche auflöst, treiben immer nur kleine Stücke an die Oberfläche."

„Mmh, das hört sich interessant an, Herr Schulte. Dann wäre der Mord dort am See passiert. Der Mörder findet das Netz und benutzt es, um die Leiche zu versenken. Das wäre zumindest eine plausible Theorie."

„Und wie steht's nun mit mir? Bekomme ich für meine Hilfe das Bundesverdienstkreuz?"

„Tut's auch ein Händedruck?"

„Von Ihnen gerne. Sie waren bestimmt auch so ein Feger wie die Gerda damals."

„Ich weiß nicht genau, was Sie damit meinen, aber wenn ich das Leuchten in Ihren Augen deuten soll, dann hatten Sie und Gerda viel Spaß."

„Darauf können Sie sich verlassen und mit jedem Schnäpschen kann ich besser davon träumen."

Fey verabschiedete sich von den beiden. Auf der Fahrt zurück nach Haltern fügte sie die alten mit den neuen Bausteinen des Falls zusammen. Die Namen Michalzek und Kempinski fielen oft gemeinsam. Beide Männer lebten in der gleichen Gegend, in der auch Dunja wohnte und arbeitete. Wenn die Männer in den Mord verwickelt waren oder ihn einzeln oder gemeinsam begangen hatten, was war dann ihr Motiv?

34 Matchbox

Am nächsten Morgen wurde Fey vom Lärm vor ihrem Hotelzimmer aufgeweckt. Der Marktplatz stand voll mit Übertragungswagen der verschiedensten Sender. Die Polizei war machtlos, den Andrang der Presseleute zu regulieren. Ihnen waren Strafandrohungen und Knöllchen egal. Es ging um die ganz große Story.

Fey wollte sich Zeit fürs Frühstück nehmen, wurde dann aber von grüßenden Kollegen gestört, die an der Tür zum Speisezimmer des Hotels vorbeirauschten. Carstensen hatte persönlich die Koordination der Fälle Michalzek und Mani Kempinski übernommen. Nach Pörschke wurde als Hauptverdächtigem im Fall Kempinski ermittelt. Um vor Ort die Strippen ziehen zu können, hatte Carstensen alle Kommissare und die Einsatzleiter der Streifenwagen um sieben Uhr ins Ratshotel in Haltern bestellt. Fey war gespannt, was Carstensen zu den Ergebnissen der gestrigen Ermittlungen mitzuteilen hatte.

„Pörschke ist weiter flüchtig, allerdings wurde er gestern Abend um 21.35 Uhr von einem Tankwart an der A43 gesehen, als er Zigaretten und Proviant kaufte. Pörschke wird sich ein Versteck gesucht haben, denn er kann seinen Wagen nicht länger fahren, ohne jeden Moment gefasst zu werden. Seit heute steht sein Bild in allen Zeitungen. Der Verdacht gegen ihn hat sich weiter erhärtet. Es wurde eine ausgetretene Zigarette seiner Marke in der Nähe des Tatorts gefunden. Zum Opfer gibt es folgende Neuigkeiten: Kempinski wurde von einem stählernen Kugelkopf getroffen, wahrscheinlich ein Totschläger. Dr. Degenhardt schildert den Tathergang so: Kempinski wurde von hinten erschlagen, fiel sofort bewusstlos zu Boden und wurde dann in den Graben gewalzt. Laut forensischem Gutachten gibt es keine Kampfspuren. Unter seinen Fingernägeln befand sich eine aus Karpfenfutter bestehende Masse. Wir gehen davon aus, dass er an der Lippe nicht geangelt hat, sondern nur angefüttert, um später dort zu angeln. Die Ohrringe, die Hauptkommissarin Amber bei Kempinski im Kleiderschrank fand, weisen keine Schwermetallspuren auf. Bei der späteren Hausdurchsuchung in Kempinskis Wohnung fanden wir Bilder von seiner Mutter, auf denen sie diese Art von Ohrringen trägt."

Fey überlegte, was sie den Kollegen gleich zu berichten hätte. Carstensens Methodik, einen Fall zu beurteilen, war von Beweismitteln geprägt, aber die Fälle Michalzek, Kempinski und Dunja Dokowic stellten ein komplexes Ganzes dar, das noch niemand richtig durchschaute. Es fehlte der überfliegende Gedanke, die Vogelperspektive. Carstensen übergab ihr das Mikro. Sie sammelte sich.

„Kollegen, ich werde nun versuchen, einen roten Faden durch die Ereignisse der letzten Tage zu ziehen. Ich schlage euch ein Gedankenkonzept vor, das ihr als Arbeitsgrundlage nehmen könnt und weiterentwickeln sollt."

Sie machte eine Pause. Man war gespannt auf ihr Konzept. Carstensen beäugte sie kritisch. Ihr Vorschlag könnte ihn blass aussehen lassen, hatte er doch nur Fakten vorgetragen.

„Womit fing alles an? Mit einem Ohrring in der Flosse eines Karpfens. Zwei Angelteiche wurden zum Fundort von Gegenständen und Haaren, die zu einer

Frau gehören, die in der Nacht zum 26.8.1968 im Märchensee bei Hullern mit einem Fischernetz versenkt wurde."

Carstensen räusperte sich und meldete sich energisch zu Wort.

„Woher wollen Sie das wissen?"

„Meine Ermittlungen konzentrierten sich auf die Halterner Umgebung. Dort traf ich mit Zeitzeugen zusammen, deren Erzählungen ein plausibles Konzept für alle drei Fälle nahelegen. Ich habe gestern Nacht bei Herrn Schulte nachgefragt. Er konnte sich erinnern, dass man am 26.8.1968 entdeckte, dass ein Fischernetz verschwunden war, das man tags zuvor am Märchensee abgelegt hatte. Zum 31.8.68 wurde die Jugoslawin Dunja Dokowic von Michalzek beim Steueramt abgemeldet. Michalzek war als Großmaul bekannt und zeigte sich mit zwei jungen Frauen, die er in seinem Lieferwagen herumfuhr, die aber nie jemand richtig zu Gesicht bekam. Michalzek wohnte 1968 im Gasthof Borkenberge, nur zwei Kilometer vom Tatort Märchensee entfernt. In der Gaststätte arbeitete Dunja Dokowic als Küchenhilfe. Der Vater des ermordeten Manfred Kempinski war zu der Zeit Dorfpolizist in Hullern. Das Dorf liegt zwei Kilometer vom ehemaligen Märchensee und drei Kilometer vom ehemaligen Gasthaus entfernt. Dunjas Leiche wurde nie gefunden, weil sie durch die damals beginnenden Baggerarbeiten für den neuen Stausee verschwand. Michalzek befindet sich in der Gewalt derjenigen, die Dunjas Tod rächen wollen. Er ist aller Voraussicht nach der Mörder von Dunja, aber auch der alte Eugen Kempinski könnte daran beteiligt gewesen sein. Michalzek und Eugen Kempinski kannten sich, sind in einem Alter. Kempinski könnte den Mord vertuscht haben. Das würde das Verhalten der im Hintergrund agierenden Personen erklären. Sie spielen uns Beweisstücke zu, um uns eine neue Chance zu geben, die Täter von damals zur Rechenschaft zu ziehen, also das wiedergutzumachen, was unser ehemaliger Kollege Kempinski verbockt hat."

Ein Polizist in Uniform winkte Fey zu und bat um Unterbrechung. Er hielt ein geschnürtes Paket von der Größe einer Zigarettenschachtel in der Hand. „Kollegen, dieses Päckchen wurde von einem Kurierdienst gerade an der Rezeption des Hotels abgegeben."

Fey nahm das Päckchen entgegen und öffnete es. Darin befand sich eine Zigarettenschachtel. Sie klappte den Pappverschluss auf, kippte ihn und es fiel ihr eine Streichholzschachtel in die Hand. Sie schob den inneren Teil auf, machte ein ekelerregtes Gesicht und hielt die Schachtel von sich, als wäre sie infektiös. Sie fasst sich, als sie in die neugierigen Augen ihrer Kollegen blickte.

„Ein ganzer abgerissener Fingernagel!"

Sie sah Charly hereinkommen und übergab ihm das Päckchen samt Inhalt zur labortechnischen Untersuchung. Ein DNA-Abgleich musste schleunigst gemacht werden, um festzustellen, ob der Fingernagel von Michalzek stammte oder vielleicht von Pörschke oder einem bislang Unbekannten.

Charly hatte sich die Beweismittel, die Fey ihm gegeben hatte, kurz angesehen und ergriff nun das Wort.

„Darf ich euch darauf aufmerksam machen, dass es sich bei der Zigarettenschachtel nicht um die Marke handelt, die Pörschke raucht, dafür solltet ihr aber wissen, dass die Streichholzschachtel aus England, beziehungsweise aus Großbritannien stammt."

Charly hielt die kleine Schachtel hoch.

„Hier steht: Safety Matches."

Fey übernahm.

„Kollegen, ihr wart gerade Zeugen, dass die Personen, die Dunja Dokowic rächen wollen, Hinweise hinterlassen, die uns helfen sollen, die Täter von damals ihrer gerechten Strafe zuzuführen. Ich glaube, dass Michalzek noch lebt und wir ihn finden werden, damit er vor Gericht gestellt werden kann. Was Eugen Kempinski betrifft, so glaube ich, dass der Mord an seinem Sohn Manfred von den racheübenden Personen nicht geplant war. Manfred Kempinski lebte still und zurückgezogen. Er hatte Zoff mit Pörschke, aber mir reichen die Motive nicht, um Pörschke als Mörder zu entlarven. In diesem Fall müssen wir offen bleiben."

Fey sah den Zeitpunkt gekommen, die Organisation der Ermittlungen voranzutreiben.

„Zwei Kollegen nehmen sich den alten Kempinski vor. Sprecht vorher mit Charly. Der wird euch etwas zum Moped des Mannes sagen. Werft das vorsichtig in die Waagschale. Ich will wissen, ob er ein Alibi für die Tatzeit hat."

Die restlichen Kollegen diskutierten Feys Version der Zusammenhänge. Sie bat um Ruhe.

„Sagt mir ganz spontan etwas zur Streichholzschachtel aus England."

Ihre Kollegen waren einen Augenblick irritiert.

„Vielleicht sammelte Dunja Dokowic solche Schachteln", kam dann verhalten.

Ein anderer Kollege meinte:

„Darin war eine bestimmte Anzahl Streichhölzer. Die Zahl könnte etwas bedeuten."

„Die hat jemand als Souvenir nach Deutschland mitgenommen."

„Engländer angeln gerne. Der Täter hat die Schachtel verloren, als er Dokowic umgebracht hat. Er war Engländer."

Fey bat erneut um Ruhe.

„Danke, Kollegen. Ich habe auch eine Meinung dazu. In den Borkenbergen, die an das Gasthaus grenzten, wurden 1968 Manöver von britischen Truppen abgehalten. Es gab dort ein gesperrtes Gebiet, das militärischen Übungen vorbehalten war. Nur ein paar Hundert Meter entfernt arbeitete und wohnte Dunja Dokowic. Mittlerweile dürften einige von euch auch von der Panzerstraße gehört haben. Die verläuft zwischen Sythen und einer Anbindung nach Hullern. Die Straße überquert die Stever. Diese von mir genannten Gebiete haben Vorrang. Hier häufen sich Zusammenhänge. Haltet die Augen auf. Danke."

35 Stever

Fey ging zu ihrem Wagen, den sie in einer Seitenstraße in der Nähe des Hotels geparkt hatte. Einige Reporter eilten auf sie zu, um sie vor dem Einsteigen abzufangen.

„Frau Amber!", rief ihr einer entgegen. „Gehen Sie davon aus, dass Michalzek noch lebt?" Sie ignorierte die Frage. „Wie wollen Sie ohne Leiche beweisen, dass die Jugoslawin ermordet wurde?" Fey griff zu ihrem Schlüssel und öffnete den Wagen. Sie stieg ein. Einer der Reporter hielt die Tür auf. „Frau Amber, die Story mit den Karpfen, das ist doch ein Bluff, oder?" Fey sah energisch zu dem Mann auf. „Wenn Sie nicht sofort die Tür loslassen, kriegen Sie eine deftige Anzeige an den Hals." Sie schlug die Tür zu und fuhr los.

‚Die Story mit den Karpfen', ging es ihr durch den Kopf, die war kein Bluff, aber die war auch noch nicht ganz zu Ende erzählt. Es blieben nach wie vor zwei Fragen zu beantworten, nämlich woher die eingesetzten Karpfen kamen und wie sie bis zum Einsatz in die Angelteiche gehalten wurden. Schließlich waren es lebende Wesen, die Wasser brauchten, nicht wenig Wasser, waren es doch an die vierzig Stück gewesen. Sie musste mit jemandem reden, der etwas von Fischen verstand. Sie erreichte Teltrup vom Halterner Angelverein. Er war zu Hause, hatte sich bei der Arbeit krank gemeldet. Sie konnte ihn überreden, in die Kajüte zu kommen. Er würde in einer halben Stunde da sein.

Beckmann hatte noch nicht aufgeschlossen, saß aber beim Kaffee im Schankraum und las Zeitung. Als er Fey klopfen hörte, öffnete er ihr und bat sie herein.

„Ihr Chef sagt in der Zeitung, dass die Polizei erste Erfolge bei der Suche nach Pörschke zu melden hat und auch im Fall Michalzek sei man gut vorangekommen, nur schweigt er sich über die Einzelheiten aus. Im Grunde sagt er nichts. Ich mach Ihnen einen Tee. Sauwetter heute."

Fey legte ihre Jacke über die Stuhllehne und setzte sich.

„Kennen Sie sich mit Fischen aus?", rief sie zu Beckmann in die Küche.

„Allerdings. Ich kann sie zubereiten. Forelle Müllerin, Hecht in Sahnesoße und Aal in Aspik. Haben Sie schon gefrühstückt?"

„Danke. Tee reicht völlig."

Beckmann brachte ein Kännchen mit Tasse und servierte.

„Früher gab's für mich eine Spezialität: Aal, warm aus dem Ofen. Das ist unübertrefflich."

Beckmann setzte sich zu ihr, trank von seinem Kaffee und schielte hoch zum Fernseher.

„Wollten Sie mit mir sprechen?"

„Herr Teltrup kommt jeden Moment. Wir sind verabredet."

„Wenn ich die Leute so reden hör, die hier in die Kajüte kommen, fällt mir auf, dass jeder seine eigene Theorie hat. Einige wenige können sich an die Zeit erinnern, als es die Stever zwischen Heimingshof und Hullern noch gab, andere kennen Michalzek persönlich, manche hatten sogar im Gasthaus Borkenberge gespeist. Ich beneide Sie nicht, Frau Kommissarin. Selbst in den Zeitungen stehen widersprüchliche Aussagen. Für meine Begriffe liegt die Lösung hier in der Nähe."

„Das ist interessant. Davon bin ich auch überzeugt. Wie kommen Sie darauf?"

„Ein Bauchgefühl. Fische, Angeln, Stever, die Vereinsteiche. Das passt. Falls Michalzek gefangen gehalten wird, dann vielleicht in einem der Wochenendhäuser entlang der Stever", meinte Beckmann beiläufig.

„Weil ich noch etwas Zeit hatte, bin ich vorhin durch die Stockwieser Siedlung gefahren. Da stehen auch Häuser, die nicht dauernd bewohnt sind. Ideal, um sich dort zu verstecken."

„Alarmanlagen. Da kannst du nicht einfach reinspazieren. Viel zu schade, um nur am Wochenende drin zu wohnen."

Fey musste vorsichtig sein. Sie durfte Beckmann nicht zu sehr in ihre Gedanken einweihen. Die Sache mit den Wochenendhäusern als Unterschlupf fand sie allerdings hochinteressant.

Teltrup betrat den Schankraum. Er sah verärgert aus, warf seinen Mantel über den Nachbartisch und setzte sich dazu.

„Mit dem falschen Fuß aufgestanden?", fragte Beckmann.

Teltrup rieb sich seine rechte Hand und versuchte seinen Mittelfinger zu strecken, schrie aber plötzlich laut auf.

„Scheiße. Wahrscheinlich gebrochen. Ich muss gleich zum Arzt."

„Was ist passiert?", fragte Fey.

Teltrup fuhr sich mit der heilen Hand über die Stirn und sah auf seinen verletzten Finger.

„Ich hab dem Haverkamp eine verpasst." Teltrup sah Fey an. „Die Polizei war gestern bei meiner Frau. Das hab ich von den Nachbarn erfahren. Ich habe dann meine Frau zur Rede gestellt. Sie hat bezeugt, dass Haverkamp die Nacht zu Donnerstag bei ihr war. Ich hatte Nachtschicht. Scheißkerl. Als er heute Morgen zur Arbeit fuhr, hab ich ihn mir gekrallt und ihm so richtig eins in die Fresse gehauen. So, Frau Amber, jetzt können Sie mich verhaften, wegen Körperverletzung. Auch wenn das jetzt gegen mich verwandt werden kann: Ich hab's mit Wonne getan."

„Da warten Sie mal besser erst auf Haverkamps Anzeige. Ich bin aus einem anderen Grund hier: die Story mit den Karpfen. Von Ihnen wüsste ich gerne, ob Ihnen etwas an den markierten Karpfen aufgefallen ist?"

Teltrup war immer noch sauer und betrachtete seinen lädierten Finger.

„Wenn Karpfen sprechen könnten, wüssten Sie jetzt mehr. Aber man kann ja trotzdem Fragen stellen, wie zum Beispiel warum ausgerechnet Karpfen verwendet wurden und ob die eine besondere Färbung oder Schuppenzeichnung hatten. Ich will das nicht beschwören, aber die Fische sahen nicht so aus, als wären sie schon lange bei uns im Teich."

„Sie glauben, dass es Zuchtkarpfen waren?"

„Die fängt man leichter. Karpfen, die schon länger im Teich sind, fängt man nicht in der großen Zahl wie frisch eingesetzte Fische. Was mir aufgefallen ist: Die markierten Karpfen und die Karpfen, deren Flossen Verletzungen aufwiesen, weil ihre Markierung abgerissen waren, hatten alle die gleiche Größe."

„Also Zuchtkarpfen! Und wie hält man die am besten?"

„In einem Becken mit fließendem Wasser oder in einem Käfig unter Wasser, so wie die Lachse in den Fjorden Norwegens."

„Muss man die Karpfen füttern?"

„Nein, die können Wochen ohne Futter überleben, besonders bei kühlen Temperaturen."

Fey hatte das Gefühl, ein neues Puzzleteil entdeckt zu haben, das wichtige Konsequenzen haben würde. Sie verabschiedete sich und fuhr Richtung Panzerstraße und von dort zu den Wochenendhäusern, die an die Stever grenzten. Der gut befahrbare Weg führte zunächst durch ein reines Waldstück, bis rechtsseitig die Stever zu sehen war und dann die ersten Häuser auftauchten. Sie fuhr langsam an jedem Haus vorbei, bis sie an der Brücke am Heimingshof ankam, dort parkte und Carstensen anrief.

„Chef, ich brauche ein SEK, allerdings stützt sich der Einsatz nur auf einen blinden Verdacht."

„Klären Sie mich auf. Wir brauchen Erfolge. Die Presse sitzt mir im Nacken und der Justizminister macht Druck, schickt mir den Polizeivize an den Hals. Der guckt mir auf die Finger und tut nichts."

„An der Stever liegen unbewohnte Wochenendhäuser, ein ideales Versteck. Dort könnte Michalzek gefangen gehalten werden. Im Steverfluss könnten die Karpfen vorübergehend gewässert worden sein. Es waren Zuchtkarpfen, die gekauft wurden, um sie in Ruhe mit den Schmuckstücken und so weiter zu markieren. Dann wurden sie in den Vereinsteichen ausgesetzt. Die Nähe der Wochenendhäuser zu Hullern und Haltern fällt auf. Die Entführer hätten nur kurze Wege zu den Vereinsteichen und könnten sich wieder unbemerkt zurückziehen. Hier wohnen kaum

Leute. Ich möchte das Gebiet um die Häuser hermetisch abriegeln und dann gehen wir Haus für Haus durch."

Carstensen blieb ruhig. Normalerweise hätte er bei einem solch vagen Einsatzgrund ihren Antrag kategorisch abgeschmettert.

„Wie viele Leute brauchen Sie?"

„Wir gehen von zwei Seiten mit je sechs Einsatzkräften vor."

„Denken Sie auch an die Stever? Die Täter könnten über den Fluss fliehen."

„Daran hätte ich tatsächlich nicht gedacht. Also würden noch vier Kollegen zusätzlich benötigt für die andere Uferseite."

„Ich werde sehen, was ich tun kann. Halten Sie sich bereit. Ich rufe gleich zurück."

Es würde sicher eine Stunde dauern, bis das SEK vor Ort war. Sie wendete ihren Wagen, fuhr wieder über die Brücke und erneut an den Wochenendhäusern vorbei. Vor den bewohnten Häusern standen Autos, die Einfahrten waren gefegt und die Büsche und Bäume beschnitten. Sie bedauerte die nichts ahnenden Anwohner, die sich gleich mit dem Anblick vermummter und mit Maschinenpistolen bewaffneter Polizisten auseinandersetzen mussten. Ihr taten vor allem die Kinder leid.

‚Safety Matches' fiel es ihr plötzlich ein, als sie auf die Panzerstraße einbog und dann gleich weiter durch den Wald Richtung Kajüte fuhr. Die britischen Truppen waren längst abgezogen, aber vor etwa fünfzig Jahren hatte ein Soldat eine Streichholzschachtel verloren oder verschenkt. War Dunja die Finderin oder die Beschenkte? Es ging wohl weniger um die

Streichholzschachtel an sich, als um den Hinweis auf die britischen Truppen. Sie fuhr zur Kajüte.

Beckmann und sein Neffe Mike saßen vor dem großen Bildschirm und Mike erklärte, wie der Laptop zu bedienen war, um die Videokameras am Halterner Vereinsteich einzustellen. Die Kameras waren beweglich, sodass sie einen relativ großen Erfassungsradius hatten. Beckmann stieß Mike an, als Fey hereinkam. Mike schaltete den Fernseher aus, ließ den Laptop aber an und verabschiedete sich.

„Was gibt's Neues, Frau Kommissarin? Es sieht so aus, als wollten Sie in der Kajüte ihr Hauptquartier aufschlagen. Oder kommen Sie so oft, weil Sie es hier so gemütlich finden?"

„Sie haben recht. Ihr Lokal magnetisiert mich. Was wissen Sie über die englischen Soldaten, die in Haltern-Sythen und in den Borkenbergen stationiert waren?"

„Ich war jung und lebte in Haltern-Stadt. Ich war natürlich fasziniert, wenn ein Manöver anstand und die Panzer von weit her durch Haltern rollten. Die Besatzungsmächte, vor allem die Briten, beherrschten dann das Straßenbild und wenn es im Sommer warm war und der Asphalt weich, war nachher die Straße total kaputt. Vor allem die Kettenfahrzeuge hämmerten den Asphalt auf und der deutsche Steuerzahler musste mal wieder für die Reparatur blechen. Die Panzerstraße war aus Beton. Der machten die Panzer nichts aus."

„Haben Sie britische Soldaten kennengelernt?"

„Die haben sich abgeschottet, tranken einen Halben im Biergarten am Niemen. Die kriegten in der Kaserne ja alles für die Hälfte. Für eine Flasche Whisky zahlten die umgerechnet zehn Mark. Warum sollten die außerhalb saufen?"

„Da haben Sie recht."

„Beneiden tu ich die Tommies allerdings nicht, waren lange von ihren Familien getrennt, nicht so wie die Amis, die ihre Familien mitbrachten."

Fey sah auf die Uhr. Carstensen müsste bald anrufen.

„Ich habe mir gerade die Wochenendhäuser entlang der Stever angesehen. In der Tat, ideal für ein Versteck. Kennen Sie sich dort aus?"

„Worauf Sie sich verlassen können. Ich fahr eigentlich täglich mit dem Fahrrad die Stever entlang und an den Häusern vorbei. Für mich ist das wie durch die Vergangenheit radeln. Alles von hier bis zur Brücke am Heimingshof ist mein ganz großer Garten."

„Ist Ihnen bei Ihren Fahrten in der letzten Zeit etwas aufgefallen, so in der letzten Woche?"

„Dr. Henningsen hat einen neuen Wagen, Range Rover Discovery, ein Schlachtschiff, nichts für mich. Aber der hat's ja, ist Schönheitschirug, Spezialist für Brustimplantate."

„Denken Sie an Kleinigkeiten: Mülltonne, Gartenwerkzeug, Briefkasten, Licht, Zeitung, Gardinen."

„Moment! Da fällt mir ein, dass ich eine Rolllade gesehen habe, die sonst immer verschlossen war. Dienstag waren die einzelnen Lamellen durch dunkle Schlitze getrennt."

Fey griff zu ihrem Telefon.

„Können Sie die Lage des Hauses beschreiben?"

„Lassen Sie mich nachdenken." Beckmann zählte laut. „Das zwölfte Haus, wenn man von der Steverbrücke am See kommt. Holzverkleidung außen, schwarz gestrichen, links eine Garage, die war mit Blättern zugeweht."

Fey sprach sofort mit dem Einsatzleiter des SEK und informierte ihn über die Zielpersonen und das Zielobjekt. Das Zielobjekt stand leider mitten in der Häuserreihe entlang der Stever. Sollten sie sich irren, wäre das eine Warnung, falls die Entführer sich in einem der anderen Häuser verschanzt hielten. Dann müsste spontan improvisiert werden.

Fey fuhr zur Panzerstraße und stieg dort in einen der Einsatzwagen. Sie besprach mit dem Einsatzleiter die Umstellung des Hauses und den Zugriff. Die Beamten auf der anderen Steverseite sollten sich versteckt halten, um nicht vorzeitig gesehen zu werden.

Für Fey waren diese Einsätze ein Grauen. Da gab es keine Abhärtung. Jeder Zugriff war anders und jedes Mal konnte es Menschenleben kosten, auch das Unschuldiger oder ihr eigenes.

Sie fuhren langsam auf das Zielobjekt zu, hinter ihnen Carstensen und ein Streifenwagen. Auch von der Heimingshof-Brücke aus näherten sich zwei Streifenwagen dem Haus mit der schwarzen Holzvertäfelung. Dann ging alles sehr schnell. Fey sah schockiert auf die geöffnete Garagentür. Sie fluchte, sprang aus dem Wagen und lief ganz gegen die Vorschrift allein auf das Haus zu.

„Sofort stürmen!", rief der Einsatzleiter seinen Leuten zu.

Nach einer bangen Minute stand fest, dass die Entführer und Michalzek entkommen waren. Im Haus waren Spuren, so gut sie es auf den ersten Blick erkennen konnte, entfernt worden. Das Wasser im Wasserkocher war lauwarm. Es war gesaugt worden und der Staubsaugerbeutel fehlte. Lediglich einige Brotkrümel lagen auf einem Sessel, der streng nach Schweiß roch.

Eine Zange lag in der Küche. Der Mülleimer war leer. Die Entführer hatten ganze Arbeit geleistet. Jetzt musste Charly ran. Das war ihre letzte Hoffnung. Carstensen kam auf Fey zu.

„Wir wissen nicht mal, welchen Wagen wir suchen müssen, nur dass die Entführer einen Vorsprung von etwa einer halben Stunde haben, der von Minute zu Minute wächst. Wie konnte das passieren?"

„Meine Schuld", gestand Fey resigniert. „Ich bin zweimal hier vorbeigefahren. Das müssen sie bemerkt haben. Da vorne liegt ein Strick. Damit werden sie Michalzek an den Sessel dort gefesselt haben. Im Flur sind Schleifspuren von Schuhabsätzen. Zumindest wissen wir nun, dass es zwei sind, denn Michalzek schleppt niemand allein in ein Auto. Die Brotkrümel deuten darauf hin, dass er gegessen hat, also wahrscheinlich noch lebt."

„Eine Leiche hätten sie wohl kaum mitgenommen."

„Michalzek lebt also, weil er weiter büßen soll."

„Was nun?", stöhnte Carstensen. „Fahndung nach Michalzek und zwei Personen in seiner Begleitung ausschreiben? Das kommt nicht gut beim Polizeivize." Er stieß ein weinerliches Lächeln aus. „Da waren wir so nah dran. Frau Amber, was schlagen Sie vor?"

„Sie werden uns Michalzek liefern, nur wie? Wir sollten darüber nachdenken, wie wir ihnen zuvorkommen. Sie wissen jetzt, dass wir ihnen auf den Fersen sind. Es wird etwas passieren und zwar bald, denn mit einem lebenden Menschen, dessen Gesicht mittlerweile jeder kennt, fährt man nicht lange unerkannt herum. Sie haben sich eventuell nicht auf ein zweites Versteck eingerichtet und müssen daher ihre Pläne ändern und Michalzek früher abliefern, wie auch immer, ganz oder in Teilen."

„In Ordnung. Worauf konzentrieren wir uns also?"

„Es bleibt uns nur ein Zugang und der ist Dunja Dokowic. Wir müssen herausfinden, was damals am Märchensee geschehen ist. Das gibt uns einen Vorsprung, der uns helfen kann, das Szenario von Michalzeks Aus- oder Ablieferung erahnen zu können."

„Dünnes Eis, Frau Amber, aber machen Sie. Mir fällt auch nichts Besseres ein."

Carstensen ging zu seinem Wagen und fuhr nach Münster zum ernüchternden Zusammentreffen mit seinem Vorgesetzten aus Düsseldorf. Fey suchte ihren Autoschlüssel und griff instinktiv in ihre Jackentasche. Sie holte eine Visitenkarte hervor. Darauf stand: ‚Hanno Sieper, Stammbaumautor' und eine Telefonnummer. Es dämmerte: Die Karte hatte ihr der Mann im Rollstuhl, den sie in der Eisdiele Dolomiti getroffen hatte, in die Tasche gesteckt.

Sie rief ihn an. In einer halben Stunde sollte sie Hanno Sieper in einer Waldhütte treffen, die einem gewissen Döbber gehörte. Döbber war stadtbekannt für seine Selbstbildnisse, die er an Häuserwänden aufhing. Er war ein Halterner Unikat, das wie die Römer vor ihm die Stadtgeschichte prägte. Fey war gespannt, was Sieper ihr zu sagen hatte.

36 Aal

Döbbers Hütte lag in der Nähe von Lavesum. Der Weg schlängelte sich durch Felder und Wiesen. Fey war unsicher, ob sie richtig war, als sie quer über den Hof einer bäuerlichen Anlage fahren musste, kam aber dann oben am Waldrand zu stehen. Unweit von ihr stand ein gemütliches Holzhaus vor einem Wald aus majestätischen Buchen. Nette Kulisse für einen theatralischen Wilderer-Krimi aus der Kaiserzeit. Für einen Thriller würde es nicht reichen. Dazu war die Idylle aus den eleganten Verästelungen der Bäume und dem seichten Wehen der hohen Gräser zu romantisch. Sie fühlte sich an früher erinnert, als sie mit den Nachbarjungs Buden gebaut und ihren ersten Kuss bekommen hatte.

Sieper saß am Lagerfeuer und drehte seinen Rollstuhl, als er Fey durch das Gras stapfen sah.

„Herzlich Willkommen auf der Ponderosa. Wie Sie wissen, bin ich nicht Ben Cartwright, dennoch liebe ich die Lagerfeuerromantik aus den alten Westernschinken. Setzen Sie sich da auf den Baumstumpf, ich habe hier ein Bier für Sie."

„Eine Limonade wäre mir lieber."

„Sehen Sie mal nach, was Döbbers Kühlkammer zu bieten hat. Gehen Sie ruhig rein. Ist niemand drin."

Aus dem umliegenden Wald drangen plötzlich dumpfe Töne, als würde ein Flugzeug weit über ihr fliegen. Der Schall streifte die Baumkronen und rauschte in langen Fetzen auf den blättrigen Waldboden. Je angestrengter sie lauschte, desto intensiver wurde der Klang. Trommeln, ein Meer aus Stimmen, Wind zupfte an den Saiten einer Harfe, Gong. Ein schriller Pfeifton flog über sie hinweg. Absolute Stille, nicht ganz. Es schnippte. Sieper rief ihr zu: „Keine Angst. Ist wirklich niemand im Haus."

Fey kam mit einer kalten Limonade zurück. Sie sah ihn fragend an.

„Ach, die Töne aus dem Wald", sagte Sieper lächelnd. „Das ist die H2N Künstlertruppe. Die spielen Weltuntergang, bauen drei Jahre an einem Universum und dann wird alles in einer Nacht verbrannt. Sie nennen es Kunst. Was will man machen."

„Und Sie, Herr Sieper, habe ich Sie nur rein zufällig im Eiscafé getroffen?"

„Wie man's nimmt. Ich war drauf und dran, ein Gespräch mit Ihnen zu suchen und dann kamen Sie überraschend zu mir. Das war Zufall, nicht aber, dass wir jetzt hier sitzen. Ich denke, ich habe da was Interessantes für Sie."

„Machen Sie es nicht so spannend."

„Ich habe lange überlegt, ob ich den alten Ehrenkodex brechen soll. Wissen Sie, das öffentliche Leben heute ist verdammt kriminell geworden. Die Bankenkrise, die Finanzkrise, Neonazis, die Kölner Domplatte. Wir driften ins Chaos. Ich dachte an die Verabredungen, die wir früher als Jungs untereinander schworen, Blutsbrüderschaft, kein Sterbenswort an Eltern oder andere Autoritäten. Angesichts dessen sträube ich mich, die Ehre von damals, die ich bis heute fühle, zu brechen. Andererseits machen Sie mir einen so sympathischen Eindruck, dass ich Ihnen jetzt mal blind vertrauen will. Ich erzähle Ihnen von einer Beobachtung, die ich damals machte, als meine Kumpels und ich Michalzek aufgelauert haben."

Fey konnte sich nicht erinnern, in ihrer gesamten Laufbahn je ein so schönes Kompliment bekommen zu haben.

„Die Ehre von der Sie sprechen, Herr Sieper, ist echte Kameradschaft. Zu Beginn meiner Ehe fühlte ich auch dieses unsichtbare starke Band. Leider verschwand es, ohne dass ich es merkte. Bei der Polizei pflegen wir die kameradschaftliche Ehre, aber nur wenige empfinden sie aus freien Stücken. Ich verstehe Sie daher sehr gut und kann Ihnen versichern, dass Sie mir vertrauen dürfen."

„Na ja, jetzt muss ich aber ein bisschen die Luft rausnehmen, denn so besonders ist meine Beobachtung nun auch wieder nicht. Also, wir waren damals zu dritt dort in der Nähe des Gasthauses und wollten Michalzek eine Abreibung verpassen, was wegen der zwei Frauen nicht geklappt hatte. Das hatte ich Ihnen ja bereits erzählt. Wir fuhren an dem Abend über den sandigen Waldweg zurück zur Brücke, die nach Hullern führte. Kurz vorher bogen wir rechts ab. Wir kannten die Gegend und den Märchensee. Es war eine laue Sommernacht und wir wollten dort einen Joint rauchen, chillen, wie man heute sagt. Als wir mit unseren Mopeds dort eintrafen, sahen wir am Ende des Märchensees eine Person, die, als sie uns erblickte, in ein Paddelboot stieg und die Stever runterfuhr. Wir liefen hinterher, aber am Ende des Sees hörte der Weg auf und durch das Dickicht entlang der Stever konnten wir nicht. Wir sahen uns um und entdeckten, dass dort im See Reusen ausgelegt waren. Eine davon war noch voll mit Aal und die andere stand halb aus dem Wasser. Offensichtlich hatten wir einen Wilderer beim Einsammeln der Beute gestört. An den flinken Bewegungen des Mannes konnten wir erkennen, dass er noch sehr jung war, vielleicht 17, 18 oder sogar jünger. Einige Tage danach geschah der Mord, wie wir heute wissen."

„Herr Sieper, es könnte also durchaus möglich sein, dass der junge Mann in der Mordnacht auch am Märchensee war, um seine Reusen zu kontrollieren und dabei Zeuge des Mordes an der Jugoslawin wurde."

Sieper trank von seinem Bier. Fey umschmeichelte ihn.

„Und Sie können mir wirklich nicht mehr verraten?"

„Wissen Sie was, ich bin froh, nicht mehr zu wissen. Wenn der Junge ein Zeuge war, dann hat er sich damals nicht bei der Polizei gemeldet, weil er gewildert hat. Und da der Mord nicht öffentlich wurde, versickerte die Tragödie in Vergessenheit."

„Glauben Sie, dass der Junge von damals der Entführer von Michalzek ist?"

„Stellen Sie sich vor, Sie sehen mit sechzehn, wie ein junges Mädchen im gleichen Alter von einem Mann ermordet wird. Kompletter Schock, nichts geht mehr und dann schweigen Sie, fressen die grausame Tat in sich hinein. Aber als Sie erwachsen sind, ein gestandener Mann, da ertönt der späte Ruf nach Gerechtigkeit. Er bereut seine Feigheit. Fünfzig Jahre gärte die Schuld in seinem Innern und dann kommt ein Anlass und er entledigt sich des Geschwürs in seiner Seele, macht reinen Tisch, schnappt sich das Arschloch und zerstückelt es."

„Glauben Sie, dass Michalzek zu Tode gefoltert wird?"

„Nein, ich denke nicht an einen Psychopathen. Michalzek soll leiden, er soll büßen, aber der Entführer ist kein Mörder."

„Interessant, wie Sie das sagen. Wird er Michalzek der Polizei ausliefern?"

„Wenn die genug Beweise gegen Michalzek hat, um ihn für den Rest seines Lebens hinter Gitter zu bringen, dann ja."

„Beweise gegen Michalzek. Die bekommen wir nicht zusammen, damit es für eine Verurteilung reicht."

„Liebe Frau Amber, dann finden Sie den Augenzeugen!"

Das war ein neuer Aspekt. An einen Augenzeugen hatte sie bisher nicht gedacht. Das würde den Fall aus seiner Indizienlastigkeit befreien. Sie musste Sieper weitere Informationen entlocken.

„Kannten Sie ‚Bootshaus'?

„Heinz-Josef? Und ob ich den kannte! War eine coole Sau, hatte aber kein Moped und kriegte deswegen bei uns keinen Fuß in die Tür. Er musste zu Hause viel mit anpacken, hat sich dann in eine Frau verguckt, die fünf Jahre älter war, Gerda hieß die und stand auf Elvis. Die von Hullern hinkten immer einen Schritt hinterher."

„Wenn es Bootshaus gewesen wäre, der die Reusen ausgelegt hat, hätten Sie ihn erkannt?"

„Sie haben echt Humor, Frau Amber. Trinken Sie von Ihrer Limonade. Dort drüben nahen die Kerle vom H2N. Das wird bestimmt ein lustiger Abend. Kunst auf krummen Männerbeinen."

37 Talibanisch

Carstensen tobte. Die Fahndung nach Pörschke gestaltete sich als Disaster. Hinweisen aus der Bevölkerung wurde ausreichend Rechnung getragen, aber die Nachforschungen verliefen im Sande. Er war wie vom Erdboden verschluckt, bis an diesem Freitag im Präsidium der Polizei Münster ein Anruf einging, der mit einer solch schockierenden Durchschlagskraft alles Bisherige in den Schatten stellte. Der Polizeipräsident war aus dem Urlaub zurückgekehrt und Hans Küppers und Gerd Busch vom LKA waren aus Düsseldorf angereist, mit im Gefolge acht Ermittlungsbeamte, davon zwei verdeckt. Auch die Polizei wurde observiert. Es durfte keine Lücke im Informationssystem geben und keine schlampige Arbeit wie im NSU-Skandal.

Carstensen berichtete vor versammelter Mannschaft: „Meine Herren" – wobei er die anwesenden Frauen vernachlässigte – „um 17:24 Uhr ging hier bei uns ein Anruf ein, den ich Ihnen nun vorspiele." Er gab Irmgard ein Zeichen. Im nächsten Moment plärrte eine aufgesetzt kräftige Männerstimme durch den Saal. „Pörschke gefangen. Terrorzelle des Iman Deutschland. Wir fordern 100.000 Euro." „Ich habe sofort das LKA verständigt und den Anruf an die technische Abteilung in Düsseldorf weitergeleitet. Wie es aussieht, wird die Polizei erpresst, ein Fall, wie es ihn nie zuvor gegeben hat. Gekidnappt wurde Pörschke, der nach unseren bisherigen Erkenntnissen Kempinski ermordet hat. Wir haben es mit einer ganz neuen Dimension krimineller Energie zu tun."

Carstensen übergab das Wort an Hans Küppers, den Leiter des Landeskriminalamtes, der in Begleitung von Gerd Busch, dem Ressortleiter für Terrorbekämpfung, gekommen war. Küppers stellte Busch und sein Team von Ermittlungsbeamten vor und ließ erkennen, dass er die Leitung übernommen hatte.

„Absolute Informationssperre gegenüber allen öffentlichen Organen." Carstensen nickte zustimmend. Küppers schaute in die Runde. „Die Fahndung nach Pörschke verstärken! Es kann sich allerdings auch um ein Täuschungsmanöver handeln. Pörschke könnte selbst der Anrufer sein. Die Stimm- und Klanganalyse liegt jeden Moment vor. Statistisch erweisen sich fast alle Anrufe dieser Art als leere Drohung. Aufmerksam macht aber die Tatsache, dass Pörschke nicht mehr gesehen wurde, nachdem er gestern an der Raststätte Hohe Mark Ost eingekauft hat. Er ist also entweder erfolgreich untergetaucht oder tatsächlich entführt worden. Einen erneuten Anruf der Terrorgruppe sofort an mich weiterleiten! Dem LKA ist bekannt, dass terrorverdächtige Gruppierungen in Deutschland versuchen, an Geld zu kommen, um die um das Hundertfach gestiegenen Preise für Waffen und Munition auf dem Schwarzmarkt bezahlen zu können. Wir dürfen den psychologischen Schaden nicht unterschätzen, wenn die Polizei sich die Suche nach einem Mordverdächtigen von Terroristen aus den Händen nehmen lässt. Das würde heißen, dass die Entführer besser organisiert sind als wir. Das Ansehen der Polizei steht auf dem Spiel. Es dauert in der Regel Jahre, bis das öffentliche Meinungsbild über die Kompetenz der staatlichen Organe wieder geradegerückt ist. Deswegen, Kollegen und Kolleginnen, ist schnelles und gezieltes Handeln dringend geboten."

Irmgard gab Carstensen ein Fax, das er an Küppers weiterreichte.

„Die Sprachanalyse!"

Küppers las, schmunzelte und schaute dann mit einem überlegenen Blick auf.

„Hatte ich mir gedacht. Die sprachliche Analyse ergab, dass es sich bei dem Anrufer eindeutig um eine deutschstämmige Person handelt und zwar aus dem Duisburger Raum. Die phonetische Signifikanz liegt bei 85 Prozent, dass der Mann ein Ruhrgebietsdeutsch spricht, das einen unterlegten rheinischen Ton trägt. Nach vorsichtiger Schätzung des Stimmenanalytikers liegt das Alter des Mannes zwischen vierzig und fünfzig. Und nun zu den Hintergrundgeräuschen."

Küppers las weiter in der Sprachanalyse, lockerte dann aber plötzlich seine Körperhaltung. Er knöpfte seinen Zweireiher auf und öffnete den engen Knoten seiner Krawatte.

„Für alle! Ohren auf!" Und dann sah er jeden einzeln an. „Insekten. Darunter eine Libelle, deren Flügelschlag zweifelsfrei gefiltert werden konnte. Und nun geben Sie acht! Die Auflösung auf dem Frequenzschreiber war zwar sehr gering, aber vorhanden. Dabei wurde eine Frequenz von 480 Schwingungen pro Minute gemessen. Es könnte sich dabei um einen Motor handeln, dessen Rotation bei 480 Umdrehungen pro Minute liegt, was einem schweren Dieselmotor entsprechen würde. Diese Interpretation ist natürlich mit Vorsicht zu genießen, denn es ist unter Umständen nur eine von mehreren Erklärungen. Ich höre Ihre Vorschläge."

Ein Beamter aus den hinteren Reihen meldete sich. „Es könnte ein Generator sein, der ein Haus mit Strom versorgt, das nicht ans öffentliche Netz angeschlossen ist, also weit draußen im Gelände liegt."

„Weitere Vorschläge!", forderte Küppers.

„Um diese Jahreszeit werden Insekten rar, obwohl, Libellen findet man noch am Wasser. Ein See, Teich oder Fluss, an dem ein Lastwagen steht. Der Laderaum dient als Versteck und der Motor läuft, damit sie Strom haben."

„Möglich! Weitere Vorschläge. Wir müssen uns ins Zeug legen. Es liegt eine lange Nacht vor uns. Kommen Sie, wo suchen wir?"

Carstensen meldete sich: „Ich schlage bewusst den Bogen zum Fall Kempinski, weil bisher nicht geklärt wurde, was er tatsächlich an der Lippe oder der umliegenden Gegend gemacht hat. Er könnte zum Beispiel nicht an der Lippe, sondern am Lippe-Seitenkanal angefüttert haben und das bringt meine Gedanken auf einen anderen Zweig. Laut seiner Akte arbeitete Kempinski lange Zeit als Maschinist für eine Wartungsfirma, die sich auf Kanalschiffe spezialisiert hat. Wegen einer Schmierölallergie musste er seinen Job vor einem Jahr aufgeben. Die Stelle, wo er angeblich Fische angefüttert haben soll, liegt unweit des Kanals. Er kannte wahrscheinlich die meisten Kanalschiffer persönlich und unter ihnen den ein oder anderen Halunken. Obwohl sonst eine unscheinbare Figur, greift Kempinski wegen des massiven Streits mit Pörschke zum Äußersten. Verzweifelt holt er sich Hilfe von Leuten, mit denen er eigentlich nichts zu tun haben möchte."

Betretenes Schweigen machte sich unter den Kollegen breit. Carstensen versuchte zu retten, was zu retten war.

„Ich meine, vielleicht hat sich da am Kanal etwas ergeben. Kempinski heuert die Besatzung eines Kahns an, um Pörschke einzuschüchtern, aber die Kerle machen sich selbstständig und ziehen ihr eigenes Ding durch. Sie wissen, dass nach Pörschke gefahndet wird, wittern leichte Beute, schnappen sich Pörschke und erpressen die Polizei."

Küppers lief mit straffer Körperhaltung vor der Truppe seiner Ermittler hin und her. Es machte den Eindruck, dass es ihm schwerfiel, Carstensen ausreden zu lassen, sodass er nun das Wort ergriff.

„Carstensen, das ist eine gut gemeinte Geschichte, der wir natürlich nachgehen werden. Allerdings dürfen wir das terroristische Element nicht ausschließen und dafür gibt Ihre Geschichte keine Anhaltspunkte."

Carstensen wollte widersprechen, schwieg aber, denn Küppers diskutierte bereits mit Busch den Strategieplan für die Nacht.

38 Traum

Fey war zurück in ihr Hotel gefahren und lag angezogen auf dem Bett. Das Gespräch mit Sieper am Lagerfeuer beschäftigte sie nachhaltig. Was die Ermittlungen gegen Michalzek auch immer zutage fördern würden, es würde nicht für eine Mordanklage reichen. Tatwaffe und Leiche fehlten, ein Motiv war auch nicht in Sicht. Sieper hatte es ausgesprochen. Sie brauchte einen Augenzeugen.

Es war kurz nach 22 Uhr, als sie einschlief und sofort heftig träumte. Ein Puppengesicht nahte aus der Ferne, fiel in Stücke, zerbröckelte wie trockenes Brot, rieselte auf ihre Füße und verwandelte sich in Schnee. Der Schnee schmolz zu Wasser. Aus dessen Tiefe schoss ein blutendes Herz auf sie zu, streifte ihren Kopf. Entsetzt befühlte sie ihr Haar, das, von Blut getränkt, in dicken, filzigen Strähnen ihre Schultern bedeckte. Dann hörte sie Dunjas Stimme, als wäre es ihre eigene. „Stehe, stehe Zinnsoldat. Gehe, gehe Tag für Tag. Zahle, zahle für mein Grab." Dunja fiel in einen Brunnen und schrie, bis sie unten ankam, aber es platschte nicht. „Niemandsland", rief Dunja, tief unten aus dem Brunnen, riss der Träumerin die Füße weg und zerrte sie unter Wasser.

Fey wachte schweißgebadet auf. Sie war zu ermattet, um sich bewusst an eine Analyse des Traums zu begeben. Doch trotz der finsteren Bilder wünschte sie sich eine Fortsetzung. Sie zog sich aus, erledigte ihre Toilette und legte sich schlafen.

Es tickte etwas in ihrem Zimmer. Normalerweise schreckte sie jedes Geräusch sofort auf, aber in diesem

Fall blieb sie reglos liegen und wartete. Sie wusste, dass es der Heizkörper war, der sich abkühlte und dabei regelmäßig „Klick" machte. Nur nicht die Augen öffnen, dann konnte es passieren, dass sie stundenlang wach lag. Sie durfte auch nicht denken, denn das verhinderte das Abdriften in den Schlaf. So lag sie da und lauschte dem Ticken des Heizkörpers. Klick, Klick, Klick –.

Ein Aal kroch unter der Tür her und wickelte sich um ihren Arm. Er zerrte und zerrte, bis sie oben am Brunnenrand ankam und über die kalten, nassen Steine stieg. Doch der Aal ließ sie nicht los, drückte immer kräftiger zu, bis sich ihr Blut staute, der Arm anschwoll und sie vor lauter Verzweiflung in den Aal hineinbiss. Wie ein Raubtier riss sie ein Stück seines Fleisches heraus und aß. Er schmeckte geräuchert, warm, wie frisch aus dem Rauch.

Fey wachte auf, setzte sich und tastete mit der Hand neben das Bett, um nach der Flasche mit Mineralwasser zu greifen, die sonst immer dort stand. Sie hatte das Bedürfnis ihren Mund auszuspülen und klares Wasser zu trinken.

Der Aal war die Lösung, dachte sie benommen, frisch oder geräuchert. Der Aal kam in ihrem Traum vor, um sie zu führen, deswegen fasste er ihren Arm. Aalreusen. Wer war der Junge, der die Aalreusen am Märchensee ausgelegt hatte und dann flüchtete, als die Rocker kamen? Er ging nicht zur Polizei, weil er gewildert hatte oder weil er zu viel Angst hatte, der Mörder würde ihn unschädlich machen wollen oder seiner Familie etwas antun. Er hatte Gründe, den Mord damals nicht zu melden, war aber heute ein reifer Mann. Aber warum sollte er den Tod der Jugoslawin nach so vielen Jahren rächen wollen? Es wäre doch so viel einfacher, bei der Polizei vorstellig zu werden, die dann ein Ermittlungsverfahren gegen den mutmaßlichen Mörder einleiten würde. Der Augenzeuge müsste sich nicht selbst die Finger schmutzig machen und obendrein das Risiko eingehen, bei seinen Racheakten erwischt zu werden.

Andererseits, was, wenn Sieper gelogen hatte und es den Jungen gar nicht gab, dafür Sieper selbst Zeuge des Mordes war und nun auf seine alten Tage reinen Tisch machen wollte?

Fey lehnte sich zurück auf ihr Kopfkissen, nicht ohne eine kleine weiße Pille einzunehmen. Sie hatte sich zu sehr ereifert und an Schlaf war nun nicht mehr zu denken. Die Tablette war ihre einzige Hilfe, wenn die Gedanken unablässig wie bei einer Sanduhr durch ihren Kopf rieselten. Sie wusste, dass diese beruflichen Umstände Falten in ihr Gesicht schrieben, aber sie hatte für den Moment keine bessere Lösung parat.

39 Frühstücksei

Um sechs Uhr graute der Morgen an diesem Oktobertag. Der Nachrichtensprecher von EinsLive hatte für alle die Rückkehr des Sommers angekündigt. Die Temperaturen sollten bis auf 21 Grad steigen. Es war fünf nach sechs, als Fey den Radiowecker ausstellte und zum Fenster ging. Sie schob die Gardine zur Seite und blickte auf den Marktplatz. Weitere Übertragungswagen hatten sich eingefunden. Reporter und Kameraleute besprachen sich, andere diskutierten und rauchten.

Es war Samstag. Sie eilte ins Bad. Um 6:30 Uhr hatte Küppers zum Rapport gerufen. Alle leitenden Ermittler waren ins Rathaus der Stadt Haltern bestellt worden. Sie fühlte sich gerädert und wünschte sich, die Schlaftablette nicht genommen zu haben. Zum Glück war es nur ein Katzensprung bis ins Rathaus, sodass sie zumindest ihr Frühstück genießen wollte. Zu ihrer Überraschung saß Charly dort im Speisesaal und lächelte sie mit seinem Flirtgesicht an. Sie ging zu ihm an den Tisch.

„Gut geschlafen? Setz dich. Ich hol dir Kaffee. Möchtest du Toast? Ich misch dir eine Schale Cerealien mit Früchten. Frische Brötchen sind auch da und vielleicht ein Ei?"

Auch wenn es nur um ein banales Frühstück ging, war sie einen Moment sprachlos. Charly umwarb sie und er war beim Friseur gewesen. Das alles fühlte sich gut an und plötzlich war die dumpfe Schwere in ihrem Kopf verschwunden.

„Ich mach das schon. Bleib du sitzen. Wieso bist du hier?"

Um diese Zeit waren sie allein im Frühstücksraum. Charly stand auf, umfasste ihre Taille und zog sie an sich. Fey kam diese Intimität zu schnell. Sie stieß ihn von sich.

„Ich habe noch elf Minuten fürs Frühstück, dann kommt ein verdammt harter Arbeitstag auf mich zu. Die Idee mit dem Ei war gut und das holst du mir bestimmt, ohne etwas dafür zu erwarten."

Charly strich ihr mit einer Hand über den Po, servierte ihr eine Schale Quark mit Früchten, ein Ei und goss Kaffee ein. Sein Flirtgesicht war einem sachlich akkuraten gewichen.

„Küppers wollte mich dabei haben. Die rechnen heute mit einem Zugriff. Was die so optimistisch macht, weiß ich nicht, besonders weil sich die Entführer von Pörschke nicht mehr gemeldet haben. Küppers stützt sich lediglich auf die Tonanalyse und Carstensen sucht im Rahmen seiner spekulativen Kompetenz nach Lösungsmöglichkeiten jenseits der stringenten Denkweise des LKA."

„Und du? Was sagt dein mikroskopisch geschultes Auge?"

„Dass du wunderschön bist und dein Mund auch ohne Lippenstift zum verrückt werden aussieht."

„Charly, komm bei! Eine Minute noch und wir müssen los."

„Pörschke ist kein Killer, ist nicht vorbestraft und hat meines Erachtens kein ausreichendes Motiv. Die Pressemeute da draußen hat ihn mit ihren reißerischen Artikeln zum gehetzten Schwerverbrecher gemacht. Plötzlich war sein Name in aller Munde, er war berühmt und genau das machte ihn für die Entführer interessant. Pörschke ist ein Opfer verfehlter Informationspolitik der Polizei. Er würde jetzt bequem und sicher in Untersuchungshaft sitzen, hätte die Polizei ihn rechtzeitig geschnappt, noch bevor ihm ein mörderisches Image aufgedrückt wurde."

Fey nahm ihren letzten Schluck Kaffee, stand auf und sah Charly vorwurfsvoll an.

„Machst du keine Fehler? Dein Laborkittel macht dich nicht zum unfehlbaren Gott. Ich kann nicht sagen, was dir so alles durch die Lappen geht, aber wenn bei uns was schiefläuft, heben alle gleich die Finger, als hätten sie es besser gewusst."

Fey gab ihren Schlüssel an der Rezeption ab und ging rüber ins Rathaus. Charly folgte ihr wortlos auf Distanz.

40 Masterplan

Nachdem Fey sich durch die Reihen lästiger Reporter gedrängt hatte, betrat sie den Sitzungssaal des Rathauses. Bürgermeister Klimpel gab ihr sozusagen die Tür in die Hand. Er verabschiedete sich und wünschte viel Erfolg. Nachdem sichergestellt war, dass alle anwesend waren, die zum Kader von Küppers und Busch gehörten, übernahm Küppers die Berichterstattung zur Lage.

„Die Fischereibehörde hat sich gestern spät gemeldet und mitgeteilt, dass die Pflanzenart, mit der der Teich des Halterner Angelvereins verseucht werden sollte, nicht aus heimischen Beständen kommt, sondern eine besonders aggressive Form der Wasserpest darstellt, die vor allem in Irland zum Problem geworden ist. Wir haben daraufhin mit Pörschkes Frau gesprochen. Pörschke kam vor zwei Wochen von einem Angelausflug aus Irland zurück. Pörschkes Wagen wurde gestern Abend von Wanderern in der Westruper Heide zwischen Haltern und Hullern gefunden."

Küppers zeigte auf Charly. „Wenn Sie kurz berichten!"

Charly erhob sich. „Unsere vorläufige Einschätzung ergibt folgendes Bild: Pörschke befand sich in seinem Wagen, als er überfallen wurde. Wir fanden Essensreste. Es kam zu einem Kampf. Ausgerissene Haare, allerdings kein Blut. Pörschke wurde aus seinem Wagen gezerrt und in ein anderes Fahrzeug verfrachtet. Die Abdrücke des Fluchtfahrzeugs stammen von 165er-Reifen, was darauf hindeutet, dass es sich um einen Kleinwagen älteren Datums handelt und der Größe eines VW Polo oder Mitsubishi Colt entspricht. Fingerabdrücke ließen sich nicht zuordnen."

Küppers sah ihn fragend an und hakte nach.

„Sie wollten uns noch etwas zu den Pflanzenresten im Kofferraum des Wagens sagen."

„Entschuldigung. In der Tat, wir fanden winzige Pflanzenfasern, die genau von der Sorte Wasserpest stammen, die aus Irland importiert wurde. Pörschke ist mit ziemlicher Sicherheit der Urheber der Verseuchung des Halterner Vereinsgewässers."

Küppers übernahm.

„Kollegen, Pörschke besitzt kriminelles Potenzial. Wir müssen alle Möglichkeiten erwägen, auch die, dass Pörschke mit den Entführern gemeinsame Sache macht und die Entführung beziehungsweise der Überfall nur vorgetäuscht waren. Der andere Extremfall wäre die erpresserische Entführung eines Kriminellen zur Beschaffung von Geld durch eine islamistische Terrorzelle.

Die von Frau Amber veranlasste Überprüfung des Vaters von Kempinski gab außer einem fragwürdigen Indiz keine weiteren Anhaltspunkte. Eugen Kempinski hat zwar kein Alibi für die Tatzeit, aber da er allein und zurückgezogen lebt, wäre das auch nicht zu erwarten gewesen. Ein Motiv zeichnet sich auch nicht ab.

Nun zu dem zweiten Fall der laufenden Ermittlungen. Bei dem Besitzer des Ferienhauses, in dem Michalzek gefangen gehalten und gefoltert wurde, handelt es sich um den ehemaligen Geschäftsführer der Old Daddy Diskothek, Bernd Altmeyer. Altmeyer lebt derzeit auf Mallorca. Die Kollegen aus Palma bestätigten, dass Altmeyer dort einen Wohnsitz hat und andere Personen lieferten Altmeyer ein Alibi. Nach Aussagen Altmeyers hatte er keine Ahnung, was in seinem

Haus an der Stever vorging. Er sei seit Jahren nicht mehr dort gewesen."

Küppers sah zu Busch herüber, der eiligen Schrittes auf ihn zukam und ihm das Handy reichte. Busch deutete an, dass die Entführer sich gemeldet hatten.

Küppers sprach mit dem Entführer und bestand auf einer Kontaktaufnahme mit Pörschke. Dummerweise kannte niemand Pörschkes Stimme, was für Unmut sorgte. Man hatte vergessen, seine Frau um Mitarbeit zu bitten. Sie hätte seine Stimme zweifelsfrei erkannt. Küppers schaltete aber schnell und fragte nach dem Mädchennamen von Frau Pörschke. Pörschke parierte sofort. Er war also noch am Leben. Der Entführer verlangte, dass das Geld von Kommissarin Amber um 10 Uhr auf den Schulhof der Realschule gebracht werden sollte.

Küppers ließ Busch einen Masterplan für die Geldübergabe erarbeiten und sprach dann mit Fey.

„Kollegin Amber, das wird kein alltäglicher Spaziergang. Die Entführer haben den für uns schwierigsten Übergabeort ausgesucht. Heute ist Samstag, es herrscht also kein regulärer Schulbetrieb, aber die Entführer sind gut informiert. Gymnasium und Realschule haben zu einem Schulfest unter dem Motto ‚Konzert und Kunst' eingeladen. Um 9.30 Uhr beginnen die ersten Vorstellungen und zum Zeitpunkt der Geldübergabe, also um 10 Uhr, werden sich schätzungsweise 500 Schüler auf dem Schulhof der Realschule tummeln."

Küppers wischte sich die Schweißperlen von der Stirn und machte einen tiefen Atemzug.

„Um es klar zu sagen: Da darf nichts, aber auch gar nichts schiefgehen."

„Werden Sie das Lösegeld zahlen?"

„Sie bekommen markiertes Geld, das von jeder Prüfmaschine erkannt wird. Das LKA ist natürlich auf solche Fälle vorbereitet."

„Ich denke, es darf nichts schiefgehen?", sagte Fey störrisch. „Was, wenn die Entführer clever genug sind, Ihr Täuschungsmanöver mit dem Geld zu entlarven, und das noch auf dem Schulhof? Sie sprechen von einer Terrorzelle."

„Wir müssen lernen, mit dieser Gefahr zu leben."

„Aber das tragen wir nicht auf den Schultern von Kindern aus."

„Das Geld würde für Anschläge verwendet werden. Das müssen wir verhindern."

„Im Umfeld von Kindern zählen andere Werte. Ich muss Sie darauf aufmerksam machen –"

Küppers unterbrach sie harsch.

„Unter diesen Umständen bin ich die Moral. Anders kommen wir nicht weiter. Sie werden meinen Anweisungen Folge leisten."

Küppers besprach sich mit Busch. Der Masterplan stand. Durch den schnellen Einsatz einer Hundertschaft sollte direkt nach der Geldübergabe das Schulgelände hermetisch abgeriegelt werden, um so die Flucht des Lösegeldempfängers zu vereiteln. Andere Ermittlungsbeamte sollten das Schulgebäude von innen sichern. Die Beamten durften nur bei Gefährdung ihres eigenen Lebens Schusswaffen einsetzen.

41 Benny

Fey sah sich die hektische Szenerie im Rathaussaal an. Etliche Beamte arbeiteten an der Vernetzung und der Koordination des Plans. Andere schwärmten zu ihren Einheiten aus und Spezialisten für Terrorbekämpfung und Geiselnahme berieten sich. Eigentlich war sie die Hauptperson, aber alle Bemühungen rankten sich um die Ergreifung des Lösegeldempfängers mittels Demonstration polizeilicher Gewalt. Sie ging zu Küppers und fragte nach einer Stimmenanalyse des Telefongesprächs mit dem Entführer und hoffte, noch vor der Geldübergabe das Versteck, in dem Pörschke festgehalten wurde, ausfindig zu machen. Küppers sah sie entgeistert an und schaute auf die Uhr.

„Uns bleiben noch eine Stunde und dreißig Minuten. Halten Sie sich zur Verfügung. Herr Busch wird Sie gleich in die Verhaltensregeln für diese Geldübergabe einweisen. Die zweite Stimmenanalyse läuft, aber wir können nicht alle Karten darauf setzen. Terrorbekämpfung überlassen Sie bitte mir. Warten Sie hier, bis Busch kommt."

Fey war außer sich vor Wut, aber das würde vorbeigehen. Etwas anderes berührte ihr Gespür für knifflige Situationen. Der Masterplan barg eine Schwachstelle, die sie aber nur als ein Gefühl der Ohnmacht beschreiben konnte, ohne konkret zu werden. Die Ermittler aus Münster und die Leute des LKA waren bereits in Zivil in der Stadt unterwegs, denn man fürchtete, dass die Reporter wittern könnten, dass im Stadtkern eine Antiterroraktion des LKA bevorstand. Die Hundertschaft verteilte sich an verschiedenen Plätzen um den

Schulkomplex von Realschule und Gymnasium, so an der Conzeallee, dem Bahnhof und an der Feuerwehr. Ihre Präsenz war nicht zu übersehen. Küppers und der Stab seiner Mitarbeiter, Carstensen, Charly und Fey verließen das alte Rathaus und fuhren in unterschiedlichen Richtungen davon, um aufdringliche Reporter abzuschütteln.

Fey hatte von Busch eine Umhängetasche mit dem Lösegeld bekommen und parkte an der Bushaltestelle vor dem Schulhof der Realschule. Sie sah auf die Uhr. Noch vier Minuten, bis sie sich unter die Schüler mischen würde, die in Grüppchen vor der Bühne standen. Dort wurden gerade Requisiten verschoben. Noch sah es so aus, als füllte sich der Schulhof. Allerdings hatte sie den Eindruck, dass gehäuft auch Erwachsene das Gelände bevölkerten. Küppers gab ihr letzte Anweisungen über Funk. Während er mit ihr sprach, bemerkte sie, wie vor und hinter ihr Autos parkten und die Insassen hektisch ihre Anschnallgurte lösten, ausstiegen und auf den Schulhof eilten. Sie teilte Küppers ihre Beobachtung mit. Er hielt an seinem Plan fest.

Es war soweit: 10 Uhr. Fey stieg aus, hängte sich die Tasche um und ging langsam auf den Schulhof, der sich mittlerweile gefüllt hatte. Sie spazierte an den Schülern vorbei und stellte plötzlich fest, dass immer mehr zu ihren Handys griffen, sich kurz austauschten und dann in verschiedenen Richtungen den Schulhof verließen. Sie hatte das Gefühl, dass sich eine Welle in Gang setzte. Genau in dem Moment sprach sie ein Junge von etwa zwölf Jahren an.

„Ich möchte die Tasche", sagte er mit ängstlichem Gesicht.

Fey sah sich um. Am Rande des Schulhofs trafen immer mehr Autos ein. Türen wurden aufgerissen, Eltern liefen hektisch auf den Schulhof und suchten ihre Kinder. Andere Schüler sahen sich hilflos um und rannten hinter denen her, die anscheinend ein Ziel hatten. Fey versuchte Zeit zu gewinnen, um zu begreifen, was dort vor ihren Augen geschah. Sie nahm die Tasche in die Hand und hielt sie dem Jungen hin. Er griff danach. Sie ließ aber nicht los.

„Wie heißt du?"

„Ich muss jetzt die Tasche haben, sonst lauf ich ohne sie weg."

Fey wollte die Verantwortung nicht übernehmen, eigenmächtig zu handeln, und erfüllte den Auftrag, den Küppers ihr erteilt hatte. Sie gab dem Jungen die Tasche, der daraufhin in der Menge der umherlaufenden Schüler verschwand. Mittlerweile herrschte völliges Chaos. Immer mehr Eltern hatten sich gegenseitig alarmiert und bangten um ihre Kinder. Die Ohnmacht der Polizei war perfekt. Eine unübersehbare Menge von Autos blockierte alle Zufahrtswege. Fey gab eine Beschreibung des Jungen an alle durch. Küppers ließ die Hundertschaft den gesamten Schulkomplex durchsuchen. Die Verkehrswege in der Umgebung waren verstopft, nichts ging mehr. Erst um die Mittagszeit waren die Straßen rund um die Schulen wieder befahrbar. Um 12:15 Uhr blies Küppers die Aktion ab. Die Umhängetasche wurde leer gefunden, der Junge blieb verschwunden.

In der anschließenden internen Sitzung im Lehrerzimmer der Realschule hüllten sich die Polizisten in Schweigen. Küppers schloss sich mit ein, als er von einer stümperhaften Vorstellung sprach. Er überließ

Fey die Erklärung, die eigentlich für niemanden eine Neuigkeit darstellte.

„Wir haben es versaut, weil wir uns vom Terror fertigmachen lassen. Es gab keine Drohung gegen die Bevölkerung, aber trotzdem haben wir mit Kanonen auf Spatzen schießen wollen, weil uns die Angst im Nacken sitzt. Wenn sich der Staat bedroht fühlt, fühlen sich alle bedroht. Das schafft ein ungesundes Klima, in dem niemand mehr die Übersicht behält. Wir beklagen den Terror. Zurecht! Aber wir sehen nicht, was die Menschen wirklich tötet, nämlich der gesellschaftliche Stress, der jedem in diesem Land das Leben erschwert. Wir sehen nicht mehr das große Ganze und deswegen machen wir Fehler. Unser Fehler war, nicht zu realisieren, dass wir in Haltern sind, in einer traumatisierten Stadt, in der Eltern nicht darauf warten, dass ihre Kinder von der Polizei geschützt werden. Die Eltern in dieser Stadt schützen ihre Kinder selbst und haben das heute mit Mut und Entschiedenheit zum Ausdruck gebracht. Das nenne ich Zivilcourage, wie ich sie noch nie erlebt habe." Sie blickte in betroffene Gesichter, fühlte sich davon aber eher ermutigt weiterzureden. „Wir als Polizei müssen lernen, unsere Angst zu beherrschen. Der Staat will Macht demonstrieren, aber wenn es darauf ankommt, steht er da, machtlos, so wie in Köln und heute hier in Haltern. Schauen wir doch in Zukunft mit mehr gesundem Menschenverstand auf die Aufgaben der Polizei. Seien wir näher an denen, die wir schützen wollen."

Küppers löste die Versammlung auf und bestellte alle Ermittler ins alte Rathaus, wo ein neuer Masterplan entworfen werden sollte.

42 Reuse

Fey ging den kurzen Weg zum Rathaus zu Fuß. Als sie am Möbelhaus Döbber vorbeikam, dachte sie an das Lagerfeuergespräch mit Sieper an Döbbers Hütte. Da ging es um Ehre und Kameradschaft. Nichts davon hatte sie in den letzten Stunden gefühlt. Was hatte Sieper noch gleich gesagt? Wir driften ins Chaos. Chaos hatte sie gerade erlebt. Ursache war ein Masterplan, der gescheitert war. Das Systemische barg Schwächen, die ins Chaos führten. Hatte Sieper so weit gedacht? Sie kannte nun einen Grund mehr, sich auf ihren gesunden Menschenverstand zu verlassen. Fest entschlossen, wollte sie sich voll und ganz auf die Aufklärung des Mordes an Dunja Dokowic konzentrieren.

Der Platz vor dem Rathaus war leer gefegt. Alle Reporter waren hinter Küppers her und hofften von glücklichen Müttern und Vätern, die ihre Kinder sicher im Auto wussten, ein Interview abzustauben. Fey sah sich am Marktplatz um und entdeckte dort einen Fischladen. Sie ging hinein und ein Herr Bredeek war sichtlich erfreut, ihre Fragen beantworten zu dürfen.

„Woher bekommen Sie den Aal, den sie verkaufen?"

„Genau genommen aus der Sargossasee, einem Teil des Atlantischen Ozeans südlich von Bermuda. Bis dahin muss der Aal wieder zurück, um zu laichen. Dann schwimmen die Glasaale zu uns, den Rhein hoch, in die Lippe und dann in die Stever. Aber das wollten Sie ja gar nicht wissen. Ich kaufe den fertig geräucherten Aal vom Großhändler. Die Zeiten sind vorbei, als hier noch selbst geräuchert wurde."

„Wie wurden denn hierzulande Aale gefangen?"

„Gewerbemäßig ausschließlich mit Reusen. Aale schwimmen gerne auf dem Grund eines Gewässers und bevorzugen tagsüber dunkle Stellen, so wie zum Beispiel eine Reuse."

„Wurde viel gewildert?"

„Da fragen Sie mich zu viel, aber eine Reuse ist natürlich wenig auffällig. Die wird kurz aus dem Wasser gezogen, der Inhalt herausgenommen und platsch wird sie zurückgesetzt. Wir hatten damals Lieferanten, die vom Wasserwerk eine Lizenz hatten. Es mag schwarze Schafe gegeben haben."

„Sind diese Fische nicht sehr glatt?"

„Es gibt spezielle Handschuhe oder man nimmt einfach Sand. Die Körner bohren sich durch den Schleim und man bekommt Griff. Aber glauben Sie nicht, dass das so einfach ist. Hacken Sie einem Aal den Kopf ab, dann windet der sich noch nach Minuten durchs Gras oder auf Ihrer Arbeitsplatte in der Küche. Diese Fische kriechen sogar über Land, von einem zum anderen Gewässer."

„Machen Sie gute Geschäfte mit Aal?"

„Ganz früher, nach dem Krieg, war es besser. Das hat mir mein Vater erzählt. Arme-Leute-Essen. Es gab genug Aal in den Flüssen und im Halterner Stausee. Man hatte extra eine Aalleiter gebaut, damit die Aale am Walzenwehr hoch in den Stausee schwimmen konnten."

Fey bedankte sich bei Bredeek und widerstand den leckeren Auslagen von Matjesheringen und Fischsalat.

Laut Bredeeks Darstellungen wurde es immer wahrscheinlicher, dass es den Jungen mit den Reusen am Märchensee tatsächlich gegeben hat. 1968 saß das Geld in den Taschen vieler Menschen nicht locker.

Ein Zuverdienst war hilfreich. Reusen auslegen und die Fische kassieren, das war gewiss ein Job für einen 16-jährigen Jungen.

43 Geht doch

Fey betrat den Sitzungssaal des alten Rathauses, in dem sich die meisten ihrer Kollegen wieder eingefunden hatten. Sie sah, wie Küppers eine Akte öffnete, darin las und dann über die Stimmenanalyse des zweiten Anrufs der Entführer berichtete.

„Es war der gleiche Sprecher wie beim ersten Anruf, es fehlten allerdings die Motorgeräusche. Dafür ließ sich im Frequenzspektrum die Sirene eines Krankenwagens abbilden. Mit bloßem Ohr konnte man das nicht hören."

Er wandte sich an Busch.

„Sofort ermitteln, wann und wo heute Morgen ein Krankenwagen im Einsatz war."

Während Busch den Saal verließ, fuhr Küppers mit seinem Bericht fort.

„Wie beim ersten Anruf gab es auch beim zweiten Insektengeräusche, allerdings gedämpfter. Möglicherweise wird Pörschke in einem Schuppen oder einer Scheune festgehalten und auch die Entführer halten sich in relativer Nähe zu freiem Gelände auf. Die Frage an Sie, Kollegen, wie passt das mit den Geräuschen eines Dieselmotors zusammen?"

Betretenes Schweigen. Die Kollegen waren noch von ihrem missglückten Einsatz gezeichnet, sodass sich anscheinend niemand traute, etwas zu sagen. Busch kam zurück in den Sitzungssaal und rief: „Flaesheim, ein Herzinfarkt! Ich hab mich umgehört. In Flaesheim befindet sich eine Schleuse für die Schifffahrt auf dem Lippe-Seitenkanal. Dort liegen zwei Frachtschiffe und warten auf die Weiterfahrt, allerdings liegt eines davon schon seit vier Tagen vor Anker. Im Umfeld gibt es Wiesen und Weideflächen."

Küppers übernahm.

„Das erklärt die Insektengeräusche. Beim zweiten Telefonanruf war der Entführer bei Pörschke in der Scheune oder wo auch immer, deswegen kein Ton vom Dieselmotor. Pörschke wurde entfernt vom Lastkahn untergebracht, damit den Leuten auf dem Nachbarschiff nichts auffiel. Einsatz! Zur Schleuse!"

44 V8

Fey fühlte sich bestätigt. Die LKA-Leute waren getrimmt auf große Einsätze, dementsprechend dachten sie auch. Nun zeigte sich, dass jede Situation ihre eigene Handschrift trug, die man nur erfassen konnte, wenn man für eine breite Orientierung offen war. Sie war froh, dass die Umstände es so wollten und sie sich auf Michalzeks Entführung konzentrieren konnte, denn da lag die Lösung für den Mord an Dunja Dokowic.

Die Entführer von Michalzek mussten Hals über Kopf aus ihrem Versteck an der Stever fliehen. Sie konnten den Mann nicht lange durch die Gegend fahren und hatten vermutlich kein zweites Versteck geplant. Also mussten sie nun zügig das Ende ihres Rachefeldzuges anstreben.

Instinktiv zog es Fey zu Beckmann in die Kajüte. Dort hatte sie bisher die meisten Anregungen bekommen. Ob Beckmann mehr wusste, als er zugab?

Es war 13.20 Uhr und wenn sie Charly nicht im Treppenhaus des Rathauses getroffen hätte, wäre sie sofort zu Beckmann aufgebrochen. Er lud sie ein, mit ihm im Rossini zu Mittag zu essen. Sie willigte ein, nicht aber, dass er ihre Hand nahm, als sie den Marktplatz überquerten. Am Tisch des Speiselokals fragte Charly gleich nach, was los war.

„Können wir uns nicht einfach normal wie ein Paar verhalten?"

„Wenn wir eins wären, ja. Einmal Sex bedeutet nicht, dass wir gleich zusammen sind."

„Okay, okay. Ich ziehe meine Schlüsse und du deine. Vielleicht teilen wir uns eine große Salatplatte als Beilage, dann essen wir wenigstens von einem Teller. Das wäre dann für mich normal für eine Beziehung und du würdest mir die Illusion gönnen, eine solche mit dir zu haben."

„Wenn diese Männerlogik funktioniert, dann soll es so sein, aber es könnte auch sein, dass ich mir die besten Stücke von der Salatplatte fische."

„Mir das anzusehen, wäre schon ein göttliches Vergnügen."

Sie bestellten zweimal Pizza und suchten sich die Zutaten aus.

„Und die große Salatplatte mit ganz vielen Leckereien für meine Begleiterin", rief Charly der Kellnerin nach, die daraufhin gespreizt lächelte und zur Theke ging. Feys Handy meldete einen Anruf von Herrn Herzog, der kommissarisch den Vorsitz beim Dülmener Angelverein übernommen hatte und von einem merkwürdigen Fund berichtete. In einem der Becken, in denen die Karpfen gewässert worden waren, hatte man eine Bauer Super-8-Kamera gefunden. Fey bedankte sich und bat darum, die Kamera später einem Herrn Charly Lange von der Spurensicherung der Polizei Münster zu übergeben.

Charly hatte das mitbekommen.

„Charly Lange und Fey Amber. Fey Lange, passt auch. Worum geht's? Ich soll eine Kamera in Empfang nehmen?" Fey klärte Charly auf und bat ihn um eine Deutung des Fundes.

„Ich glaube, dass es eine klare Zuordnung gibt: Michalzek in Haltern und der alte Kempinski in Dülmen. Eugen Kempinski hat was mit der Kamera zu tun. Super-8-Modelle benutzte man in den 70er- bis 80er-Jahren. Das passt gut in den Zeitraum, in dem der Mord an der Jugoslawin geschah. Entweder ist der Mord gefilmt worden, oder, was ich für wahrscheinlicher halte, Kempinksi hat gefilmt und zwar die Jugoslawin und nicht unbedingt den Mord, sondern zum Vergnügen, wobei dieses Vergnügen durchaus einseitig gewesen sein könnte."

„Du meinst, er hat Nacktaufnahmen von ihr gemacht?"

„Das wäre möglich, aber würde das ein Motiv für einen Mord hergeben?"

Fey verfolgte eine andere Idee.

„Jemand muss im Vereinsheim gewesen sein, um die Kamera dort zu deponieren. Kannst du herausfinden, wie lange die Kamera in dem Fischbecken gelegen hat? Bitte, das wäre enorm wichtig. Dann wüsste ich, zu welchem Zeitpunkt jemand dort in der Nähe des Tatorts war, an dem Mani Kempinski umgebracht wurde. Wir hätten dann außer Pörschke und dem alten Kempinski entweder einen dritten Verdächtigen oder einen Zeugen."

„Wenn du mich so ansiehst, kommt mir ein ganz anderer Appetit als der auf Pizza. Ich mach das, keine Sorge."

45 Alberta

Die Alberta, ein alter Lastkahn, der Sand, Kohle oder Erze in seinem Bauch transportierte, lag allein im Hafenbecken vor der Schleuse in Flaesheim. Das Nachbarschiff war gerade in das Hebebecken eingefahren. Küppers und seine Truppe machten kurzen Prozess und stürmten die Alberta. Hinten auf den Luken des Schiffs stand ein Kleinwagen, der mit einer Plane zugedeckt war. Sie drangen durch die Steuerkabine in den Wohnbereich ein, wo sie es mit Konrad Mantua nicht leicht hatten. Mantua war ein Baum von Mann und da er unbewaffnet war, sich aber gegen seine Festnahme wehrte, bezogen die Beamten ordentlich Prügel, bevor Mantua in Handschellen abgeführt wurde. Sohn Benny saß am Tisch bei seiner Mutter und hatte die Schlägerei mit angesehen. Frau Mantua wurde ebenfalls festgenommen, aber Benny durfte bei seiner Mutter bleiben. Pörschke fand man kurz darauf gefesselt und geknebelt in einer Scheune an den Lippewiesen.

46 Wellen

Fey blieb bei ihrem Vorsatz und fuhr nach dem Essen im Rossini zu Beckmann in die Kajüte. An diesem sommerlichen Herbsttag waren viele Segler gekommen, um ihre Boote für den Winter klarzumachen. Sie betrat den Schankraum und war über den Lärmpegel und die vielen Gäste überrascht. Unter diesen Umständen würde Beckmann keine Zeit für sie haben, dennoch ließ sie es darauf ankommen, bestellte sich einen Früchtetee und setzte sich an einen Fensterplatz. Sie genoss es, den emsigen Kapitänen beim Einrollen der Takelage zuzusehen und freute sich über die kleinen Segler, die ihre Jollen antauten und reinigten, um sie dann mit einem Trailer aus dem Wasser zu ziehen.

‚Wie sah es hier 1968 aus?', ging es ihr durch den Kopf. Nur wenige Privilegierte waren damals in der Lage, sich diese Art von Sport leisten zu können. Ein 16-Jähriger, der Aalreusen auslegte und die Fische verkaufte, würde sicher nicht dazugehört haben. Ihr fiel Bredeek ein, der seine Aale nur von professionellen Anglern bezog. Da blieb doch die Frage, was der junge Wilddieb mit seinen Aalen gemacht hatte? Sie sah, wie Beckmann sich abmühte, seine Gäste zu bedienen. Es war einer der wenigen Tage im Jahr, an denen er volles Haus hatte. Nachdem die anfängliche Empörung über den Ohrläppchenfund abgeklungen war, kamen nun immer häufiger schaulustiger Gäste in die Kajüte, die durch den Medienrummel zu einem berüchtigten Tatort gestempelt worden war. Der Stress stand Beckmann ins Gesicht geschrieben. Er brachte Fey den Früchtetee. Sie wollte die Gelegenheit nutzen, ihn nach einem Verkäufer von geräuchertem Aal aus den guten alten Zeiten zu fragen, aber er vertröstete sie auf später.

Feys Handy klingelte – Irmgard rief an.

„Ich habe endlich mit dem ehemaligen Pfarrer von St. Andreas in Hullern gesprochen. Er wies mich sofort auf das Beichtgeheimnis hin, aber er könne wohl darüber sprechen, was damals im Dorf getratscht wurde. Ich brauchte gar nicht weiter nach Michalzek fragen. Pfarrer Schlüter sagte von sich aus, dass Michalzek und Eugen Kempinski gute Freunde waren. Ein Dorfpolizist habe ja auch mal frei und in Zivil habe man die beiden jungen Männer öfter in Michalzeks Kombi durch die Gegend fahren sehen. Die Scheiben des Wagens waren hinten mit schwarzer Folie beklebt, aber wenn sie sich abends im Halbdunkel Zigaretten anzündeten, konnte man erkennen, dass hinten öfter zwei Frauen mit langen Haaren gesessen hatten. Der Pfarrer war kaum zu bremsen, wie ein altes Marktweib plapperte er die Dorfgeschichten von damals aus. Ich habe dann irgendwann Schluss gemacht. Das wurde sogar mir zu viel."

„Danke Irmgard, das passt ins Bild."

„Ach, da war noch was. Ich sollte das an dich weitergeben. In der Polizeistation Dülmen ging ein Anruf ein. Der Vater eines 13-jährigen Jungen entschuldigte sich für seinen Sohn. Er habe ihm erst jetzt gestanden, einen Karpfen im Vereinsgewässer gefangen zu haben, an dem ein englischer Geldschein haftete, genauer gesagt eine 5-Pfund-Note aus dem Jahr 1964. Soll ich da was unternehmen?"

„Du steigst gerade in die Oberliga der besten Ermittlungssekretärinnen auf. Veranlass in meinem Namen, dass der Schein sofort sichergestellt wird und Charly ihn unverzüglich bekommt."

Wenn die stärksten Zugpferde wie Motiv, Alibi, Leiche und Tatwaffe fehlten, dann zählten die kleinen Elemente eines Falls doppelt. Zwei Frauen, sagte der Pfarrer. Gab es dann doch zwei Opfer? Allerdings lag bisher nur eine DNA-Identifikation im Rahmen der Opfersuche vor. Der zweiten Frau fiele eher die Rolle der Zeugin des Mordes zu. Sie konnte die Person sein, die Dunja aus dem Wasser gezogen hat, um in den Besitz persönlicher Andenken zu kommen. Sie wäre dann auch die Person, die ein emotionales Verhältnis zu Dunja hatte. Dass diese Zeugin heute die Entführerin von Michalzek war, rückte immer näher in den Fokus.

Michalzek und Kempinski waren Freunde. Zwei Frauen, zwei Männer, aber Dunja war erst siebzehn und ihre Freundin vielleicht nicht älter. Würden sich die beiden Männer mit solch jungen Gören abgegeben haben? Die Rocker hatten gesehen, wie beide Frauen am Gasthaus aus Michalzeks Auto gestiegen waren. Aber wie stand all das mit der 5-Pfund-Note und der englischen Streichholzschachtel in Verbindung?

Fey hatte ihren Tee noch nicht angerührt, als sie auf zwei Jungen aufmerksam wurde, die sich an Beckmanns Laptop zu schaffen machten. Die Eltern der Kinder waren angeregt in ein Gespräch vertieft. Die Jungen kannten sich aus und so erschien plötzlich auf dem großen Fernseher ein Ausschnitt von einem Angelteich. Die Jungen schalteten zwischen den beiden CCTV-Kameras hin und her, bekamen aber nicht das Bild auf den Monitor, das sie anscheinend suchten. Erst jetzt begriff Fey, dass dort auf der Wasseroberfläche Wellen zu sehen waren und die Jungen versuchten, die Ursache für diese Wellen mit den Kameras einzufangen. Sie ging zu Beckmann und fragte nach. Er folgte ihr zum Bildschirm und erklärte in Schweiß gebadet, dass das Bild den Halterner Angelteich zeige und er sich die Wellen auch nicht erklären könne. Dann verschwand er schnell wieder zwischen den Gästen. Fey bat die beiden Jungen, die Kameras weit zu schwenken und den maximalen Radius zu nutzen. Die Jungen versuchten es erneut, gaben aber schnell auf und erklärten, dass der Bewegungsradius der Kameras nicht ausreiche. Etwas widerwillig folgten die Jungs dann ihrer Bitte, nicht nur auf dem Wasser zu suchen. Der gesamte Uferbereich und der Platz vor dem Klubhaus waren menschenleer. Die Situation ließ ihr keine Ruhe. Sie fuhr hin.

47 Menschenpose

Dass sie dieses Jahr noch mal die Klimaanlage in ihrem Wagen anmachen würde, hätte Fey nicht gedacht, auch nicht, dass sie sich ihren Rock bis über die Oberschenkel krempeln musste, um über den hohen Zaun zu steigen, der das Halterner Angelgelände umgab. Alles sah friedlich aus, als sie sich dem Teich näherte. Ein idyllisches Fleckchen, das an diesem Wochenende wohl nicht zum Fischen genutzt wurde, weil die Frauen der Angler ihre Gatten bei dem schönen Wetter zu einem Familienausflug abkommandiert hatten. Außerdem sollte abgewartet werden, bis die Fischereibehörde das Gewässer wieder zum Angeln freigab.

Fey hielt Ausschau nach den Wellen. Sie ging bis ans Ende des südlichen Ufers, um auch den kleinen Abschnitt am Ende nicht auszulassen. Dort bemerkte sie im hinteren Bereich, wo die Bäume übers Wasser ragten, dass sich etwas bewegte. Sie glaubte einen Ast zu sehen, der sich auf die Oberfläche des Wassers neigte und dort rhythmisch eintauchte. Die Bewegungen wurden heftiger und die Wellen größer. Sie näherte sich. Als sie in den Schatten anderer Bäume trat, erkannte sie einen Menschenkopf. Er hing an einem Strick, der hoch oben an einem Ast befestigt war. Für einen Moment erstarrte sie, spürte ihr Blut in Hals und Fingerspitzen pulsieren. Das Schlimmste ahnend lief sie auf die Szene zu und kam an eine nahegelegene Uferstelle, von der aus sie sehen konnte, dass es kein einzelner Kopf war, sondern dass der Rest des Menschen im Wasser hing. Der Mann blickte sie mit aufgerissenen Augen an, aber sein Gesicht war geschunden von Müdigkeit und Schmerz. Fey erkannte Michalzek, dem ein Ohr fehlte und der offenbar mit dem Leben davongekommen war. Allerdings wusste sie noch nicht, wie der Teil seines Körpers beschaffen war, der sich unter Wasser befand. Wie sie grob erkennen konnte, hatten Michalzeks Peiniger ihn in einen feinen Maschendrahtzaun eingewickelt und ein Seil um seinen Hals gebunden. Das andere Ende des Seils hatten sie über den Ast eines Baumes gezogen, der übers Wasser ragte. Sie mussten Michalzek in den Teich gerollt und am Seil gezogen haben, bis er senkrecht darunter im Wasser dümpelte und nur noch der Kopf herausragte. Wie lange Michalzek dort schon hing, war kaum auszumachen. Fey verständigte die Feuerwehr von Haltern und den Notarzt.

48 Scharade

Pörschke war gefasst. Mantua und seine Frau wurden verhört. Benny wurde psychologisch betreut. Michalzek lag im St. Sixtus Krankenhaus in Haltern. Alles in allem große Erfolge, doch Fey hatte das Gefühl, auf der Stelle zu treten, denn Michalzeks Entführer waren immer noch vom Erdboden verschwunden. Die Spuren von Michalzeks gewaltsamer Versenkung im Vereinsteich lieferten keine neuen Erkenntnisse und bis Michalzek vernehmungsfähig war, würde es noch dauern.

Sie fuhr zum Lakeside, einem modernen Freizeitlokal nach amerikanischem Muster, und trank dort ganz gegen ihre Gewohnheit ein Glas Rotwein. Wie war das mit den kleinen Elementen eines Falls: die zählten doppelt. Also musste sie ihnen auch doppelt vertrauen. So einfach das klang, war es nicht, aber doch, es entsprach einer Logik, die sie von diesem Fall lernen konnte. Fey nahm einen Schluck von ihrem Rotwein und war glücklich, diese Erkenntnis getan zu haben. Sie wurde ihr nicht von einem hoch dotierten Dozenten der Polizeischule schulmeisterlich präsentiert, nein, sie war selber darauf gekommen und dass, weil sie immer so dicht am Fall geblieben war. Sie hatte wieder und wieder die Fakten sortiert, mit Charly über Neuigkeiten gesprochen und sogar von allerlei Zeugs in dem Zusammenhang geträumt.

Sie wünschte sich, Charly wäre bei ihr, um ihr jetzt ein guter Sparringspartner zu sein. Er war gerade in Münster in seinem Labor angekommen, um die Kamera und die 5-Pfund-Note zu untersuchen, als er wieder nach Haltern aufbrechen musste, um den Tatort am Vereinsteich zu sondieren. Vielleicht war Charly noch in der Gegend. Fey ließ aber das Handy in der Tasche und entschied sich, ein zweites Glas Wein zu bestellen.

Wie beschämend für die Polizei, dass sie bisher nicht in der Lage war, nur annähernd ein Täterprofil für Michalzeks Entführer zu erstellen. Das lag auch daran, dass anfangs niemand an den Mord von Dunja Dokowic geglaubt hatte und Michalzek deswegen auch nicht verdächtigt wurde. Aber was hatte sich geändert? Dunja war immer noch ein Phantom für ihre Kollegen.

Es half nichts, sie musste sich erneut an die kleinen Elemente heranmachen und sie wie ein Kreuzworträtsel zusammenstellen, sodass sich neue Lösungsansätze ergaben. Michalzek wurde nicht getötet und der alte Kempinski, sein Freund von früher, lebte auch noch, aber beide gehörten hinter Gitter. Davon war sie überzeugt. Sie dachte erneut an die Identität der zweiten Frau. Es sprach einiges dafür, dass sie Dunjas Freundin gewesen war. Aufgrund der Rekonstruktion der Situation im Wochenendhaus, der gelungenen Flucht und Michalzeks schweren Misshandlungen am Teich stand fest, dass auch ein Mann daran beteiligt war, andernfalls wären die damit involvierten Vorgänge vom rein kräftemäßigen Standpunkt nicht zu erklären. So langsam reifte der Gedanke, dass ein Mann und eine Frau Michalzeks Entführung zu verantworten hatten.

Irgendwie verspürte sie auch Respekt vor der Leistung der Entführer, denn sie hatten so gut wie keine Spuren hinterlassen und waren zum derzeitigen Stand der Ermittlungen völlig anonym geblieben. Sie bedauerte, dass Michalzek nach seinem Krankenhausaufenthalt wahrscheinlich als unbescholtener Bürger in die Freiheit entlassen würde. Dass er nur noch ein Ohr hatte, würde der großkotzige Kerl unter Umständen als Markenzeichen tragen, statt vor Scham im Boden zu versinken. Michalzek auf freiem Fuß zu sehen, das war nicht das Ziel der Entführer. Fey glaubte, dass Michalzeks Martyrium noch nicht zu Ende war. Auch Eugen Kempinski schwebte nach ihrer Ansicht in Gefahr. Es würde einen Nachschlag geben. Fey sah darin ihre Chance, den Tätern zuvorzukommen. Solange sie sich nicht auf dem Rückzug befanden, konnte sie versuchen, die Identität des Täterpaares zu ermitteln. Sie glaubte fest, dass es sich bei dem Mann um den ehemaligen Aalfischer handelte.

Sie rief Charly an. Er beklagte sich gleich über die viele Arbeit. Sie verschwieg ihm, beim zweiten Glas Wein zu sitzen und dabei auf die mondbeschienene Stever zu schauen.

„Hast du was in deinem Arsenal von Beweisstücken, das mir Auskunft über eine Frau gibt, die Dunja sehr gut kannte und wahrscheinlich hinter der Entführung von Michalzek steckt?"

„Auf Anhieb fällt mir nichts ein. In der Hektik der letzten Zeit verlier ich selbst den Überblick."

„Denk daran, wo diese Frau Spuren hinterlassen haben könnte. Wo hat sie Dinge berührt oder verstellt, wo saß, lag, trank, schlief sie? Ich brauche ihre Identität, am besten einen DNA-Nachweis."

„Das kannst du vergessen. Denk du lieber daran, wo diese Frau in Erscheinung trat."

„Die Karpfen! Die wurden gekauft, wahrscheinlich bei der Fischzuchtanlage des Herzogs von Croÿ. Ich habe mich damals erkundigt, aber der Fischzuchtmeister konnte sich nicht erinnern. Wie sollte er, wo ich damals nicht wusste, dass es auch eine Frau gewesen sein konnte?"

„Okay. Wir denken aber auch, dass ein Mann dazugehört. Vielleicht war er es, der die Karpfen gekauft hat."

„Da werd ich nachhaken. Wo tauchen die Entführer noch auf?"

Fey fiel das Ohrläppchen ein.

„Die Entführer waren in Beckmanns Kajüte eingedrungen und haben dort das Ohrläppchen auf den Zahn des Zanders gespießt. Auf dem Tisch darunter wurden die Blutstropfen entdeckt –"

„Halt! Das hatte ich total übersehen", fiel Charly ihr ins Wort. „Mein Kollege hat wohl angenommen, das Blut stammte von dem Ohrläppchen, aber das ist sehr unwahrscheinlich, denn das Blut im Ohrläppchen war längst geronnen. Ich denke, dass der Frau beim Aufspießen des Ohrläppchens der Finger abrutschte und sie sich an den spitzen Zähnen des Zanders verletzt hat. Dann müsste das Blut auf dem Tisch von ihr sein. Die Probe liegt noch unausgewertet im Eisfach. Ich mach mich sofort an die Arbeit."

„Super!"

49 Der Unbekannte

Es war halb elf abends, als Fey das Lakeside verließ. Sie kannte ihren Körper nur zu gut. Alle Signale standen auf Schlaf. Schnurstracks wollte sie ihr Bett aufsuchen, aber der Wein hatte ihr den Anflug eines abenteuerlichen Trotzgeistes eingehaucht und der forderte sie nun auf, einem instinktiven Mechanismus zu folgen, den sie nie verstanden hatte, der aber manchmal grandiose Impulse ausspuckte. Das Unbewusste war unergründlich, doch es zog die Fäden hinter den Kulissen der Wahrnehmung. Komischerweise war es Fey nie gelungen, ihr Unterbewusstsein anzuzapfen, damit es seine Geheimnisse preisgab. Selbst Träume ließen verschiedene Interpretationen zu. Dennoch beeinflusste das Unbewusste die Realität wie keine andere Kraft. Sollte sie also jetzt dem Impuls ihres unbekannten Inneren folgen, zur Panzerstraße fahren und nach einem halben Kilometer links in den Waldweg zum Stausee einbiegen, der sie zur Kajüte bringen würde? Sie tat genau das, aber vielleicht auch aus dem Grund, weil es der kürzeste Weg zu ihrem Hotel war.

Nach dem turbulenten Arbeitstag würde Beckmann wahrscheinlich schwer gezeichnet von der Arbeit und dem Trost spendendem Wacholder in seiner Koje liegen. Sie parkte oben an der Straße und blickte auf die leeren Stege, die an diesem Bilderbuchsamstag so bevölkert gewesen waren. Der Mond schien friedlich auf das Wasser und schlingerte mit seichten Wellen auf sie zu. Sie stieg aus und ging die Stufen zur Kajüte hinunter. Die Fenster des Schankraums wirkten dunkel, so dunkel wie das Wasser unter dem Steg. Fey trat nah an die Fensterscheiben heran. Alles, was sie innen erkennen konnte, waren die LEDs von verschiedenen elektrischen Geräten und die Beleuchtung des Kühlschranks für die Erfrischungsgetränke. Ein zweifelhafter Wink ihrer Psyche hatte sie hierhin geführt. Was sollte diese Aktion? Sie ging zielstrebig zur Eingangstür. Einen Versuch war es wert. Sie drückte die Klinke herunter und die Tür öffnete sich. Beckmann hatte mal wieder vergessen abzuschließen.

Sie setzte sich an den Laptop und startete ihn. Die Aufnahmen der beiden Kameras waren auf einer Festplatte gespeichert. Sie suchte in den Aufzeichnungen von heute, bis sie erste Wellenbewegungen beobachten konnte. Hätte sie nicht das Gefühl gehabt, Beckmann aufzuwecken, dann hätte sie laut geflucht. Warum konnten die Kameras nicht ein bisschen weiter auslenken? Dann wäre alles schön dokumentiert worden. Sie hätte dieses Glück eigentlich verdient, aber was sollte es? Die Götter würden ihre Gunst vielleicht Charly schenken, wenn er die DNA des „Zanderbluts" identifizierte.

Was wohl die Kollegen sagten, wenn sie die Kopien der Aufzeichnungen auswerteten? Würden sie doch um die Ecke spähen können? Fey musste über sich selbst lachen und sah dabei auf den Bildschirm. Augenblicklich stockte ihr der Atem. Da wanderte ein Schatten auf der anderen Seite des Ufers am oberen Bildschirmrand entlang. Die Bewegungen waren leicht zu übersehen. Sie konzentrierte sich. Jetzt sah sie, wie ein Schuh unterhalb der Blätter auftauchte. Die Person war scheinbar die Böschung heruntergerutscht. Ein mit einer dunklen Hose bekleidetes Bein kam zum Vorschein. Ein junger Baum wackelte, anscheinend zog sich die Person gerade daran hoch. Das Bein verschwand, aber unterhalb des dichten Blätterwerks waren ab und zu die Schuhe zu erkennen. Es handelte sich nicht um eine junge Person. Die Schritte waren behäbig. In den Bäumen bebten einzelne Äste, an denen sich die Person festhielt. Dann sah sie, wie plötzlich ein heller Lichtstrahl zwischen den Blättern aufblitzte und die Person stehen blieb. Unglaublich, was nun geschah: Im Wasser entstand eine starke Wellenbildung, die sich rasch über den ganzen Teich erstreckte. Dann drehten sich plötzlich die Kameras und andere Uferbereiche erschienen auf dem Bildschirm. Das war der Moment, als die beiden Jungen begonnen hatten, mit Beckmanns Laptop zu spielen und die Kamerasteuerung bedienten.

Fey lehnte sich fassungslos zurück. Es gab eine Person, die die Ereignisse am Angelteich beobachtet hatte. Es brauchte mindestens zwei Personen, um Michalzek in einen Drahtkäfig zu wickeln, ins Wasser zu befördern und dabei das Seil so stramm zu halten, dass es nicht vom Baum abrutschte. Die Person im Wald benahm sich, als beobachtete sie das Geschehen heimlich. Sie schlich am gegenüberliegenden Ufer entlang und zwar genau zu dem Zeitpunkt, als Michalzek ins Wasser gerollt wurde, was die starke Wellenbildung ausgelöst hatte.

Einerseits war Fey froh, diese Entdeckung gemacht zu haben, andererseits machte das die Suche nach nunmehr drei Personen nicht leichter. Jetzt kam es ganz darauf an, was Charly aus den Aufnahmen herauskitzeln würde. Sie lud die Aufzeichnungen auf einen Stick und fuhr zu ihrem Hotel.

50 Mandala

Pörschke wischte sich den Schweiß von der Stirn. Carstensen und Küppers hatten ihn abwechselnd in die Mangel genommen. Seine Darstellung der Vorgänge am Tatort entbehrten jeder Glaubwürdigkeit. Er hätte einen Zeugen gebraucht. Pörschke behauptete, am Vereinshaus am Teich in Dülmen auf Kempinski gewartet zu haben. Dort habe er eine Zigarette geraucht und später draußen eine zweite. Kempinski und er wollten sich aussprechen, aber Kempinski sei nicht gekommen, sodass er unverrichteter Dinge wieder weggefahren war. Pörschke konnt nicht erklären, warum er die zweite Zigarette genau am Tatort ausgetreten hatte und warum Kempinskis Wagen nicht abgeschlossen war.

Für ihn sah die Lage nicht gut aus. Es würde auf einen Indizienprozess hinauslaufen, bei dem die Chancen 50 zu 50 standen.

Mantua erging es nicht besser als Pörschke, denn der wurde von Busch verhört. Busch war bekannt für seine ätzende Rhetorik. Er löcherte sein Opfer bis zum Umfallen mit zusammenhanglosen Fragen. Ergab sich kein Widerspruch, gelang es ihm den Kandidaten durch seine aggressive Anwesenheit mürbe zu machen. Mantua war ein einfacher Kerl und sein Versuch, die Polizei zu erpressen, zeigte seine ganze Naivität. Dennoch hatte er es geschafft, das Lösegeld tatsächlich zu kassieren. Dass jemand sein eigenes Kind so dreist an kriminellen Aktivitäten beteiligte, war der Polizei noch nicht untergekommen, was letztlich auch die Naivität der Polizei deutlich machte. Davon wollte

Busch natürlich nichts wissen, aber die Presse hatte längst ein verheerendes Urteil über das Vorgehen im Fall Pörschke und die Erpressung der Polizei gefällt.

Busch hatte Mantua in die Nähe eines Nervenzusammenbruchs gebracht. Er wollte ihm das Geständnis abringen, im Auftrag einer islamistischen Terrorzelle gehandelt zu haben. Mantua hatte die Vorwürfe anfangs kategorisch abgelehnt, aber im Verlauf des Verhörs stolperte er immer öfter über seine eigenen Begründungen. Er habe Pörschke entführt, weil er plötzlich ein populärer Krimineller war und die Bevölkerung solche Menschen hinter Gitter sehen wollte. Also musste Pörschke der Polizei etwas wert sein, hatte Mantua argumentiert. Dann habe er das Lösegeld gefordert und die Polizei habe geblecht. Busch griff nun zu einem Mittel, das in Verhören von Geheimdiensten eingesetzt wurde. Nach stundenlangem Fragen und ätzendem Schweigen ließ er Mantua Mandalas ausmalen. War Mantua Minuten mit dem Ausmalen beschäftigt und entspannte sich dabei, griff ihn Busch plötzlich bei der Schulter und stellte seine Fragen in schneller Reihenfolge. Mantua reagierte so gereizt, dass er nicht mehr wusste, was er sagte und verhaspelte sich völlig, bis er am Ende aufsprang, um sich schlug und in Untersuchungshaft genommen werden musste.

Frau Mantua blieb bei ihrer Version, von allem nichts gewusst zu haben. Sie wäre lediglich beunruhigt gewesen, weil Benny für längere Zeit nicht auf dem Schiff war. Da das Lösegeld in Konrad Mantuas Kabine gefunden wurde, war Frau Mantua nicht nachzuweisen, ob sie log.

Benny wurde in der psychiatrischen Abteilung des Haard Krankenhauses vorgestellt. Auf die Frage, wo er zur Schule gehe, antwortete er mit ‚gar nicht‘, seine Mutter unterrichte ihn. Erstaunt sahen sich die beiden Psychologen an, denn Bennys Mutter konnte weder lesen noch schreiben. Auch Benny war diesen Fähigkeiten nicht mächtig und zeigte Defizite in der Kommunikation und im Sozialverhalten. Es kam heraus, dass er nie zur Schule gegangen war und ohne adäquate Sozialkontakte auf dem Schiff aufwuchs.

Am späten Abend dieses Samstages war Michalzek noch verhört worden, schwieg aber zu dem Vorwurf, 1968 eine Jugoslawin ermordet zu haben. Über seine Entführer machte er ebenfalls keine ermittlungsrelevanten Angaben. Er verhielt sich genau so, wie Fey es Carstensen und dem Team prophezeit hatte.

51 Vier

Es war 2:48 Uhr, als Fey aus dem Tiefschlaf gerissen wurde, weil Charly sie auf ihrem Handy anrief. Sie reagierte schroff und saß angespannt im Bett.

„Was kann so wichtig sein, dass du mich um diese Zeit anrufst? Ich muss schlafen, sonst schaff ich den Tag nicht. Ich habe ein riesiges Defizit."

„Ich dachte, du setzt dich so für diese Dunja Dokowic ein? Sie hatte eine Zwillingsschwester. Die Entführerin von Michalzek ist die Schwester von Dunja. Das hat die DNA-Analyse von dem Blut, das unter dem Zanderkopf auf den Tisch getropft war, eindeutig ergeben. Immer noch böse?"

„Das ist allerdings eine Überraschung."

„Und um die perfekt zu machen und dich richtig wach zu schütteln, habe ich bis jetzt durchgearbeitet. Die Super-8-Kamera lag etwa zwei Tage auf dem Grund des Fischbeckens. Es könnte zeitlich also hinhauen. Jemand, außer Pörschke, war am Mittwochabend, als der Mord an Kempinski geschah, auch dort in der Nähe und deponierte die Kamera. Theoretisch könnte Kempinski auch von der Zwillingsschwester umgebracht worden sein."

„Okay. Was sagst du zu den CCTV-Aufzeichnungen auf Beckmanns Laptop? Da war noch jemand."

„Du hast dir aber auch die Nacht um die Ohren geschlagen. Es handelt sich bei der Person im Wald eindeutig um einen Mann. Sein Gesicht konnte ich leider nicht darstellen, dafür war die Marke seiner Wanderschuhe zu erkennen. Leider kein so gutes Ergebnis. Die Schuhe wurden vermutlich bei Aldi gekauft, die führen diese Billigmarke. Der Käufer wird auf diesem Wege nicht zu ermitteln sein. Ich schätze das Alter des Mannes auf sechzig oder siebzig Jahre. Er hatte Schwierigkeiten, sich in dem unwegsamen Gelände zu bewegen, hielt sich oft an Ästen fest. Außerdem hatte er eine Kamera dabei. Du erinnerst dich an den Lichtblitz. Das war eine Reflektion des Mondes auf dem Objektiv der Kamera. Er hat Michalzeks Badeausflug gefilmt, aber ich denke, dass die beiden anderen nichts davon wussten."

„Das denke ich auch. Er schleicht so durchs Gelände, als wollte er nicht erkannt werden. Verdammt, jetzt bin ich völlig wach. Ich kann doch nicht schon wieder eine Tablette nehmen."

„Wie wär's mit einem Schlaflied von mir? Oder soll ich vorbeikommen?"

„Genau so hab ich es mir gedacht. Jetzt rattern meine Gedanken von alleine los. Hast du was zu dem 5-Pfund-Schein?"

„Der Schein war damals etwa 50 DM wert, was 1968 viel Geld war. Die britischen Truppen, die zu der Zeit in Sythen und in den Borkenbergen stationiert waren, zahlten in ihrer Heimatwährung, wenn sie in der Kaserne etwas kauften. Die Soldaten trugen also das Geld immer bei sich."

„Mach mir daraus eine Geschichte."

„Etwas zum Einschlafen oder etwas Frivoles?"

„Mach!"

„Dunja und ihre Zwillingsschwester gingen aus Jugoslawien fort, weil es dort für sie keine Perspektive gab. Wie es vielen dieser Frauen erging, landeten sie in der Prostitution. Michalzek brachte die Mädchen in seinem Wagen zu den Soldaten. Irgendwo entlang der Panzerstraße gab es einen Treffpunkt. Die Mädchen wurden stundenweise an die Soldaten verkauft. Kempinski drückte beide Augen zu und kassierte mit ab. 50 DM dürfte damals der Preis für eine Nummer gewesen sein. Das kommt hin. Außerdem liefert dir dieses zugespielte Beweisstück eine neue Perspektive für den Mord an Dunja. Wie man sich leicht denken kann, sind die Mädchen zum Sex gezwungen worden. Das ging bestimmt nicht ohne Reibereien mit Michalzek ab."

„Deine Geschichte könnte stimmen. Nur, wie beweis ich das? Die Kamera ist ein Indiz, der Schein auch, Dunjas Turnschuhe, ihr Schmuck und die Haare, die Zwillingsschwester und ihre Bestrafungsaktionen. Michalzek ist mit einem Maschendrahtzaun eingewickelt worden. Das deckt sich mit dem, was mir über Dunjas möglichen Tod gesagt wurde. Ihr Körper wurde mit einem Netz im Märchensee versenkt. Die Zwillingsschwester zahlt es Michalzek heim, tötet ihn aber nicht. Stattdessen jagt sie ihm Todesangst ein. Und was macht Michalzek heute? Er mauert. Aus dem kriegen wir nichts raus. Davon bin ich überzeugt. Wie, Charly, soll ich das dem Staatsanwalt verkaufen? Der lacht sich doch kaputt."

„Es wäre schon ein Erfolg, wenn du wieder einschlafen könntest."

„Du bist nett. Ich brauche echt Urlaub."

„Fahr ins ehemalige Jugoslawien und such die Schwester von Dunja dort. Damit rechnet sie bestimmt nicht."

„Du Traumtänzer. Kroatien, Bosnien, Serbien. Ich bin doch keine Drohne vom CIA."

„Das musst du auch nicht sein. Ich habe ein Stück von einer Koralle aus der kleinen Bernsteinkugel eliminieren können und ins Botanische Institut hier in Münster geschickt. Sie versicherten mit, dass diese Koralle nur an vereinzelten Stellen auf der Insel Krk wächst."

„Ich denke, die Mädchen kamen aus Mostar, wegen der Schwermetalle, die du gefunden hast?"

„Vielleicht sind sie von Krk nach Mostar gezogen, oder lebten schon immer in Mostar und haben Urlaub auf Krk gemacht oder sie haben Verwandte auf der Insel. Wenn du Carstensen bekniest, lässt er dich vielleicht fahren und dann würde ich erst Krk ansteuern."

„Du glaubst doch nicht im Ernst, dass du mitkommst?"

„Daran hatte ich bis zu dieser Sekunde wirklich nicht gedacht, aber ich könnte Urlaub nehmen."

„Leg dich schlafen, sonst fangen wir beide noch an zu fantasieren und landen morgen tatsächlich in einer Suite auf Krk."

„Das nenn' ich wahre Romantik. Ich fange schon mal an zu packen."

52 Der Pole

Sonntagmorgen. Die Glocken von St. Sixtus hämmerten auf Feys Trommelfell, als riefe Gott höchstpersönlich zum Appell. Sie wollte doch nur ausschlafen, nur einmal so lange schlafen, bis sie von alleine wach wurde. Komischerweise hielt sich ihr Groll in Grenzen. Sie freute sich aufs Frühstück und darauf, noch ein paar Minuten im Bett zu bleiben und von einer Reise auf die Insel Krk zu träumen. Charly hatte ihr einen Floh ins Ohr gesetzt. Sie musste unbedingt für einen Tapetenwechsel in ihrem Leben sorgen. Wenn sie sich nicht ein paar Träume bewahrte, blieb nur die Aussicht, mit vielleicht 67 die Pension zu genießen. Aber was hieß denn Pension genießen, wenn sie keinen Spaß mehr am Leben hatte? Sie war keine Frau, die mit Frauenkegelklubs Ausflüge machte, einen Pilgerweg bewanderte, in Thailand Elefanten ritt oder in Indien ein Yoga-Retreat aufsuchte. Sie war eine Frau für einen Mann. Plötzlich empfand sie Sehnsucht nach ihrer Wohnung in Münster und freute sich wie ein Teenager, dort Dunja wiederzusehen.

Sie reiste nach dem Frühstück aus Haltern ab, fuhr zu den Fischteichen des Herzogs von Croÿ in der Nähe von Hausdülmen und traf dort auf den Fischzuchtmeister Holtkötter.

„Was gibt es denn diesmal, Frau Kommissarin? Machen Sie mir keine Schande. Die Polizei muss ihren guten Ruf wiederherstellen. Sie sind das beste Pferd im Stall. Ich lese Zeitung und bin genauestens informiert. Sie suchen immer noch die Karpfenliebhaber. Ich hätte sie angerufen, wenn ich einen Verdacht gehabt hätte, hatte ich aber nicht."

„Es könnten ein Mann und eine Frau gewesen sein. Vielleicht sprachen sie nicht akzentfrei Deutsch. Die Frau könnte Mitte sechzig gewesen sein."

„Wie gesagt, ich bin nicht immer hier. Fragen Sie den Franz da, der kommt gerade vom Frühstück."

„Hallo Franz, ich suche einen Mann und eine Frau, die etwa vierzig Karpfen gekauft haben und eventuell nicht akzentfrei Deutsch sprachen. Ist Ihnen da vor etwa zehn Tagen etwas aufgefallen?"

„Ein Pole. Der kaufte zwanzig Karpfen, keine großen, zwei Pfund plus, hatte seinen eigenen Tank dabei. Er kam zweimal, holte jeweils zehn, weil sein Tank für alle Fische zu klein war. Die Polen machen das meiste draus. Die setzen die Fische in ihrem Gartenteich aus, angeln sie und verspeisen sie erst dann. Manchmal sind die Gartenteiche nicht größer als ein Gummiboot."

„Sind Sie sicher, dass es ein Pole war?"

„Er sprach Polendeutsch, aber wenn Sie mich so fragen, könnte er auch aus der Ukraine gewesen sein."

„Okay, Franz. Wie sah denn der Pole aus der Ukraine aus?"

„Um die fünfzig Jahre alt, groß, dünne Bohnenstange, wenn Sie verstehen, was ich meine, und eine Narbe hatte er am Unterarm. Das hab ich gesehen, als er die Fische mit dem Kescher in seinen Tank verfrachtete."

„An welchem Arm?"

Franz nahm den Kescher, der neben ihnen an einem Fischcontainer lehnte, schwenkte ihn und sah dabei auf seine Handgelenke.

„Es war die linke Hand. Mit der hielt er den Stiel unten fest."
„War er Linkshänder?"
„Ich bin Rechtshänder. Ich fass den Stiel unten rechts an."
„Also war er Linkshänder."
„Wenn Sie es sagen, Frau Kommissarin."
„Ich werde mit Ihrer Hilfe eine Phantomzeichnung von dem Mann anfertigen lassen. Wie ich Ihren Chef verstanden habe, sind Sie sehr beschäftigt. Es kommt jemand hierher und erarbeitet das Bild mit Ihnen. Sind Sie dazu bereit?"
„Wenn Holtkötter nichts dagegen hat, dann kann's von mir aus losgehen."
Fey vereinbarte einen Termin zwischen Franz und dem Phantomzeichner und fuhr weiter zu ihrer Wohnung. Bei der Anzahl der ursprünglich in diesen Fall verwickelten und markierten Karpfen hatte sie sich wohl verschätzt. Pi mal Daumen würden statt vierzig auch zwanzig ihren Zweck erfüllt haben.

53 Krk

Fey freute sich auf ihr Zuhause. Sie war in Gedanken, als sie aufschloss, und hätte sich beinahe vor Dunja erschrocken. Bei einer Tasse Tee kam ihr die Idee, Dunja zu fotografieren. Sie kämmte ihr die langen schwarzen Haare, befestigte die silberne Spange, legte eine Haarsträhne über ihre rechte Gesichtshälfte, heftete einen Ohrring an das künstliche Ohr aus Pappmaschee, steckte ihr eine Sonnenbrille in die Haare und tupfte etwas Rouge auf ihre Wangen. Dann zupfte sie ihre Kleidung zurecht und brachte die Puppe in Position. Sie traf eine Auswahl der Fotos und am Ende blieb ein einziges übrig, das sie auf ihrem Handy abspeicherte. Das Gesicht war nicht direkt zu sehen, eine Haarlocke fiel halbseits über ihre Wange.

Fey nahm ein Bad, wechselte ihre Kleidung und fuhr ins Präsidium. Pörschke wurde gerade aus seiner Zelle geholt und Carstensen bereitete sich darauf vor, ihn erneut zu verhören. Frau Mantua und Benny durften zurück aufs Schiff, Konrad Mantua selbst blieb vorläufig in Untersuchungshaft. Fey sprach mit Carstensen in seinem Büro.

„Ich brauche einen Dolmetscher und eventuell müsste ich Interpol kontaktieren."

„Sind Sie an Dokowic dran? Michalzek tanzt uns auf der Nase rum. Wenn er eine reine Weste hätte, würde er unseren Fragen nicht ausweichen. Seine Kooperationsbereitschaft ist gleich null. Ich möchte ihm das nicht durchgehen lassen, aber wenn nichts Neues kommt, muss ich nachgeben. Was haben Sie konkret?"

Fey zeigte Carstensen das Bild auf ihrem Handy.

„Wer soll das sein?"
„Dunja Dokowic."
„Ich habe für so einen Quatsch keine Zeit. Das Verhör wartet."

Carstensen drehte sich kopfschüttelnd auf dem Absatz um und ging. Fey begab sich an ihren Schreibtisch, bestellte einen Dolmetscher und forderte Unterstützung bei der Suche nach Personen mit dem Namen Dokowic auf der Insel Krk an. Die Behörden in Krk waren am Sonntag geschlossen, aber Interpol verfügte über eigene Datenspeicher. Die Liste aller Dokowics traf per Fax ein, einschließlich, soweit vorhanden, die Telefonnummern. Nun brauchte sie nur noch den Dolmetscher. Der sollte auf Krk anrufen und nach Dunja fragen.

Kurze Zeit später kam ein junger Mann in Feys Büro. Er stellte sich mit Mirko vor und jappste noch außer Atem, dass er sich sehr beeilt hätte und zum ersten Mal dolmetschen würde, betonte aber zugleich, dass er gut sei, weil ihn die Agentur sofort genommen hätte. Fey erklärte ihm seine Aufgabe und zeigte ihm das Foto, das er ausdrücklich nur dann verwenden sollte, wenn er das Gefühl hatte, dass der Gesprächspartner glaubte, von Dunja je etwas gehört zu haben. Sie wies ihn auch darauf hin, dass bei älteren Personen die Wahrscheinlichkeit sehr viel höher war, dass sie sich an Dunja erinnerten. Die Liste enthielt sechs Einträge, vier davon aus Baska.

Fey verstand kein Wort von dem, was Mirko am Telefon sprach und fand es sehr befremdlich, dass ein junger Mann, den sie nicht kannte, plötzlich ganz auf sich allein gestellt für die Polizei ermittelte. Was half es, die Welt war eben etwas größer, als Münster einen manchmal glauben machte.

Nach einer Weile klang Mirkos Stimme plötzlich aufgeregt. Er wandte sich an Fey.

„Ich habe eine Frau Dokowic am Telefon, die eine alte Dame kennt, die früher Dokowic hieß. Ihr Mann starb im Bürgerkrieg und sie heiratete in relativ hohem Alter zum zweiten Mal. Ihr Name ist Devla Pitroskovic. Die Frau geht gerade zu ihr, weil Frau Pitroskovic kein Telefon hat. Soll ich ihr das Bild zeigen? Die Frau hat ein Smartphone."

„Warten Sie, bis sie bestätigt, dass sie Zwillingsmädchen bekommen hat, die heute etwa Mitte sechzig sein müssten."

Fey verfolgte das Gespräch mit aller Aufmerksamkeit. Gleich zu Beginn, als Mirko mit der alten Dame sprach, änderte sich sein Tonfall. Er klang mitleidvoll und bat Fey per Handzeichen um einen Kugelschreiber und Papier. Er schieb: Zwillinge, Dunja tot, lange her, Schwester Anisa lebt, kein Kontakt, Bruder Murat jünger. Fey schrieb, dass er der alten Dame das Foto zeigen soll. Kurz darauf hielt Mirko eine Hand vor den Lautsprecher und sagte: „Sie weint." Dunjas Gesicht war auf dem Foto nicht abgebildet. Für ihre Mutter reichte es aber offensichtlich, lediglich Figur und Pose der Puppe zu sehen, um in Tränen auszubrechen. Figur, Kleidung, Haare und Schmuck waren wohl so gut getroffen, dass Dunja für ihre Mutter wie lebensecht wirkte. Fey sah das Verhalten der Frau als Beweis dafür, dass Anisa die Entführerin von Michalzek war und ihr Bruder Murat sie dabei unterstützt hatte.

„Wenn sie sich beruhigt, fragen Sie sie nach Murat."

Mirko wartete und nahm dann das Gespräch wieder auf. Nach ein paar Minuten legte er mit trauriger Miene auf.

„Die Frau ist 94. Ihr Elternhaus steht auf Krk. Als sie die Zwillinge bekam, suchte die junge Familie Arbeit und fand sie in Mostar, aber die Zeiten waren nicht gut. Murat war noch ein Kind, als die Zwillinge im Alter von sechszehn Jahren nach Deutschland auswanderten. Dort wurden sie eines Tages von einem Polizisten in einem kleinen Dorf aufgegriffen. Kurz danach fanden sie Arbeit in einem Gasthof, doch im Spätsommer 68 kehrte Anisa zurück. Sie habe immer behauptet, Dunja wäre glücklich in Deutschland, aber da sie nie schrieb und nie zurückkam, fehlte der alten Dame der Glaube, sie wäre noch am Leben. Ihr Sohn Murat habe dann später im Bürgerkrieg bei den Partisanen gekämpft. Er habe mehrere Schussverletzungen und Narben davongetragen."

„Danke Mirko, das haben Sie toll gemacht. Hat Frau Pitroskovic noch etwas über ihre Tochter Anisa gesagt, zum Beispiel, wo sie sich aufhält, oder ob sie geheiratet hat?"

„Nur, dass sie sie zweimal im Jahr besucht."

„Okay, dann wohnt die Tochter also nicht auf Krk."

Mirko verabschiedete sich und Fey strahlte, denn die ganze Geschichte um Dunja stand nun endlich auf festen Füßen. Die Suche nach Murat und Anisa konnte nun präzisiert werden. Beide würden so lange in der Halterner Gegend bleiben, bis sie ihre Mission erfüllt hatten und Michalzek des Mordes angeklagt würde. Sie informierte Carstensen, damit er veranlasste, die Fahndung zu intensivieren. Mittlerweile hatten Franz und der Phantomzeichner ein aktuelles

Bild von Murat entworfen, das an alle Ermittler und Polizeistationen versandt wurde.

Fey versuchte, sich in Anisa hineinzuversetzen. Was würde sie jetzt noch anstellen, um die beiden Männer, Michalzek und Kempinski, der Polizei auszuliefern? Kempinski war bisher ungeschoren davongekommen. Der Mann schwebte in Gefahr. Sollte sie bei Carstensen um Polizeischutz für ihn anfragen? Die Frage erledigte sich von allein. Ihr wurde ein Anruf durchgestellt. Eine Frau sprach in akzentfreiem Deutsch, dass der alte Kempinski krepieren würde, falls nicht bald Hilfe käme. Er sei zu Hause und vertrockne. Fey schickte eine Streife aus Dülmen los und fuhr sofort zu Kempinskis Haus im Merfelder Bruch.

54 Vertrocknung

Fey bot sich ein erschreckendes Bild. Die Ambulanz war gerade dabei, Eugen Kempinskis dehydrierten Körper zu stabilisieren. Im Nebenraum, in dem Kempinski an einen Stuhl gefesselt gewesen war, herrschten 42 Grad. Mehrere Elektroheizkörper standen um den Stuhl herum, auf dem Kempinski gesessen hatte. Auf dem Boden lag eine Super-8-Kassette. Das Filmband ragte heraus. Damit war er gefesselt worden. Kempinski sah böse zugerichtet aus. Kopf und Haare waren mit Silikon eingeschmiert worden, in das die Täter Geldscheine gesteckt hatten. Augen und Mund waren verbunden. Er hätte tot sein können, aber er war nicht tot, und das passte ins Profil der Täter. Die Hintermänner überwältigten Kempinski und ließen ihn leiden, aber behielten die Kontrolle über sein Leben. Gleichzeitig nutzten sie das Haus als Unterschlupf.

Fey hielt Teile des Films gegen das Fensterlicht und sah, was sie längst geahnt hatte. Es fuhr ihr wie ein Stromschlag durch den Körper. Sie sah Dunja, oder war es Anisa? Sie war halb nackt und ein Soldat mit einer Kappe fasste ihr an den Busen. Der Hintergrund war dunkel, aber alles wirkte sehr technisch. Anzeigetafeln, Hebel und ein Monitor waren zu erkennen. Der Mann trug oben herum noch seine Uniform, seine Hose hatte er geöffnet. Alles Weitere würde Fey Charly überlassen. Sie wusste Bescheid. Anisa und Dunja wurden für schnellen Sex, der vermutlich in den Militärfahrzeugen stattfand, an die britischen Soldaten verkauft. Dahinter steckte Michalzek, aber was hatte Kempinski verbrochen? Die 5-Pfund-Note wurde im Dülmener Teich geborgen und Kempinskis Kopf klebte voller Geld. Was hatte das zu bedeuten? Hatte Charly vielleicht recht mit seiner Vermutung, dass Kempinski an der Zuhälterei mitverdiente?

Die Kolonne von der KTU war gerade eingetroffen und hatte ihre Arbeit begonnen, da kam auch schon die erste interessante Meldung. In Kempinskis Schuppen befand sich unter altem Gerümpel ein Gerät, mit dem man Super-8-Filme digitalisieren konnte, um sie auf einem modernen Großbildschirm abzuspielen. Fey inspizierte den Monitor. Ein USB-Stick steckte an der Seite im Gerät. Sie schaltete den Bildschirm ein und das ganze Ausmaß der Vergewaltigungen der beiden jungen Frauen kam zum Vorschein. Beengt auf einem Sitz saß eines der beiden Mädchen auf dem Schoß eines Soldaten, der in eine Kamera sah. Er blickte Fey lüstern an und machte anscheinend irgendwelche Scherze, während sich sein Unterleib rhythmisch bewegte. Der Film lief ohne Ton. Es war ihr sofort klar, was da passierte. Ein zweiter Soldat saß mit dabei und filmte die Sexszene. Die Enge des Raumes ließ den Schluss zu, dass sich alles im Innern eines Panzers abspielte. Sie sah sich den USB-Speicher an. Mehrere Stunden Vergewaltigung befanden sich allein auf diesem Datenträger.

Fey versuchte sich nicht von den Bildern beeinflussen zu lassen, denn sie musste alles daran setzen, Kempinski endlich als Täter festzunageln, nur bot sich noch immer kein eindeutiger Beweis. Allerdings war da noch der 8-mm-Film, mit dem er gefesselt wurde. Dieser Film war sehr wahrscheinlich im Besitz von Anisa gewesen und zwar all die Zeit seit Dunjas Ermordung. Der Film musste damals, 1968, in ihre

Hände gefallen sein, aber wie? Der Verlust des Films wäre Kempinski damals aufgefallen, vielleicht hatte er die beiden Mädchen des Diebstahls verdächtigt, denn sie waren immer dabei, wenn die Kamera an die Soldaten ausgehändigt wurde. Schließlich waren es die Soldaten, die die Filme in den Militärfahrzeugen drehten, und ziemlich sicher würden sie das nicht umsonst gemacht haben. Kempinski bezahlte für die Aufnahmen. Er war der Voyeur. Das passte zu Anisas Hinweis mit der 5-Pfund-Note.

Wie auch immer, Anisa war im Besitz des Films gewesen. Das hieße, dass sie in der Nacht, als der Mord geschah, den Film an sich nahm und damit verschwand. Aber halt. Das ging Fey zu schnell. Sie versuchte die Reihenfolge in den Griff zu kriegen. Anisa war auch im Besitz von Dunjas Haaren gewesen, an denen feine Pflanzensporen hafteten. Sie hatte also den Mord gesehen und auch, dass Dunjas Körper im Wasser versenkt wurde. Blieb nur der Schluss, dass sie die Leiche ihrer Schwester wieder aus dem Wasser gezogen hatte und ihr eine Haarsträhne abschnitt. Aber vorher musste sie die Kamera mit dem Film, der an diesem Tag gedreht wurde, entwendet haben.

Fey rekapitulierte erneut: Es geschieht etwas, ein Streit, eine gewaltsame Auseinandersetzung. Dunja wird in der Nähe des Märchensees getötet und ihre Leiche mit einem Fischernetz versenkt. Es gelingt Anisa, die Kamera an sich zu nehmen und zu fliehen. Sie versteckt sich im Dickicht des Waldes und sieht, wie der Körper ihrer Schwester, eingewickelt in ein Netz, im See versinkt. Der See ist nicht sehr tief. Sie schafft es, das Netz zu ergreifen, und schneidet Dunja eine Haarsträhne als Andenken ab. Danach geht sie zurück nach Jugoslawien zu ihrer Familie. Anisa war illegal beschäftigt gewesen, nur Dunja war von dem alten Michalzek als Küchenhilfe angemeldet worden. Die Mädchen hatten als Zwillinge nahezu identische Pässe. Bei gleich aussehendem Lichtbild wäre nur der Vorname anders gewesen. So war der Arbeitgeber der beiden Mädchen auf der sicheren Seite, falls kontrolliert wurde.

Aber damit war die Geschichte nicht zu Ende. Der junge Mann, den Sieper gesehen hatte, könnte auch in der Mordnacht am Märchensee gewesen sein, um seiner illegalen Reusenfischerei nachzugehen. In diesem Fall gäbe es zwei Möglichkeiten: Er verließ sein Versteck und gab sich Anisa zu erkennen, oder er verhielt sich ruhig und blieb ein stummer Zeuge.

Fey war zwar mit ihrem Entwurf des Tatgeschehens von damals zufrieden, bedauerte aber, dabei nicht über beweisträchtige Ansätze gegen Kempinski und Michalzek gestoßen zu sein. Sie hoffte, dass die Auswertung des Filmmaterials endgültige Beweise liefern würde.

55 Das Netz

Um Pörschke stand es schlecht. Der Haftrichter hatte ihn für ausreichend verdächtig befunden, sodass ein Strafverfahren wegen Mordes an Manfred Kempinski eingeleitet werden konnte. Dabei fiel hauptsächlich ins Gewicht, dass Pörschke zur Tatzeit in der Nähe des Tatorts war, er Streitigkeiten mit dem Opfer hatte und eine frische Zigarettenkippe seiner Marke direkt am Tatort gefunden wurde. Die Tatwaffe, ein Totschläger, konnte bisher nicht sichergestellt werden.

Fey fuhr nach Haltern und hielt am Drügen Pütt, um sich einen Imbiss zu kaufen. Als sie zu ihrem Wagen zurückging, hielt ein anderes Auto neben ihr. Eine auffällig geschminkte Frau im Alter von etwa sechzig Jahren stieg aus. Fey glaubte, Anisa erkannt zu haben. Sie sah dem Phantombild sehr ähnlich. Die Frau sprach sie an und schlug vor, kurz in Feys Wagen Platz nehmen zu dürfen. Als beide Frauen saßen und die Türen zugeschlagen hatten, stieg hinten ein hochgewachsener Mann ein und warf sich auf den Rücksitz. Eine Sekunde später fühlte Fey, wie seine Hände ihren Hals umklammerten.

„Ich denke nicht gut über die Polizei", sagte Anisa, die keinen Hehl aus ihrer Identität machte. „Hinter Ihnen sitzt mein Bruder Murat. Fahren Sie langsam dort hinten ans Ende des Parkplatzes, damit man nicht sieht, was hier geschieht." Fey folgte den Anweisungen.

„So gut es ging, habe ich Ihre Polizeiarbeit beobachtet", sagte Anisa. „Sie machen Ihre Sache gut. Kempinski hat uns als junge Frauen an den Menschenschänder Michalzek ausgeliefert. Dunja und ich haben in der Küche geschuftet und dann mussten wir für Michalzek anschaffen. Ich hatte gehofft, dass sich durch unsere Aktionen neue Beweise auftun, die die beiden Männer vor ein ordentliches Gericht zitieren, aber wie ich vermute, reicht es nicht. Leider habe ich all meine Karten ausgespielt."

Fey deutete an, dass Murat den Griff um ihren Hals lockern sollte, was Anisa mit einem Blick regelte. Fey räusperte sich.

„Haben Sie denn nicht gesehen, wie Dunja umgebracht wurde?"

„Michalzek hatte uns an dem Abend wie immer, wenn eine Übung oder ein Manöver anstand, in die Borkenberge gefahren. Das Gebiet war für Zivilisten gesperrt, deswegen fühlten sie sich sicher. Kempinski war meistens dabei. Ihn interessierten nur die Filme. Es war seine Kamera, die ich Ihnen zugespielt habe, aber die Aufnahmen wurden von Soldaten gemacht. Manchmal saßen sie zu acht in einem Geländewagen, haben uns begrapscht und ausgezogen. Einige waren anständig, andere warfen Scheine in einen Soldatenhelm und reichten das Geld raus an Michalzek, der draußen wartete. Er ließ uns nicht aus den Augen. Später fuhr er manchmal mit uns ins Dorf mit seiner Easy Rider Karre, das Arschloch, aber die Leute konnten nur unsere Schatten erkennen. Er wollte die Männer aus dem Dorf scharfmachen, damit die sich für uns interessierten und er auch bei denen abkassieren konnte."

„Erzählen Sie mir von dem Mord."

„Ich spreche nicht gerne darüber, weil ich mir bis heute so hilflos und armselig vorkomme."

„Es ist wichtig. Ihre Erinnerungen ergeben vielleicht für mich ein neues Bild und das hilft uns dann, die beiden Männer mit schlagkräftigen Beweisen zu belasten."

„Wir kamen zurück aus den Borkenbergen, von einer dieser Sex-Touren. Dunja ging es nicht gut. Sie hatte schon seit Tagen Magenkrämpfe. Ich glaubte, sie wäre schwanger. Auf der Fahrt kurz vor der Hullerner Brücke musste sie sich übergeben. Ihr Erbrochenes landete auf den Sitzen im Wagen und in Michalzeks Nacken. Michalzek fluchte, hielt an, zerrte Dunja aus dem Wagen und ging runter zur Stever, um sich zu waschen. Ich saß hinter Kempinski. Plötzlich rannte Dunja weg. Kempinski rief nach Michalzek. Als der begriff, was los war, rannte er Dunja hinterher. Ich verlor beide aus den Augen. Es war finster. Als Michalzek nicht zurückkam, ging Kempinski ihn suchen. Er band mich ans Lenkrad, aber ich konnte mich befreien. Ich nahm die Kamera und eilte in den Wald Richtung Märchensee. Von oben aus der Deckung der Bäume sah ich, wie sie Dunja in ein Netz wickelten, es beschwerten und ins Wasser zerrten, wo sie versank. Dann wartete ich, bis sie weg waren, stieg ins Wasser und zog am Netz, bis Dunjas Gesicht unter den Maschen hervorkam. Ich wollte sie noch einmal sehen. Sie trug eine Haarspange mit einem Schmetterling aus Glas. Ich brach das Glas durch und schnitt ihr eine Strähne ab. Dann entließ ich sie in ihr Grab."

„Haben Sie noch jemanden bemerkt, auf der anderen Uferseite?"

„Nein, da war niemand. Und jetzt wollen Sie mich bestimmt fragen, warum ich nicht zur Polizei gegangen bin. Kempinski war Polizist, Michalzek skrupellos, ich war illegal im Land und erst siebzehn. Ich wollte nur eins: zu meiner Familie zurück."

„Wie haben Sie ohne Geld den weiten Weg nach Jugoslawien bewältigt?"

„Damals trampten viele Jugendliche. Ich schlug mich durch. Auf der ganzen Reise zurück in meine Heimat ist mir nichts passiert. Die Leute waren nett, gaben mir Geld."

Fey klang das zu glatt.

„Sind Sie sicher, dass niemand außer Ihnen in der Mordnacht am Märchensee war?"

Plötzlich verschärfte sich die Situation. Anisa sah Murat an und der drückte mit seiner linken Hand zu, dass Feys Luftröhre blockierte und ihr sofort schwindelig wurde.

„Lass sie", sagte Anisa. Fey kam wieder zur Besinnung, holte schluckartig Luft und atmete rasch. Anisa fragte: „Kennen Sie den Mann?"

„Welchen Mann?"

„Das möchte ich von Ihnen wissen."

„Es war also doch jemand dort?", fragte Fey nach Luft ringend, denn Murat hatte seinen Griff um ihren Hals wieder verstärkt. Fey glitt ab ins Bewusstlose. Er nahm seine Hände von ihrem Hals und schlug ihr ins Gesicht. Nach einer Weile gewann sie ihr Bewusstsein zurück. Anisa hatte kein Erbarmen. „Kennen Sie den Mann?"

Fey brachte ein keuchendes „Nein" heraus. Anisa und Murat sahen sich an. Anisa nickte. „Lassen wir sie."

Murat band Feys Hände mit einem Strick ans Lenkrad, dann stiegen beide aus. Fey sah im Rückspiegel, wie sie davonfuhren.

Ihr Hals schmerzte, an Schreien war nicht zu denken. Sie ließ es einfach bleiben, ihrer Befreiung nachzuhelfen. Erst musste sie sich beruhigen, doch die

55 Das Netz

Frage, was Anisa mit ihrem plötzlichen Angriff auf sie bezweckt hatte, versetzte sie immer noch ihn Aufruhr. Murat hätte sie beinahe umgebracht. Was konnte so verhängnisvoll an der Frage sein, ob jemand anderes den Mord gesehen hatte? Es konnte doch im Grunde nur von Vorteil sein, denn dann hätte man die Chance auf einen Augenzeugen. Es musste etwas anderes gewesen sein, das Anisas Attacke auf sie ausgelöst hatte. Für Fey blieb nur eine Deutung übrig: Anisa wollte sicherstellen, ob der Mann der Polizei bekannt war und wenn, dann wäre es zu ihrem Nachteil gewesen, dann hätte Murat sie umgebracht. Folglich gab es einen männlichen Zeugen für den Mord in der Nacht zum 26.8.1968 am Märchensee. Warum wollte Anisa seine Identität schützen?

Anisas Mission war mehr oder weniger gescheitert. Sie und Murat würden von nun an auf der Flucht sein. Das konnte doch nicht das Ende dieser Fälle sein: Kempinski und Michalzek auf freiem Fuß und Pörschke womöglich unschuldig des Mordes angeklagt. Es fehlte immer noch die alles entscheidende Kehrtwende.

Fey bemerkte einen Lieferwagen, der neben ihr hielt. Ein Mann stieg aus und öffnete die hintere Tür des Laderaums. Etwa zehn Hunde sprangen heraus. Der Mann gab ein Zeichen und alle legten sich auf den Boden. ‚Hundeschule Timo Haxter' stand auf dem Lieferwagen. Haxter erblickte Fey und erkannte ihren hilfesuchenden Blick. Er befreite sie und meinte gleich, dass ihr das mit einem seiner Hunde nicht passiert wäre. Fey lächelte ihn an und bedankte sich mit krächzender Stimme. Er gab ihr seine Karte und sagte: „Rufen Sie mich an. Mich können Sie auch ohne Hund haben."

Fey wollte ihm antworten, aber ihre Stimme versagte. Sie verschickte eine SMS an Carstensen, in der sie ihn über den Zwischenfall informierte und ihn aufforderte, die Fahndung um Haltern herum schnellstens zu verstärken. Eigentlich wollte sie nach dem Imbiss am Drügen Pütt zu Beckmanns Kajüte fahren, aber ihr Hals brannte, als wäre eine Chilischote darin stecken geblieben. Sie fuhr ins St. Sixtus Krankenhaus und ließ sich in der Ambulanz behandeln. Sie bekam abschwellende Mittel, aber ihre Stimmbänder, so der Arzt, wären sehr strapaziert worden. Und er hatte recht. Ihre Stimme klang wie ein schräg eingestellter Radiosender.

Die Fahndung nach Anisa und Murat war nicht mehr ihre Sache. Es ging um eine reine Suchaktion. Ihr Job war es, wenn überhaupt, den großen Unbekannten zu finden, das Phantom, das alles oder nichts gesehen hatte. Allerdings würde sie noch bis in die Nacht mit einem Kollegen am Monitor sitzen und von Anisa und Murat neue Phantombilder entwerfen. Sie scheute vor der Aufgabe, denn beide trugen Perücken, Murat eine Sonnenbrille und Anisa war stark geschminkt.

Es dämmerte an diesem sommerlichen Sonntagabend und der Montag würde entweder den Vorhang öffnen oder für immer geschlossen lassen. Sie fuhr zum Präsidium nach Münster und hoffte auf einen erleuchtenden Gedanken, einen, der sie durch die dicke Dunstglocke aus Fragezeichen katapultierte. Morgen früh sollte es mit klarem Kopf zu Beckmann in der Kajüte gehen. Dort liefen die Fäden zusammen, auch wenn sie nicht wusste, welche.

56 Aal, frisch aus dem Rauch

Montagmorgen. Fey war nach Haltern gefahren und parkte oben an der Straße vor Beckmanns Kneipe. Der Morgen zeigte sich mit diesig behangenem Himmel. Sie sah Beckmann draußen auf dem Steg eine Zigarette rauchen und ging zu ihm.

„Das Wochenende gut überstanden, Herr Beckmann?", rief sie ihm entgegen. „Heute können Sie sich in Ruhe Ihre Videos vom Angelteich ansehen. Für uns hat sich Ihre illegale Aktion gelohnt. Wie Sie weiter damit zurechtkommen, besprechen Sie besser mit dem Vorstand des Angelvereins."

„Mein Gott, Frau Amber, was ist denn mit Ihrem Hals passiert? Der ist ja grün und blau. Kommen Sie mit rein, ich mach Ihnen einen kalten Kamillentee. Das hilft."

Beckmann warf seine Zigarette ins Wasser und hielt ihr die Tür auf. Sie setzte sich an den Stammtisch des Angelvereins. Carstensen hatte sie auf der Fahrt nach Haltern angerufen und sie beinahe flehend gebeten, ihn zum Mord an der jungen Jugoslawin mit zuverlässigen Fakten auszustatten. Der Fall schlug Wogen des Mitgefühls in der Bevölkerung. Die Reporter fieberten nach neuen Aspekten und würden sich die Hände wund schreiben. Dunjas Schicksal hatte auch die sozialen Medien erobert. Im Netz geisterten schaurige Geschichten über sie. Eine jüngst gegründete Fangruppe hatte es sich zum Ziel gesetzt, ihr ein Gesicht zu verleihen. Hunderte Porträts wurden daraufhin ins Netz gestellt, nicht selten das eigene.

Carstensen stand vor der schwierigsten Aufgabe seiner Karriere und Fey konnte ihm nicht helfen, denn auch sie war am Ende ihre Hoffnung. Anisa und Murat wurden bisher nicht gestellt und jede weitere Stunde machte ihre Ergreifung unwahrscheinlicher. Eine verhexte Situation. Es fehlte das Bindeglied – der große Unbekannte.

Beckmann kam mit dem Eistee aus der Küche zurück. Sie probierte und fühlte, dass die Kühlung ihrem Hals guttat. Zufällig sah sie auf den großen Bildschirm und erinnerte sich an die beiden Jungen, die mit Beckmanns Laptop gespielt hatten. Sie hatte Beckmann damals eine Frage gestellt, aber von ihm keine Antwort bekommen, weil die Übertragung vom Angelteich für so viel Ablenkung gesorgt hatte. Worum ging es da noch gleich? Um geräucherten Aal. Aber was war die Frage? Beckmann war wieder in die Küche gegangen. Sie sah durch den Türspalt, wie er telefonierte. Beckmann war auch um die 16 Jahre alt, damals 1968. War er der Zeuge? Vielleicht trank er so viel, weil er damit dieses Trauma aus seiner Jugend besser verdrängen konnte? Er kam mit einer Flasche Rum zurück.

„Einen Rum dazu? Killt die Bakterien und entspannt."

„Nein danke, gut gemeint. Ich suche jemanden, der Ende der 60er-Jahre geräucherten Aal verkaufte."

Fey war sehr auf Beckmanns emotionale Reaktion gespannt. Würde er sich verraten? Sie schaute ihm ins Gesicht.

„Lassen Sie mich überlegen. Das ist lange her", sagte er mit gleichmütiger Miene. „Da kommt für mich nur Frau Huesmann infrage. Sie bewirtschaftete damals die Kneipe Alter Garten am Paddelbootverleih gegenüber vom heutigen Lakeside. Sie war allein, geschieden, hat dann aber wieder geheiratet, soviel ich weiß."

„Waren es vornehmlich Aale, die Frau Huesmann damals verkaufte?"

„Nur Aale, was sonst? Forellen fing man nicht in der Stever oder in den umliegenden Gewässern."

„Hatte sie Kinder?"

„Einen Sohn, den Lothar aus erster Ehe. Aber der ging aufs Gymnasium. Deswegen hatten wir selten Kontakt. Ich verlor ihn aus den Augen. Seine Mutter ist später mit ihm weggezogen, wahrscheinlich zum neuen Partner."

„Wie alt war dieser Lothar damals?"

„Etwas älter als ich, so 17, 18 Jahre."

Fey glühte vor Aufregung. Da kam etwas an die Oberfläche, das wie ein Katalysator alle Fragezeichen auflösen würde.

„Wie finde ich diesen Lothar Huesmann, oder hat er den Namen seines Stiefvaters angenommen?"

Beckmann runzelte die Stirn.

„Sehen Sie, Frau Amber, ich kannte nur die Huesmanns und das nur flüchtig. Lothar war ein Streber. Wir haben ihn im Schulbus angesprochen, damit er zum Schlittschuhlaufen mitkam oder zum Pölen. Er war so mehr der verschlossene Typ."

„Und Sie haben keine Ahnung, wo er sich heute aufhält?"

„Wo denken Sie hin. Was interessiert mich der Mann?"

Fey ließ sich nicht entmutigen. Rein rechtlich würde auch der Sohn von Frau Huesmann mit der Heirat seiner Mutter ihren neuen Namen bekommen haben. Ihre Suche konzentrierte sich also auf einen Lothar XY.

Fey setzte alle Mittel in Bewegung, den mit der Eheschließung übernommenen Namen herauszufinden. Derweil ließ sie Erkundigungen einholen, ob es über Lothar Huesmann am Gymnasium von Haltern noch Fotos oder Urkunden aus der Zeit um 1968 gab. Nicht lange, und ihr lagen alle gewünschten Informationen vor. Das Gymnasium half mit Fotos aus und das Einwohnermeldeamt bestätigte die Adresse von Lothar Huesmann und seiner Mutter. Eine weitere Auskunft besagte, dass Frau Huesmann mit ihrem Sohn aus Haltern im Oktober des Jahres 1968 weggezogen war. Fey rechnete jede Minute mit dem Namen von Frau Huesmann nach der Eheschließung und setzte Carstensen von den Neuigkeiten in Kenntnis.

Ein Mann betrat den Schankraum. Beckmann runzelte die Stirn. So früh erwartete er keine Gäste am Montagmorgen. Der Mann verhielt sich merkwürdig, denn er setzte sich nicht, sondern trat zu Fey und Beckmann an den Tisch und fixierte Beckmann mit einem festen Blick in die Augen. Beckmann zögerte, zog die Augenbrauen hoch, Fey wartete gespannt. Beckmann war sonst nicht gerade um Worte verlegen. Er hatte immer einen Spruch drauf, aber diesmal war es der Mann, der das Wort ergriff.

„Gestatten, meine Name ist Ritter, Lothar Ritter."

Fey schlug das Herz bis zum Hals. Beckmann blinzelte und wurde dann plötzlich gesprächig.

„Mensch, Lothar. Du bist das. Der Boss von den Sandwerken, das bist du, was? Hohes Tier. Kann man mal sehen, was aus kleinen Leuten alles werden kann. Zurück in der alten Heimat. Willst du die gute Nachricht persönlich überbringen? Die vom Angelverein werden jubeln, wenn sie hören, dass du ihnen den neuen Baggersee zusprichst."

„Nein, darum geht es nicht." Er begrüßte Fey. „Guten Tag, Frau Amber. Ich bin hier, um Sie zu sprechen."

Beckmann staunte. Woher kannte er die Kommissarin? Fey bat Ritter, Platz zu nehmen.

„Ich freue mich, Ihre Bekanntschaft zu machen. Was ist der Grund Ihres Besuches?"

Beckmann schob einen Stuhl zur Seite und setzte sich mit an den Tisch. Fey sah Ritter an, ob das sein Einverständnis fand, aber Ritter zeigte keine Reaktion. Er lehnte sich zurück und sprach.

„Meine Mutter heiratete ein zweites Mal. Mein Stiefvater war wohlhabend und finanzierte mir ein Studium. Doch vorher lebten meine Mutter und ich von den Einkünften der kleinen Kneipe an der Stever. Ich fing illegal Aale, die meine Mutter räucherte und verkaufte. In jener unglückseligen Nacht leerte ich die Reusen, als ein Mädchen über den Waldweg auf den Märchensee zulief und von einem Mann verfolgt wurde. Sie wollte die Böschung bis zum oberen Wald erklimmen, da packte sie ihr Verfolger am Bein und warf sie zu Boden. Sie schrie nach Hilfe, aber ihre Rufe verstummten schnell. Der Mann, soweit ich das im Halbdunkel erkennen konnte, saß auf ihr und stemmte seine beiden Hände auf ihren Mund. Ein zweiter Mann kam hinzu und blieb dort an der Böschung stehen, einige Meter von der Szene entfernt. Dann besprachen sich die Männer, während das Mädchen reglos liegen blieb. Ich fürchtete das Schlimmste, hatte wacklige Knie, zitterte am ganzen Leib, war hin- und hergerissen von Empörung und lähmender Angst. Ich verharrte still, gebeugt von Verzweifelung und

Feigheit. Als sie den Körper des Mädchens zum Ufer schleppten, wusste ich, dass sie tot war.

Dort am Wasser wickelten sie die Leiche in ein Netz, packten einige Steine mit ein und versenkten alles im See. Dann verschwanden sie."

Fey beobachtete Ritter, während er sprach. Dieser Mann wusste bei Weitem mehr, als er zugab. Er hatte sich gut im Griff, ließ Emotionen zu, um sich Glaubwürdigkeit zu verschaffen, referierte im Stil eines Managers. Sie musste es klug anstellen, seine Intelligenz nicht zu unterschätzen.

„Herr Ritter, wer war das Mädchen?"

„Dunja Dokowic war ihr Name und bei den beiden Männern handelte es sich um Egon Michalzek, den Mörder von Dunja, und um Eugen Kempinski, seinen Komplizen."

„Haben Sie die beiden erkannt?"

„Ich kannte beide Männer vom Sehen. Anisa war näher dran und hat gesehen, dass Michalzek Dunja ermordet hat."

„Wieso kennen Sie Anisa?"

„Ich stand noch immer unter Schock, wollte mich nicht rühren. Dann kam Anisa aus dem Wald, ging ans Ufer, stieg in den Teich und tastete nach dem Netz. Sie stand dabei bis zur Brust im Wasser, als sie anfing zu ziehen. Nach verzweifelten Versuchen gab sie auf, setzte sich ans Ufer und weinte. Ich schlich zu ihr. Sie schreckte auf, als sie mich erblickte, wollte weglaufen, aber ich konnte sie beruhigen. Sie fasste Vertrauen zu mir, weil ich so jung war wie sie. Gemeinsam stiegen wir ins Wasser und zogen Dunjas Leiche an die Oberfläche. Anisa wollte ihre Schwester ein letztes Mal sehen, weinte ununterbrochen, küsste ihr Gesicht und nahm mit, was sie an persönlichen Sachen ergreifen konnte. Dann überließen wir Dunja ihrem Grab. Anisa kam mit zu mir nach Hause, aber ich erzählte meiner Mutter eine andere Geschichte. Anisa bekam Geld von uns und reiste zurück in ihre Heimat nach Jugoslawien."

„Haben Sie Anisa wiedergesehen?"

„Wir tauschten Adressen aus und schrieben uns. Vor vierzehn Tagen rief sie mich an. Ich wusste, dass es irgendwann soweit sein würde und war vorbereitet."

„Was meinen Sie genau damit?"

„Frau Amber, ich habe schwere Schuld auf mich geladen. Ich habe Dunja nicht geholfen, ließ den Mördern freie Bahn, hätte sie zumindest ablenken können, nicht mal dazu war ich imstande. Ich habe Anisa immer wieder in meinen Briefen versprochen, für sie da zu sein, wenn sie mich baucht, und diesmal war ich fest entschlossen, zu meinem Wort zu stehen. Anisa bat mich vor zwei Wochen um Hilfe. Sie wollte beide Männer zur Rechenschaft ziehen und ich sollte alles dokumentieren. Sie forderte kein kriminelles Verhalten von mir, lediglich das, was sie und Murat unternahmen, mit meiner Kamera festzuhalten. Nun möchte ich Ihnen das Resultat zeigen."

„Sie haben tatenlos mit angesehen, wie jemand verstümmelt wurde. Das lässt ein Richter Ihnen nicht durchgehen."

„Wer sagt Ihnen, dass ich dabei war? Die Aufnahmen könnte jemand anderes gemacht haben."

Fey musste gewaltig aufpassen, seinen Worten nicht zu sehr Glauben zu schenken. Seine Äußerungen konnten stimmen, aber sie konnten auch Teil eines Täuschungsmanövers sein. Er würde eben auch alles tun, Anisa und Murat zu schützen und ihnen zur Flucht zu verhelfen. Leitete er sie also gerade auf eine falsche Fährte?

„Wie Sie sich denken können, Frau Amber, habe ich die Dokumentation so zugeschnitten, dass sie keine Personen außer den Opfern erkennen werden. Dafür verspreche ich Ihnen andere Überraschungen."

Ritter verband sein Handy mit Beckmanns Laptop und synchronisierte das System. Auf dem großen Bildschirm sahen sie, wie Blut am Hals eines Mannes entlang rann und von seinem Hemd aufgesaugt wurde. Ein menschliches Ohr lag auf einem weißen Teller, rote Tropfen rundherum. Michalzek krümmte sich auf seinem Stuhl, an den er gefesselt war. Er warf seinen Kopf hin und her, wollte sich von seinem Knebel befreien, um seinen Schmerz herausschreien zu können. Die nächste Szene zeigte ihn am Teich des Angelvereins, eingewickelt in Maschendraht. Verdreckt vom Sand und Laub des Bodens wurde er ins Wasser gestoßen, um den Hals einen Strick. Ritter meldete sich zu Wort.

„Michalzek ist immer noch ein freier Mann, aber wenn Sie möchten, Frau Kommissarin, werde ich Ihnen die Schuld dieses Mannes beweisen. Dafür verlange ich, dass Sie mich gleich unbehelligt gehen lassen. Ich bin es Anisa schuldig, das zu Ende zu führen, was ihr nicht gelungen ist. Michalzek muss lebenslänglich büßen, verurteilt durch ein ordentliches Gericht. Das war Anisas Wunsch und der ist mir Befehl."

„Ich kann Ihnen nichts versprechen, besonders da Herr Beckmann anwesend ist und als Zeuge aussagen könnte, dass ich mich mit Ihnen auf unlautere Verabredungen eingelassen hätte."

„Sie haben mich als Augenzeugen, aber ich werde vor Gericht nur das aussagen, was ich Ihnen bereits gesagt habe. Ich habe die Umrisse der Mörder erkannt, aber habe zu keinem Zeitpunkt ihre Gesichter gesehen. Anisa wird nicht vor Gericht erscheinen, was Sie verstehen werden, denn sie wird nicht für ihre Vergeltungsmaßnahmen büßen. Dafür werde ich sorgen. Sie müssen also auf sie als Zeugin verzichten."

„Was schlagen Sie vor?"

Ritter wandte sich an den aufmerksam lauschenden Beckmann und bat ihn, den Raum zu verlassen, was er murrend tat. Ritter bediente daraufhin den Laptop.

„Und nun die versprochene Überraschung." Fey sah gebannt auf den Bildschirm, der ein Straßenschild mit dem Namen Börnste zeigte. Ritter kommentierte.

„Anisa hatte gerade die Super-8-Kamera im Vereinsheim der Dülmener deponiert, da kreuzte plötzlich Pörschke auf. Anisa floh über die Felder zu ihrem Wagen und entkam, ohne gesehen zu werden. Ich lief ihr nach und als ich am bewaldeten Feldrand ankam, sah ich den alten Kempinski auf seinem Moped, hinten dran einen Zweiradanhänger. Aber der Alte nahm nicht Kurs auf das Vereinsheim, sondern wartete am Waldrand. Er musste Wind davon bekommen haben, dass sein Sohn und Pörschke sich am Vereinshaus treffen wollten. Es war etwa 20 Uhr, als ich Manfred Kempinskis Wagen kommen sah. Der alte Kempinski hatte auf ihn gewartet und fuhr plötzlich los, sodass er den Weg seines Sohnes kreuzte. Sehen Sie genau dort, Frau Amber. Der Alte fährt ihm von rechts auf die Fahrbahn. Sein Sohn hält an, steigt aus und nun sehen Sie sich seine Gesten an. Da prasseln Vorwürfe und Klagen auf den Alten ein. Immer wieder zeigt er mit dem Finger auf ihn, schnauzt ihn an und jetzt, da, schlägt er dem Alten mit der Faust ins Gesicht. Sohn Kempinski dreht sich um, der Alte rappelt sich vom Boden auf, greift hinten unter seine Jacke, folgt seinem Sohn und setzt mit einem Totschläger zum Schlag an. Da, jetzt geht der junge Kempinski zu Boden und bleibt reglos liegen. Der Alte holt sein Moped und zerrt den Körper seines Sohnes auf den Anhänger. Es dauert, bis er ihn so festgebunden hat, dass er nicht runterfällt. Dann spannt er eine Plane darüber, schiebt den Anhänger ein Stück in den Wald und wartet, bis er Pörschkes Wagen vorbeifahren sieht. Die Luft ist rein. Er setzt sich ins Auto seines Sohnes und fährt den Wagen vors Vereinshaus am Angelteich, stellt ihn dort ab und erweckt so den Eindruck, dass sein Sohn sich mit Pörschke getroffen hat. Dann läuft der Alte zurück und fährt mit seinem Moped und der Leiche seines Sohnes im Anhänger erneut zum Vereinsgelände und kippt die Leiche in den Graben. Unglücklicherweise hatte Pörschke dort zuvor gewartet, war hin und her gegangen, hatte geraucht und seine Zigarettenkippe an der späteren Fundstelle der Leiche fallen lassen. Der Film auf meinem Laptop dokumentiert verständlicherweise nicht alle Einzelheiten. Es würde aber ausreichen, um den alten Kempinski des Mordes zu überführen."

Ritter steckte sein Handy mit dem Filmmaterial ein.

„Jetzt wissen Sie Bescheid. Pörschke ist unschuldig."

„Händigen Sie mir das Video aus."

„Vergebliche Müh, Frau Amber. Solange die Beweislast gegen Michalzek für eine Verurteilung nicht ausreicht, machen wir nur Geschäfte, mit denen ich einverstanden bin. Ich werde jetzt gehen. Sie hören von mir. Ich liefere Ihnen den Mörder von Manfred

Kempinski und Sie liefern Michalzek an die deutsche Justiz."

Fey ließ ihn gehen. Er würde wiederkommen. Ritters Mission war erst beendet, wenn beide Männer hinter Gitter saßen. Das war er Anisa schuldig. Sie telefonierte mit Irmgard und bat sie, alles über Lothar Ritter herauszufinden.

Beckmann kam zurück in den Schankraum und setzte sich zu Fey an den Tisch.

„Ich habe das Gespräch natürlich mitgekriegt und stolper nun über die Frage, warum Anisa erst nach so vielen Jahren auf Rachefeldzug ging. Irgendwas hat den Hass neu ausgelöst. Wissen Sie, was ich glaube? Die hat den Michalzek irgendwo gesehen und dann platzte plötzlich der Knoten, der ihre Rachegelüste bisher in Schach gehalten hatte."

„Sehr gut möglich."

„Ich will mich nicht in Ihre Arbeit einmischen", sagte Beckmann übereifrig, „aber es gibt da einen Zusammenhang. Kurz bevor das Hickhack der beiden Angelvereine eskalierte, gab es eine Videokonferenz mit Ritter, der in der Schweiz wohnt. Ich habe mitgekriegt, dass Ritter diese Konferenz von zu Hause aus geführt hat. Da könnte doch jemand zufällig mit auf den Bildschirm geschaut haben. Michalzek hat auf der Seite der Halterner daran teilgenommen, aber Ritter hatte ihn in der Mordnacht nicht richtig gesehen und ihn folglich nicht erkannt. Könnte Anisa bei Ritter gewesen sein und dort Michalzek gesehen haben?"

„Von der Hand zu weisen wäre das nicht."

Fey rief sofort Irmgard an, die nur eine Minute brauchte, um herauszufinden, dass Anisa und Lothar Ritter verheiratet waren.

57 Trickkiste

Die bundesweite Fahndung nach Anisa Ritter lieferte schon nach kurzer Zeit eine bittere Wahrheit. Im Flughafen Düsseldorf war am Sonntagabend eine Frau unter diesem Namen nach Zagreb abgereist. Von dort verlor sich allerdings ihre Spur. Für Fey war klar, dass Ritter einen absolut klugen Kurs fuhr. Er hatte alles unter Kontrolle. Seine Frau war entkommen. Er hatte ihre Flucht weise vorausgeplant und war selbst unantastbar. Er hatte die Polizei im Schwitzkasten. Ritter würde nicht gegen seine Frau aussagen. Würde sie wegen Michalzeks Misshandlungen vor Gericht gestellt, könnte er alles Beweismaterial gegen den alten Kempinski und gegen Michalzek vernichten. Das wäre eine Katastrophe, denn die Polizei hatte nicht genug gegen die beiden Männer in der Hand, um sie wegen Mordes, Nötigung und Zuhälterei vor Gericht zu stellen. Ob sie wollte oder nicht: Ritter war zum Dreh- und Angelpunkt eines Kriminalfalls geworden, dessen Schlagzeilen jeden Tag höhere Auflagen produzierten. Carstensen würde in der nächsten Pressekonferenz ein Sturzgewitter von bissigen Fragen über sich ergehen lassen müssen.

Fey saß immer noch bei Beckmann und versuchte nicht den Kopf zu verlieren. Sie wollte gar nicht daran denken, dass Ritter die Möglichkeit ausschöpfen könnte, an die Öffentlichkeit zu gehen. Er könnte seine Geschichte raffiniert so darstellen, dass die Polizei am Ende kläglich versagt hat, obwohl er, Anisa und Murat der Polizei wichtige Informationen zugespielt hatten. Ritter wusste all das, was sie gerade dachte und das besorgte sie sehr.

Er würde auch für Murat den Fluchtweg vorbereitet haben. Andererseits war Murat in Ritters Nähe am sichersten, denn Ritter hatte gelinde ausgedrückt so etwas wie einen Diplomatenstatus. Anisa hatte wahrscheinlich längst Unterschlupf bei Freunden gefunden, die sie aus den langen Bürgerkriegsjahren kannten und die sie schützen würden wie die eigene Familie. Und würde die Polizei Murat fassen, könnte Ritter seine Freilassung erpressen. Er hatte alle Trümpfe in der Hand. Wie sie es auch drehte, die Speerspitze zeigte immer wieder auf sie selbst.

58 Von Aug zu Aug

Murats Steckbrief kursierte ganz oben als Thema Nr. 1 in den sozialen Medien. Sein Phantombild war durch ein Foto ersetzt worden, das Interpol zur Verfügung gestellt hatte. Seiner Ergreifung stand eigentlich nichts im Wege, doch Murat war Partisan und ein Partisan überlebte durch die Kunst der Tarnung. Er war untergetaucht, aber nicht ohne Ziel. Murat war in einem von Ritter gemieteten Lieferwagen in den Merfelder Bruch gefahren und hatte dem noch geschwächten und kahl geschorenen Kempinski einen Besuch abgestattet. Er überwältigte den Alten, zerrte ihn in den Lieferwagen und fuhr nach Haltern zum Römermuseum, das in der Nähe der Vogelbergsiedlung lag. Dort wartete er auf Ritters Anruf.

Ritter war direkt nach dem Gespräch mit Fey in die Vogelbergsiedlung gefahren. Er hatte sich in seiner Funktion als Vorstandsvorsitzender der Sandwerke bei Michalzek telefonisch angemeldet und saß nun im Auto vor Michalzeks Haus und telefonierte mit Murat. Sie verabredeten einen genauen Zeitplan.

Ritter stieg aus seinem Wage, klingelte und ließ sich von Michalzek hineinbitten. Michalzeks Schwester war von der Caritas zu einem Ausflug abgeholt worden. Ritter verwickelte Michalzek in ein Gespräch. Kurz darauf schellte es. Michalzek öffnete, Murat stieß Kempinski in den Hausflur und schlug die Tür hinter sich zu. Michalzek ging auf Murat los, der aber versetzte ihm einen Handkantenschlag an den Hals, worauf Michalzek taumelte. Er stützte sich mit den Händen an der Wand ab und stand wie benommen im Flur. Ritter trat hinzu und schob Michalzek vor sich her ins angrenzende Wohnzimmer.

„Das war anders geplant, aber so geht es auch. Kommen Sie mit, Herr Kempinski."

Murat führte den an Händen gefesselten Kempinski zu einem Stuhl und gab ihm zu verstehen, sich zu setzen. Ritter baute einen Laptop vor ihm auf und schaltete ihn an.

„Sehen Sie sich den Mord an Ihrem Sohn an, Herr Kempinski."

Kempinski schaute ungläubig auf den Bildschirm, doch nach Sekunden verhärteten sich seine Gesichtszüge, als würde er innerlich vereisen. Er erhob sich, wollte den Raum verlassen. Murat drückte seine Hände auf Kempinskis Schulter. Kempinski sank zurück und schnauzte: „Der Scheißkerl wollte mich verraten. Er war ein missratener Sohn, hing schon als kleiner Junge immer am Rockzipfel seiner Mutter. Vergötterte sie noch nach ihrem Tod und konnte keine andere Frau mehr anpacken." Er lehnte sich vor. „Scheiß was auf die Bilder. Man kann das Gesicht des Mörders nicht erkennen."

Ritter verschränkte die Arme vor der Brust.

„Sie brauchen eine Brille. Sehen Sie sich das Ende an."

Es zeigte, wie ein Mann einen anderen vom Boden in einen kleinen Mopedanhänger zerrte und diesen im angrenzenden Wald abstellte.

„Da schauen Sie, man sieht deutlich, wie Sie hinken. Ihre Identität steht außer Frage. Die Aufnahmen beweisen eindeutig, dass Sie Ihren Sohn hinterrücks ermordet haben", sagte Ritter. „Es handelt sich um Ihr Moped und Ihren Anhänger. Kempinski, Sie sind geliefert. Aber ich bin nicht von der Polizei und mache

Ihnen deswegen ein Angebot, das Sie nicht ablehnen werden. Dazu hole ich etwas weiter aus. Im Jahre 1968 wurde eine junge Frau von Michalzek ermordet und im Märchensee bei Hullern versenkt. Ihre Zwillingsschwester Anisa hat Sie und Michalzek damals mit einer Super-8-Kamera gefilmt. Sie erinnern sich. Sie ließen die Kamera im Wagen zurück, als Sie Michalzek zur Hilfe eilten. Leider sind die Aufnahmen sehr dunkel. Michalzek ist nicht zu erkennen, aber Ihr Gesicht kommt an einer Stelle zum Vorschein. Es wäre ein Leichtes für die Polizei, Zeugen aufzutreiben, die ihr Gesicht von damals identifizieren würden. Sie werden büßen, während es gegen Michalzek keine ausreichenden Beweise gibt, es sei denn, Sie sagen gegen ihn aus. Dafür lasse ich die Videoaufnahmen vom Mord an Ihrem Sohn verschwinden und Sie haben eine Chance, wenn auch nur eine kleine, dass man Sie nicht wegen Mordes verurteilt. Es gibt Indizien gegen Sie, aber die könnten möglicherweise nicht ausreichen. Ein faires Angebot."

Michalzek versuchte einzugreifen, aber Murat ging zu ihm, griff seinen Arm und zerrte ihn auf den Stuhl gegenüber von Kempinski.

„Sprechen Sie, Kempinski", forderte Ritter. „Sagen Sie Ihrem Kumpel von damals, dass es mit dem Schweigen vorbei ist."

Murat band Michalzeks Handgelenke an den Stuhl.

„Hör zu, Michalzek", begann Kempinski. „Nach all den Jahren habe ich nichts mehr zu verlieren. Ritter hat mir ein Angebot gemacht. Du hast die Sauerei angefangen. Du hast die Mädchen prostituiert und abkassiert. Ich will noch ein paar Jahre in Freiheit leben. Dafür musst du jetzt zahlen. Ich werde gegen dich aussagen."

Michalzek stand plötzlich auf, riss den Stuhl mit sich, konnte aber mit seinen gefesselten Händen nicht über den Tisch langen.

„Du verdammte Sau! Dir waren die Weiber doch egal, Hauptsache, du bekamst deinen Schweinkram auf die Kamera. Ich habe sie nicht vergewaltigt und das mit Dunja war ein Unfall. Sie war mit dem Kopf auf einen Stein gefallen und starb an der Wunde."

„Du Arsch, das hast du dir fein ausgedacht. Da war kein Blut. Ich habe deine Hand auf ihrem Mund gesehen."

Ritter schaute auf die Uhr und gab Murat ein Zeichen. Der band auch Kempinski an einen Stuhl. Ritter, der das Gespräch aufgezeichnet hatte, ging in den Flur, drehte sich noch einmal um und sagte zu Kempinski: „Denken Sie daran, dass ich das Videomaterial gegen Sie vernichte, wenn Sie gegen Michalzek aussagen."

Dann verschwanden Murat und Ritter in ihren Fahrzeugen und überließen die beiden gefesselten Männer ihrem seelenlosen Schicksal.

59   Geklimpel

Ritter hatte die Aufzeichnung des Wortwechsels zwischen Kempinski und Michalzek auf der Halterner Polizeiwache deponiert. Fey wurde davon in Kenntnis gesetzt. Sie hörte sich alles an und wollte nicht glauben, dass Ritter tatsächlich abgehauen war, ohne ihr die Videoaufzeichnungen zur Verfügung zu stellen. Ritter und Co. hatten ihr Ding durchgezogen. Ihr Ziel, die Polizei zu ermächtigen, den Mord an Dunja Dokowic aufklären zu können, war ihnen am Ende gelungen. Die Beweislast gegen beide Männer war erdrückend.

Fey ließ nicht weiter nach Murat ermitteln. Ein Mann seines Schlages mit der Hilfe von Anisa und Ritter würde kaum zu ergreifen sein. Sie wollte außerdem keine Komplikationen mit Ritter. Er hatte im Grunde nichts verbrochen. Im Gegenteil, ohne seine Einmischung wäre es nie zu einer solch drastischen Konfrontation zwischen Michalzek und Kempinski gekommen. Kempinski war noch in der Nacht verhört worden und hatte Michalzek schwer belastet.

In den Augen von Ritter, Anisa und Murat war der Rachefeldzug für Dunja Dokowic eine Ehrensache. Ritter hatte den Mut bewiesen, der ihm als Junge gefehlt hatte. Man konnte denken, wie man wollte, aber Fey wünschte auch Anisa und Murat die Freiheit. Ohne ihren, wenn auch makabren Einsatz wäre der Mord an Dunja ungesühnt geblieben. Die Polizei hatte eine zweite Chance bekommen und sie genutzt. Dank Feys unermüdlichem Glauben an die Existenz der Jugoslawin und ihrer ungewöhnlichen Ermittlungsmethoden konnte am Ende auch ihr Chef Carstensen eine positive Bilanz ziehen.

Monate später kam es zum Prozess gegen Michalzek, in dem er zu lebenslanger Haft verurteilt wurde. Danach wurde Kempinski in eigener Sache vor Gericht gestellt. Die Kriminalisten um Fey Amber konnten nachweisen, dass der Totschläger, den Kempinski benutzt hatte, selbst gebaut war und von einer Rockerbande aus den 60er-Jahren stammte. Kempinski hatte die Waffe seinerzeit als Polizist in Hullern konfisziert und später privat behalten. Der Mopedanhänger wies Spuren von Mani Kempinskis Leiche auf. Außerdem wurde der tatsächliche Tatort ermittelt, an dem weitere Spuren vom alten Kempinski gefunden wurden. Auch er bekam lebenslänglich.

Es war kurz vor Weihnachten, als Fey und Charly in der Kajüte saßen und einen heißen Grog tranken. Beckmann war gestorben und Fey hatte eine kleine Feier zu seiner Beerdigung arrangiert. Bürgermeister Klimpel war auch gekommen. In seiner Ansprache begrüßte er Dr. Ritters Entscheidung, den Baggersee beiden Vereinen zugesprochen zu haben, die nun im Begriff waren, friedlich zu fusionieren. Eine Grüne, er nannte keinen Namen, hätte allerdings wegen der regionalen Globalisierung Proteste angekündigt. Am Ende lobte Klimpel Beckmanns Heimatgeist und seine inspirative Wirkung auf die Polizei.

Fey und Charly machten später einen Spaziergang entlang des Sees bis zum Alten Garten. Bei einem Bier klärte sie Charly über ihre Gefühle für ihn auf. Das war keine leichte Übung, denn er hatte sich in sie verliebt, sie sich aber nicht in ihn. Charly nahm es zumindest nach außen hin gefasst, meinte aber, dass er es wohl nicht schaffe, weiterhin mit ihr zusammenzuarbeiten und sprach ernsthaft von einer Versetzung. Feys Bemühungen, ihn umzustimmen, verliefen im Sand. Sie fuhren getrennt zurück nach Münster.

Auf der Fahrt hielt Fey an einem Rastplatz. Sie war noch nicht bereit für einen neuen Mann, aber wenn sie nicht langsam anfing, sich im tiefsten Innern von ihrer gescheiterten Ehe zu lösen, würde die Liebe weiter ein Kellerdasein fristen. Eins hatte sie in den letzten Tagen gelernt: Sie musste sich verändern. Entschlossen griff sie zum Handy und wählte Professor Waszlavs Nummer.

Wolfgang Wiesmann, Dipl. Ingenieur und Lehrer, wanderte 2000 mit seiner Familie nach Irland aus. Er unterrichtete dort an verschiedenen Schulen. Einige Jahre arbeitete er im sozialen Dienst des irischen Gesundheitswesens. Danach bewies er sich als Manager eines Restaurants. Es folgte das Studium der traditionellen chinesischen Medizin. Heute arbeitet Wiesmann als selbstständiger Therapeut und psychologischer Berater. Seit 2009 schreibt er leidenschaftlich Romane und Sachbücher.

Im OCM Verlag bereits erschienen

Das purpurne Tuch
Wolfgang Wiesmann
ISBN 978-3-942672-59-7
292 Seiten | 12 x 19 cm
€ [D] 12,00

E-Book
ISBN 978-3-942672-60-3
€ [D] 4,99 €

Bei Ausgrabungen im Römerlager in Haltern am See wird purpurnes Pulver gefunden, das 2000 Jahre lang in der Erde eingeschlossen war. Eine bahnbrechende Entdeckung – aber warum will der Ausgrabungsleiter diesen Fund vertuschen? Da sie ihm nicht mehr vertrauen kann, unterschlägt die Archäologiestudentin Angelina das nächste Ausgrabungsstück – und wird plötzlich von anonymen Anrufern bedroht, die von weiteren Funden wissen.
Bei ihren Nachforschungen stößt Angelina auf die geheimnisvolle Geschichte einer Frau, die vor 2000 Jahren gelebt hat. Doch sie ist nicht die Einzige, die eine Sensation wittert. Schon bald fordert die Jagd auf die wertvollen archäologischen Fundstücke ein Todesopfer.
Bei der Aufklärung des Falls wird Kommissarin Fey Amber nicht nur mit Habgier und Intrigen konfrontiert, sondern auch mit der unermesslichen Anziehungskraft jahrtausendealter Geschichte.

Der OCM Verlag ist ein unabhängiger Verlag im Dortmunder Süden. Wir machen gute und schöne Bücher, jenseits des Mainstreams, mit Autoren aus der Region (andere dürfen aber auch). Dabei sind wir auf kein Genre festgelegt, wir veröffentlichen nur das, was uns gefällt. So vielfältig unsere Bücher auch sind, haben sie alle etwas gemeinsam: Sie wurden mit Herzblut gemacht.

OCM Der Verlag | Sölder Straße 152 | 44289 Dortmund

www.ocm-verlag.de   DER VERLAG